오리엔트 특급 살인

오리엔트 특급살인

2022년 3월 1일 초판 중쇄 발행

지은이   애거서 크리스티
옮긴이   유명우
펴낸이   이경선
펴낸곳   해문출판사

등록 1978년 1월 28일 제3-82호
주소 서울시 강남구 테헤란로216 5층 151호(역삼동, 신웅타워)
전화 325-4721
팩스 0502-989-9473

값 12,000원

ISBN 978-89-382-0102-7
ISBN 978-89-382-0100-3 (세트)

※잘못 만들어진 책은 구입하신 곳에서 바꾸어 드립니다.

AGATHA CHRISTIE
오리엔트 특급 살인

애거서 크리스티/유명우 옮김

해문출판사

차 례

제1편 사건

제1장 토로스 급행 열차의 주요 승객 • 11
제2장 토카틀리안 호텔 • 23
제3장 포와로, 사건을 거절하다 • 33
제4장 심야의 비명 • 43
제5장 범죄 • 48
제6장 여자 • 63
제7장 시체 • 73
제8장 암스트롱 집안의 유괴사건 • 86

제2편 증언

제1장 차장의 증언 • 93
제2장 비서의 증언 • 100
제3장 하인의 증언 • 106
제4장 미국인 부인의 증언 • 113
제5장 스웨덴 여자의 증언 • 124
제6장 러시아 공작 부인의 증언 • 131
제7장 안드레니 백작 부인의 증언 • 140
제8장 애버스네트 대령의 증언 • 147

제9장 하드맨의 증언 • 157
제10장 이탈리아인의 증언 • 166
제11장 데베남 양의 증언 • 171
제12장 독일인 하녀의 증언 • 178
제13장 증언의 요약 • 186
제14장 흉기의 출현 • 197
제15장 승객들의 짐수색 • 207

제3편 포와로, 앉아서 생각하다

제1장 범인은 누구인가 • 229
제2장 10가지 의문점 • 238
제3장 명백한 증거 • 245
제4장 여권의 기름 얼룩 • 256
제5장 드라고미로프 공작 부인의 세례명 • 265
제6장 애버스너트 대령과의 두 번째 대화 • 272
제7장 메리 데베남 양의 정체 • 277
제8장 더욱 놀라운 사실들 • 283
제9장 포와로, 두 가지 해결책을 제시하다 • 292

□ 작품해설 • 311

Murder On The Oriental Express

Copyright © 1975 Agatha Christie Ltd.

Korean translation edition is published by arrangement with
Agatha Christie Ltd., a Chorion group company.

이 책은 Agatha Christie Ltd., a Chorion group company와
적법한 계약을 통해 출간되었습니다.
저작권법에 의해 한국 내에서 보호를 받는 저작물이므로
무단 전재와 무단 복제를 금합니다.

Murder On The Oriental Express

• 등 장 인 물 •

에르퀼 포와로 — 우연히 오리엔트 특급 열차의 살인 사건을 맡게 되어, 특유의 방법으로 해결해 내는 벨기에 인 탐정.

부크 — 국제 침대차 회사의 중역. 복잡한 열차 살인 사건을 친구인 포와로에게 슬며시 떠맡긴다.

피에르 미셸 — 범죄가 일어난 열차의 차장.

콘스탄틴 의사 — 처음부터 에르퀼 포와로와 함께 열차 살인 사건을 추적한다.

메리 데베남 — 조용하고 냉정한 성격의 영국인 가정 교사.

애버스너트 대령 — 프랑스 어는 형편없지만, 포와로의 질문을 교묘하게 받아 넘긴다.

헥터 매퀸 — 여러 나라 말을 할 줄 아는 래체트의 비서.

래체트 — 자비를 베푸는 체하는 거짓 박애주의자.

안토니오 파스카렐리 — 성격이 과격하고 다혈질인 사람으로, 전형적인 이탈리아 인.

에드워드 헨리 매스터맨 — 몸이 마르고 얼굴빛이 안 좋은 래체트의 숙련된 하인.

하드맨 — 실제로 알고 있는 것보다 많이 아는 체하는 미국인 외판원.

드라고미로프 공작 부인 — 진짜로 보이지 않을 만큼 커다란 진주목걸이를 하고 있는 러시아 귀부인.

그레타 올슨 — 간호사 출신의 스웨덴 여자. 피살자를 가장 마지막으로 보았다고 한다.

허바드 부인 — 말이 많은 미국 부인. 가끔 엉뚱한 행동을 한다.

힐데가르데 슈미트 — 열차 살인에 깊게 관련되어 있는 러시아 공작 부인의 하녀.

안드레니 백작 — 균형잡힌 몸매를 가진 헝가리 외교관.

안드레니 백작 부인 — 용의자로 지목받는 젊고 아름다운 부인.

제1편 사건

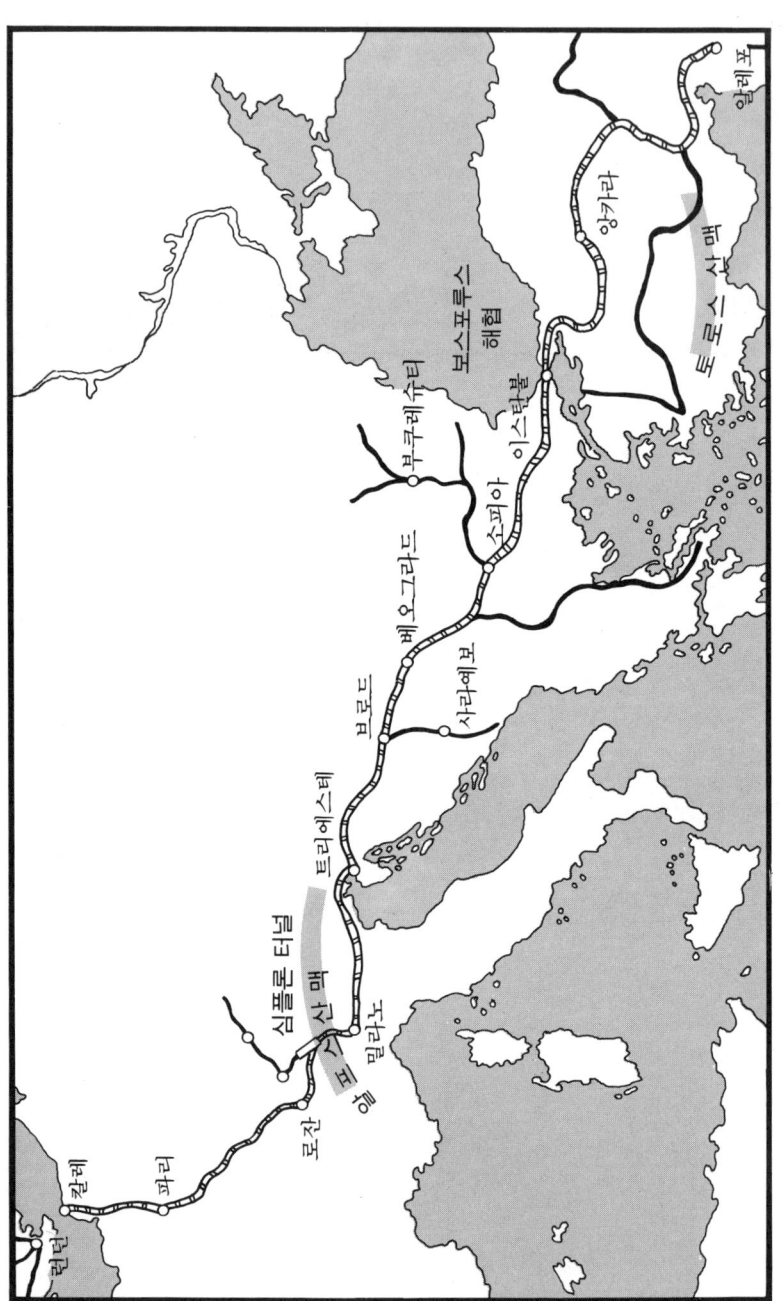

[오리엔트 특급 열차의 노선]

제1장
토로스 급행 열차의 주요 승객

시리아의 어느 겨울 아침 5시. 알레포 역에는 토로스 급행 열차라는 글씨가 커다랗게 써 있는 기차가 정차해 있었다. 그것은 요리실 겸 식당차 한 량과, 침대차 한 량, 그리고 지방 열차 두 량으로 연결되어 있었다.

침대차에 오르는 층계 옆에 눈부시도록 화려하게 군복을 차려 입은 프랑스 육군 중위가 서 있었다. 그는 귀까지 목도리를 두른 키 작은 남자와 이야기를 나누고 있었다. 그 남자는 빨간 콧등과 양쪽으로 갈라서 위로 말아 올린 콧수염밖에는 보이지 않았다.

살을 에는 듯한 추운 날씨였기 때문에 저명한 외국인을 전송하는 일이 남의 부러움을 살 만한 것은 아니었으나, 뒤보스크 중위는 그의 임무를 훌륭히 해내고 있었다. 그는 우아하고 세련된 프랑스 어를 구사했다.

그는 자세한 내막을 모른다. 늘 그렇듯이 이번 경우에도 단지 떠돌아다니는 소문만 들었을 뿐이다. 그가 모시는 장군이 매일같이 침통해 하고 있었다. 그러던 중에 멀리 영국에서 왔다고 하는 이 벨기에인이 나타난 것이다.

그리고 나서 긴장이 감도는 1주일이 지났다. 그 동안에 몇 가지 사건들이 발생했다. 매우 뛰어난 어떤 장교가 자살을 했고, 또 다른 장교가 갑자기 사임을 했으며, 근심 어렸던 얼굴들이 다시 밝아져 갔고, 무장 경계가 해제되었다. 그러자 뒤보스크 중위가 모시는 장군의 모습이 갑작스레 10년은 젊게 보였던 것이다.

뒤보스크는 장군과 이 외국인이 하는 이야기를 들었다.

「선생이 우리를 구해 주셨습니다.」하고 장군이 다정하게 이야기했고, 그때 그의 하얀 콧수염이 떨렸었다.

「당신은 우리 프랑스 군의 명예를 지켜 주셨습니다. 많은 유혈 사태를 막아 주셨죠. 나의 부탁에 응해 주신 것에 어떻게 감사해야 할지 모르겠습니다. 이렇게까지 멀리 오셔서——.」

이 말에 그 외국인(에르큘 포와로라고 했다.)이 다음과 같이 멋들어지게 대답했다——.

「아닙니다. 언젠가 당신이 나의 생명을 구해 준 것을 잊지 않고 있답니다.」

그러자 장군은 이 말에 적절히 응답하면서, 이미 지난 일에 무슨 감사의 말이냐고 하는 듯했다. 프랑스니 벨기에니 하는 말과 함께 영광과 명성 따위의 낱말을 섞어 이야기하면서 그들은 서로를 진심으로 따뜻하게 포옹했으며, 그렇게 해서 그들의 대화가 끝나게 되었다.

자세한 일은 잘 모르지만, 뒤보스크 중위는 포와로를 토로스 급행 열차로 전송하라는 명령을 받았다. 물론 그는 유망한 젊은 장교에게 어울리는 열성과 성실을 가지고 이 일을 수행하고 있었다.

뒤보스크 중위가 말했다.

「오늘이 일요일이니까—— 내일, 월요일 저녁이면 선생님은 이스탄불에 도착하실 겁니다.」

그가 이 말을 처음으로 한 것은 아니었다. 하지만 기차가 출발하기 전 역에서의 대화란 으레 어느 정도 되풀이되게 마련이다.

「그렇겠군.」

포와로가 대답했다.

「제 생각엔 그곳에서 며칠 머무르실 것 같은데, 맞습니까?」

「맞소. 이스탄불엔 아직 한 번도 가 본 적이 없소. 그런 곳을 그냥 지나간다는 것은 유감스러운 일이지.」

그는 설명하듯이 말하며 손가락을 톡톡 튀겼다.

「별일 없으니 여행하는 기분으로 한 2~3일 머무를 생각이오.」

「소피아 성당은 참 좋은 곳이지요.」

뒤보스크 중위가 말했다. 그러나 사실 그도 그곳에 가 본 적이 없었다.

차가운 바람이 플랫폼 아래로 불어 들어왔다. 두 사람은 몸을 떨었다. 뒤보스크 중위는 아무도 눈치채지 못하게 슬쩍 자기 시계를 쳐다보았다. 5시가 되려면 아직도 5분이 더 남았다. 이제 5분만 더 참으면 된다!

혹시 누가 자기의 행동을 보지 않았을까 해서, 중위는 서둘러 다시 한 번 이야기를 꺼냈다.

「이런 겨울에 여행하는 사람들은 그리 많지 않군요.」

그는 머리 위의 침대차 창문을 바라보며 말했다.

「그렇군요.」

「토로스 산맥에서 눈 속에 갇히지 말아야 할 텐데요.」

「그런 일도 있소?」

「예, 있습니다. 하지만 금년에는 아직 없었습니다.」

「그렇다면 그렇게 되지 않길 바라야겠군. 유럽에서 온 일기 예보를

제1장 토로스 급행열차의 주요 승객

들어 보니 날씨가 아주 좋지 않다고 하던데.」
「매우 나쁘죠. 발칸 반도에는 눈이 굉장히 왔다고 합니다.」
「독일도 마찬가지라고 하더군.」
「아, 그렇습니까?」
뒤보스크 중위는 대화가 또 끊어질 것 같아서 서둘러 말을 이었다.
「내일 오후 7시 50분이면 선생님은 콘스탄티노플에 도착하실 겁니다.」
「그렇겠군요.」하고 포와로는 대답하면서 재미있게 말을 이어 나갔다.
「소피아 성당이 매우 멋진 곳이라는 말을 들은 적이 있소.」
「저도 그렇게 생각합니다.」
그들의 머리 위에서 침대차 콤파트먼트(침실칸)의 덧문이 열리면서 어떤 젊은 여자가 밖을 내다보았다.
메리 데베남 양은 지난 목요일 바그다드를 떠난 이래 잠을 거의 이룰 수가 없었다. 키르쿠크로 가는 기차 속에서도, 모술의 휴게실에서도, 어젯밤 기차 안에서도 마찬가지였다. 숨막힐 듯이 뜨거운 그녀의 침실 안에서 뜬눈으로 누워 있기에 지친 데베남 양은 일어나서 밖을 내다보았다.
물론 아무것도 보이진 않았지만 알레포가 틀림없다. 기다랗고 희미한 빛만이 비치고 있는 플랫폼의 어디에선가 아라비아 어(語)로 크고 격렬하게 다투는 소리가 들려왔다. 그녀의 창문 아래에서는 두 남자가 프랑스 어로 이야기하고 있었다. 한 사람은 프랑스 장교였고, 또 한 사람은 멋진 콧수염을 기른 작달막한 남자였다. 그녀는 희미하게 미소를 지었다. 이제껏 그렇게 두껍게 목도리를 칭칭 감고 있는 사람을 본 적이 없었다. 밖은 무척 추운 모양이다. 그렇기 때문에 기차 안을 이렇게 지독하리만큼 덥게 해주는 것이리라. 그녀는 창문을 좀더 아래로 낮춰 보려고 했으나 잘 내려가지 않았다.

　침대차의 차장이 두 남자에게 다가와서 기차가 곧 출발할 것이니 어서 오르는 게 좋겠다고 말했다. 작은 남자가 모자를 벗었다. 달걀 모양의 머리가 곧 눈에 띄었다. 메리 데베남 양은 그만 웃음을 터뜨렸다. 참으로 재미있게 생긴 남자였다. 저런 남자하고는 아무도 진지한 이야기를 나눌 수 없을 것 같았다.

　뒤보스크 중위는 작별 인사를 했다. 그는 바로 이 순간을 위해서 오랫동안 그것을 간직해 두고 있었다. 그것은 매우 훌륭하고도 세련된 작별 인사였다.

　이에 못지않게 포와로도 친절하게 대답했다.

「기차에 오르십시오, 선생님.」

　침대차 차장이 소리쳤다.

　포와로가 한없이 주저하는 몸짓을 하면서 기차에 오르자, 차장이 뒤따라 올라탔다. 포와로는 손을 흔들었고, 뒤보스크 중위는 경례를 했다. 기차는 크게 한 번 덜컹거리더니 서서히 앞으로 움직이기 시작했다.

「이제 떠나는군———.」

　에르큘 포와로는 중얼거렸다.

　뒤보스크 중위는 입술을 떨면서 참으로 추운 날씨라고 생각했다.

「이쪽입니다, 선생님!」

　차장이 커다란 몸짓으로 포와로에게 훌륭한 침실과 잘 정리된 짐을 보여 주었다.

「선생님의 작은 여행 가방은 여기에 두었습니다.」

　차장의 쭉 뻗은 손이 무엇인가를 암시하는 것 같아서, 에르큘 포와로는 지폐 한 장을 집어서 손에 쥐어 주었다.

「감사합니다.」

차장은 쾌활하고 민첩하게 움직였다.
「선생님의 기차표는 제가 가지고 있습니다. 또, 여행중도 제가 간수하고 있지요. 선생님께서는 이스탄불까지만 여행하시는 걸로 아는데요, 맞습니까?」
포와로는 그렇다고 했다.
「여행하는 사람이 그리 많지 않은 것 같군요!」
포와로가 물었다.
「그렇습니다. 승객 두 분만이 계시는데 모두 영국인입니다. 인도에서 온 대령 한 분과, 바그다드에서 온 젊은 여자분이지요. 뭐 필요하신 거라도 있습니까?」
포와로는 작은 페리 주 한 병을 갖다 달라고 했다.
아침 5시는 기차를 타기에는 좀 어중간한 시간이었다. 동이 트려면 아직 두 시간이나 남아 있었다. 교묘한 사건을 훌륭하게 해결한 것과, 잠이 부족했다는 것을 생각하면서 포와로는 한쪽 구석에 웅크리고 앉았다가 이내 잠에 빠져 들고 말았다.
그가 잠에서 깨어났을 때는 9시 반이나 되어 있었다. 그는 뜨거운 커피라도 마셔 볼까 하고 식당으로 기운차게 걸어갔다.
식당에는 승객 한 명만이 앉아 있었는데, 차장이 이야기한 바로 그 젊은 영국인 여자 같았다. 그녀는 꽤 키가 크고 호리호리했으며, 검은 머리카락에 스물여덟 살쯤 되어 보였다. 그녀는 매우 세련된 동작으로 묵묵히 아침식사를 들고 있었다. 웨이터에게 커피를 좀더 가져다 달라고 하는 말투나 식사하는 태도로 보아, 그녀가 세상과 여행에 대해서 얼마나 많이 알고 있는지 짐작할 수 있었다. 그녀는 기차 안의 따뜻한 온도에 어울리게 얇은 천으로 된 검은색 여행용 옷을 입고 있었다.
에르큘 포와로는 달리 할 일도 없고 해서 눈치채이지 않을 정도로 그녀를 살펴보며 시간을 보내기로 했다.
 그녀는 어디에 가든지 자기 자신을 지킬 수 있는 여자라고 그는 판단했다. 그녀의 몸가짐은 매우 단정했고, 또 세련되어 보였다. 포와로는 그녀의 균형잡힌 몸매와 연약하게 보이는 창백한 피부가 무척 마음에 들었다. 또한, 윤기 있는 검은 고수머리와 차갑고 감정이 없는 듯한 회색빛 눈동자도 좋았다. 그러나 그 처녀는 귀엽다고 하기에는 좀 지나치게 똑똑해 보이는 것 같았다.
 잠시 뒤에 다른 사람이 식당차 안으로 들어왔다.
 그는 40~50살쯤 되어 보였고, 꽤 키가 크고 좀 말랐으며 갈색 피부를 가졌는데, 관자놀이 주위에 흰머리가 희끗희끗 비쳤다.
 「인도에서 온 대령일 거야.」하고 포와로가 중얼거렸다.
 그 남자는 처녀에게 약간 몸을 숙여서 인사했다.
 「안녕하시오, 데베남 양!」
 「안녕하세요, 애버스너트 대령님.」
 대령은 그녀 맞은편 의자 위에 손을 얹고 멈춰섰다.
 「앉아도 되겠습니까?」
 대령이 물었다.
 「물론이죠. 앉으세요.」
 「흠――잘 아시겠지만, 아침식사란 것이 늘 수다를 떨면서 먹어야 하는 건 아니지요.」
 「저도 그러지 않기를 바라요. 하지만 상관없어요.」
 대령은 자리에 앉았다. 그는 거만한 태도로 식당 웨이터를 불렀다.
 그는 달걀과 커피를 주문했다.
 그의 시선이 잠깐 동안 에르큘 포와로에게 머물렀다가, 관심 없다는 듯이 그냥 지나쳐 버렸다. 포와로는 영국인들의 마음을 정확히 읽을 수 있었기에, 그가 이렇게 혼잣말을 하는 것을 알았다.

「웬 빌어먹을 놈의 외국인이람!」

그들 국민성에 걸맞게 두 영국인은 수다를 떨지 않았다. 그들은 몇 마디 짧게 나누더니, 이내 처녀가 자리에서 일어나 자기 방으로 돌아가 버렸다.

점심식사 때에도 그 두 사람은 한 식탁에 앉아서 포와로에게는 전혀 신경을 쓰지 않았다. 그들의 대화는 아침식사 때보다는 한결 활기차 보였다. 애버스너트 대령은 인도의 펀잡 지방에 대해서 이야기하면서, 간간이 데베남 양에게(물론 이것은 나중에 알게 된 것이지만) 그녀가 가정교사로 있었던 바그다드에 대해서 물어보곤 했다. 대화 도중에 그들은 서로가 알고 있는 사람을 찾아낸 모양인데, 이것이 그들을 좀더 다정하고 자연스럽게 만들어 주었다. 그들은 늙은 토미 아무개와, 또 나이 든 레기 누군가에 대해서 이야기했다. 대령은 그녀에게 곧장 영국으로 갈 것인지, 아니면 이스탄불에서 머물 것인지 물어보았다.

「아니에요. 저는 곧장 갈 계획이에요.」

「좀 섭섭하겠는데요.」

「저는 2년 전에도 이 길로 왔었는데, 그때 이스탄불에서 사흘 동안 머물렀어요.」

「오, 그랬군요. 그렇다면 곧장 간다고 해도 괜찮겠습니다. 실은 나도 그렇기 때문이오.」

그는 어색하게 허리를 굽히면서 약간 낯을 붉혔다.

'저 대령도 정에 약한 사람이군.' 에르큘 포와로는 흥미있게 생각했다. '기차 여행도 선박 여행처럼 위험하긴 마찬가지야.'

데베남 양은 그것 참 잘되었다고 조용히 이야기했다. 그녀의 태도는 어딘지 억눌린 듯이 보였다.

대령이 그녀를 침대차로 데리고 가는 것을 에르큘 포와로는 알아차렸다. 얼마 후 그들은 토로스 산맥의 웅장한 모습을 보게 되었다. 두 사람이 나란히 복도에 서서 실리시아 산협(山峽)을 내려다보는 동안, 그녀에게서 갑작스런 한숨 소리가 새어 나왔다. 포와로는 그들 가까이에 서서 그녀가 중얼거리는 것을 들었다.

「너무 아름다워요! 저는———.」

「뭐라고요?」

「저렇게 아름다운 경치를 보고도 즐길 수 없는 제 마음이 안타까워요!」

애버스너트 대령은 대답하지 않았다. 그의 네모난 턱의 윤곽이 더욱 굳어지고, 심지어 무섭게조차 보였다.

「나도 당신이 모든 것에서 벗어나 홀가분한 생활을 했으면 좋겠어요.」

「제발 저를 가만히 놔두세요. 부탁이에요.」

「오! 좋아요.」

애버스너트 대령은 조금 화가 난 듯한 시선을 포와로 쪽으로 돌리며 계속 말을 이었다.

「그러나 나는 당신이 잔인한 부모들이나 지긋지긋한 아이들에게 들볶이면서도 가정교사를 굳이 하겠다는 그 생각이 마음에 들지 않소.」

그녀는 참을 수 없다는 듯이 웃었다.

「어머! 그렇게 생각하시면 안 돼요. 학대받는 가정교사라는 생각은 이제 바꾸셔야 해요. 저는 오히려 부모들이 저 때문에 들볶이지 않을까 걱정하고 있다고 말씀드려야겠군요.」

그들은 그 이상은 이야기하지 않았다. 아마 애버스너트 대령은 방금 전에 자기 감정을 폭발시킨 것이 조금 부끄러운 모양이었다.

「아주 재미있는 단막극 코미디를 보는 것 같군.」 하고 포와로는 중얼거렸다.

그는 나중에 이 생각을 다시 한 번 떠올리게 된다.

그들은 그날 밤 11시 반경에 코냐에 도착했다. 두 영국인 여행자들은 기차에서 내려 눈이 쌓인 플랫폼을 오르내리며 서성거렸다.

포와로는 기차 창문을 통해서 북적거리는 역을 지켜보는 것만으로 만족했다. 그러나 10분쯤 지나자 시원한 공기를 한껏 들이마시는 것도 나쁘지 않겠다는 생각이 들었다. 그는 외투와 목도리로 몸을 감쌌고, 깨끗한 단화 위에 덧신까지 신는 등 조심스럽게 준비를 했다. 그리고 나서 그는 기관차 뒤편까지 걸어갔다.

화물차의 그림자 속에 서 있는 형체를 알 수 없는 두 사람이 누구인지 알 수 있게 해주는 목소리가 들려왔다. 애버스너트가 이야기하고 있었다.

「메리——.」

그녀가 말을 가로막았다.

「지금은 안 돼요. 안 돼요. 모든 일이 끝나면, 모든 일이 지나가면 그때——.」

포와로는 조심스럽게 몸을 돌렸다. 그는 궁금했다——.

그는 데베남 양의 목소리에서 냉정하고 세련된 맛을 느낄 수가 없었다.

「참 이상하군.」 그는 중얼거렸다.

다음날, 그는 그들이 다투지 않았는지 궁금했다. 그들은 거의 말을 하지 않았다. 아마도 그녀에게 걱정 거리가 있는 모양이라고 포와로는 생각했다. 그녀의 눈 언저리에 검은 그림자가 드리워져 있었다.

오후 2시 반경에 기차가 멈췄다. 사람들이 창문 밖으로 머리를 내밀었다. 남자들 몇 명이 기차 옆에 모여서 식당차 아래를 보며 서 있었다.

포와로는 창밖으로 윗몸을 내밀고 바쁘게 지나가는 차장에게 말을 붙였다. 그의 대답을 듣고 포와로가 머리를 끌어들여 몸을 돌리는 순간, 바로 뒤에 서 있던 메리 데베남 양과 부딪칠 뻔했다.

「무슨 일이죠?」

그녀는 프랑스 어로 꽤 숨이 가쁘게 물었다.

「왜 기차가 멈춰섰나요?」

「아무 일도 아닙니다, 아가씨. 식당차 아래에 불이 붙었나 봅니다. 그리 심각한 건 아니라는군요. 이제는 꺼졌으니까요. 지금 수리하고 있는 중이랍니다. 별 위험은 없을 겁니다.」

그녀는 위험 같은 것에는 별 관심이 없는지 조금은 뜻밖의 태도를 취했다.

「오, 그렇군요. 그런 건 상관없어요. 다만 시간이!」

「시간이라고요?」

「예, 이 일 때문에 늦게 도착하는 것은 아닌지 모르겠어요.」

「아마 그럴 것 같은데요.」 포와로가 대답했다.

「하지만 연착하면 안 돼요! 이 기차는 6시 55분에 도착해야 돼요. 그리고 우리는 보스포루스 해협을 건너서 9시 정각에 심플론 오리엔트 특급 열차를 타야 해요. 만일, 한두 시간 연착한다면 우리는 그 기차를 놓치게 될지 몰라요.」

「그럴지도 모르겠군요.」 그는 대답했다.

그리고는 이상하다는 듯이 그녀를 바라보았다. 창틀을 잡고 있는 그녀의 손이 떨리고 있었으며, 그녀의 입술도 떨리고 있었다.

「그게 그렇게 중요합니까, 아가씨?」

포와로가 물었다.

「그래요, 정말 중요해요. 저는 꼭 그 기차를 타야 하거든요.」

그녀는 몸을 돌려서 애버스너트 대령에게로 가려고 통로 쪽으로 걸어갔다.

그러나 그녀의 걱정은 필요없는 것이었다. 기차는 10분 뒤에 다시 출발했기 때문이다. 기차는 하이다파사 역에 5분 늦게 도착했으나, 도중에서 시간을 보충했다.

보스포루스 해협은 매우 거칠어서 포와로는 그곳을 건너는 데 무척 고생했다. 그는 배에서는 함께 기차를 타고 온 사람들을 만나지 못했다.

갈라타 다리에 도착하자마자 그는 곧장 토카틀리안 호텔로 갔다.

제2장
토카틀리안 호텔

　에르큘 포와로는 토카틀리안 호텔에서 욕실이 딸린 방 하나를 부탁했다. 그리고 나서 지배인 책상 쪽으로 걸어가서 편지가 온 게 없느냐고 물어보았다.
　편지 세 통과 전보 한 통이 있었다. 그는 전보를 보고서 눈썹을 치켜 올렸다. 전혀 예기치 않은 일이었다.
　그는 평상시와 마찬가지로 천천히 세련된 동작으로 그것을 뜯어보았다. 글씨가 눈에 뚜렷하게 들어왔다.

　'카스너 사건이 뜻밖에 잘 진척되고 있음. 속히 귀국 바람.'

「그것 참 귀찮은 일이 생겼군.」
　포와로는 화가 난 듯이 중얼거렸다. 그는 시계를 올려다보았다.
「오늘밤에 다시 여행을 해야 되겠소.」
　그는 지배인에게 말했다.

「심플론 오리엔트 열차는 몇 시에 떠나죠?」

「9시 정각입니다.」

「침대차를 하나 잡아 줄 수 있겠소?」

「물론이지요. 요즘 같은 때엔 어려울 게 없습니다. 기차들이 거의 텅텅 비니까요. 1등실로 하시겠습니까, 2등실로 하시겠습니까?」

「1등실로 해주시오.」

「알겠습니다. 그런데 어디까지 가실 겁니까?」

「런던까지입니다.」

「알겠습니다. 런던까지의 표 한 장과, 이스탄불──칼레행 기차에 있는 침대차를 예약해 드리겠습니다.」

포와로는 다시 시계를 쳐다보았다. 7시 50분이었다.

「식사할 시간이 있을까요?」

「물론입니다.」

키 작은 벨기에 인은 고개를 끄덕였다. 그는 프런트에 가서 예약했던 방을 취소하고 복도를 지나 식당 쪽으로 향했다.

그가 웨이터에게 주문을 하고 있을 때, 누군가가 그의 어깨에 손을 올려 놓았다.

「이것 참 반갑습니다! 여기서 만나다니요! 정말 반갑습니다!」

포와로의 등뒤에서 목소리가 들렸다. 말을 한 사람은 좀 키가 작지만, 건장하고 나이가 든 남자였다. 그는 매우 기쁜 듯이 웃고 있었다.

포와로는 벌떡 일어섰다.

「무슈 부크!」

「무슈 포와로!」

부크도 역시 벨기에 인이었으며, 국제 침대차 회사의 중역이었다. 그는 벨기에 경찰에서 화려한 경력을 가진 포와로를 몇 년 전에 알게 되었다.

「당신을 이 먼 곳에서 보게 되는군요.」
부크가 말했다.
「시리아에서 조그만 사건이 생겨서요.」
「오, 그럼 이제 집으로 돌아가는 길이군요. 언제 떠납니까?」
「오늘밤이오.」
「거 아주 잘 됐소. 나 역시 그렇다오. 나는 로잔까지 가지요. 그곳에 좀 볼일이 있거든요. 물론, 당신도 심플론 오리엔트 열차로 여행하겠지요?」
「맞아요. 방금 침대차 하나를 부탁해 놓았습니다. 여기에서 며칠 머무를 생각이었는데, 급히 영국으로 와 달라는 전보가 왔어요.」
「사건이로군——사건이야! 당신은 늘 인기 스타로군요!」
「뭐 조금 성공했을 뿐이지요.」
포와로는 겸손하게 보이려 애썼으나 자랑스러움을 감출 수 없었다. 부크가 웃음을 터뜨렸다.
「나중에 다시 만납시다.」하고 그가 말했다.
에르큘 포와로는 수프가 콧수염에 묻지 않도록 조심하면서 식사를 했다.
이렇듯 어렵게 수프를 먹은 다음, 다른 음식을 기다리는 동안 주위를 둘러보았다. 식당에는 대여섯 명의 손님만이 있었는데, 그들 중 특히 두 사람이 에르큘 포와로의 눈길을 끌었다.
그 두 사람은 그리 멀지 않은 식탁에 앉아 있었다. 한 사람은 꽤 호감이 가는 30대 정도의 젊은 남자로 미국인 같았다. 그러나 정작 이 작은 탐정의 관심을 끈 것은 그 젊은 남자가 아니라 그와 함께 앉아 있는 남자였다.
그는 50대 정도로 보였다. 조금 거리가 떨어져 있어서 그런지 그는 박애주의자처럼 온화한 모습을 하고 있었다. 조금 벗겨진 머리, 둥근 이마, 매우 흰 틀니를 드러내 보이며 미소 짓는 입이 ──모든 것들이 그의 자비로운 성품을 말해 주는 듯이 보였다. 그러나 그의 눈만은 이런 생각을 어긋나게 해주고 있었다. 그의 두 눈은 조그맣고 움푹 들어갔으며, 교활한 빛이 감돌고 있었다. 그뿐만이 아니었다. 젊은 남자에게 무슨 말을 하면서 식당을 둘러볼 때 그의 시선이 잠시 동안 포와로에게 멈췄는데, 바로 그 순간 그의 시선에는 표현할 수 없는 악의와 부자연스러운 긴장감 같은 것이 깃들어 있었다.

그리고는 그가 일어나면서 말했다.

「헥터, 돈을 지불하게.」

그의 목소리는 약간 쉰 듯했다. 듣기에는 부드러웠지만 어딘지 모르게 이상했고, 위험스럽게 느껴지기까지 했다.

포와로가 휴게실에서 부크를 다시 만났을 때, 그 두 사람은 막 호텔 밖으로 나서고 있었다. 그들의 짐이 아래층으로 운반되고 있었다. 젊은 사람이 그 모습을 지켜보고 있었다. 그는 유리문을 열고 말했다.

「이제 준비가 다 되었습니다, 래체트 씨.」

나이 든 남자가 퉁명스럽게 알았다고 하면서 밖으로 나갔다.

「부크 씨, 당신은 저 두 사람을 어떻게 생각하시오?」 하고 포와로가 물었다.

「저 사람들은 미국인인데.」

부크가 대답했다.

「물론 그렇지요. 하지만 나는 저 사람들의 인품에 대해서 묻는 겁니다.」

「젊은 남자는 정말 호감이 가는군요.」

「다른 사람은요?」

「솔직히 말해서, 나는 그 사람에게는 신경쓰지 않았소. 그 사람한테서는 불쾌한 인상만 받았으니까요. 그런데 당신은 어떻게 생각합니까?」
 에르퀼 포와로는 잠시 머뭇거리다가 이렇게 대답했다.
「식당에서 그가 내 옆을 지나갈 때 무척 이상한 인상을 받았지요. 당신은 이해할 줄 믿습니다만, 야생 동물——맞아, 잔인한 동물이 내 곁을 지나가는 것 같았소.」
「하지만 그 사람은 매우 품위 있게 보이잖소?」
「물론 그렇지요! 그의 몸——즉, 동물 우리 같은 그의 몸은 매우 존경스럽게 보이지만, 창살을 통해서 야생 동물이 밖을 노려보고 있다오.」
「당신의 상상력엔 못 당하겠군.」
 부크가 말했다.
「그럴 겁니다. 하지만 악마 같은 것이 바로 내 곁을 스쳐 지나갔다는 인상은 지워 버릴 수가 없는걸요.」
「저렇게 품위 있어 보이는 미국인 신사가 말이지요?」
「맞소. 아주 훌륭하게 보이는 미국 신사 양반이지요.」
「흠, 그럴 수도 있겠지. 세상엔 속을 모를 악마도 많으니까.」
 바로 그 순간 문이 열리면서 호텔 지배인이 그들에게로 다가왔다. 그는 걱정스럽고, 또 미안해 하는 듯한 표정을 지었다.
「참 이상한 일입니다, 선생님.」
 그가 포와로에게 말했다.
「기차에 남아 있는 1등 침대칸이 하나도 없다는군요.」
「뭐라고요?」
 부크가 소리쳤다.
「요즘 같은 때에 그럴 리가——? 흠, 틀림없이 언론인들 아니면 정치인들이 몰려온 모양이로군.」
「그건 잘 모르겠어요.」

지배인은 어색한 태도로 그에게 몸을 돌리며 말했다.
「아무튼 사정이 그렇게 되었습니다.」
「알았소.」
부크는 포와로에게 몸을 돌렸다.
「포와로 씨, 걱정하지 마세요. 뭔가 방법이 있을 거요. 언제나 16호 침실은 비워 두거든요. 차장이 알아서 처리한답니다.」
그는 미소를 지으며 시계를 올려다보았다. 그리고는 말을 이었다.
「자, 어서 갑시다. 출발할 시간이 되었습니다.」
역에서 갈색 제복을 차려 입은 침대차의 차장이 허리를 굽히며 부크에게 인사했다.
「안녕하십니까, 선생님 방은 1호실입니다.」
그는 짐꾼을 불렀다. 짐꾼이 그들의 짐을 수레차에 싣고 '이스탄불——트리에스테——칼레'라는 표찰이 붙은 화물차의 중간으로 가져갔다.
「오늘밤 기차가 만원이라고 들었는데 사실인가?」
「믿을 수 없으시겠지만, 정말 그렇습니다. 오늘밤에 세상 사람들이 한꺼번에 여행을 나섰나 봅니다.」
「아무튼 여기 이분에게 방 하나를 구해 줘야만 하겠네. 이분은 내 친구일세. 16호실을 쓸 수 있겠나?」
「그 방도 이미 차 버렸는데요.」
「뭐라고? 16호실도?」
알겠다는 듯한 시선이 오고간 뒤에 차장은 멀거니 웃었다. 그는 키가 크고 야윈 중년 남자였다.
「그렇게 되었습니다. 말씀드린 대로 손님이 워낙 많아서요.」
「도대체 어떻게 된 거지?」
부크는 화가 난 듯이 물었다.

「어디에서 회의라도 열리는 건가? 아니면 단체 손님이라도 탔단 말인가?」

「아닙니다. 그저 우연일 뿐입니다. 많은 사람들이 오늘밤 우연히도 모두 여행을 떠나는 모양입니다.」

부크가 울화통 터진다는 듯이 혀를 차는 소리로 말했다.

「베오그라드에서는—— 아테네에서 오는 기차에서 떼어놓는 열차가 있을 거야. 또, 부쿠레슈티——파리 간 열차도 있을걸세. 그러나 오늘밤 안에는 베오그라드에 도착할 수 없어. 문제는 오늘밤이야. 어디 비어 있는 2등 침실은 없나?」

「하나가 있긴 합니다만.」

「흠, 그럼 됐구먼——.」

「그렇지만 어떤 여자 손님이 먼저 예약해 놓았습니다. 그 여자분의 하녀인 독일 여자가 탈 겁니다.」

「저런! 그건 좀 곤란하겠군.」하고 부크가 말했다.

「걱정하지 마십시오.」

포와로가 말했다.

「나는 보통 열차로 여행하지요.」

「천만에! 그럴 순 없죠.」

그는 다시 한 번 차장 쪽을 보고 말했다.

「손님들이 모두 도착했소?」

차장은 주저하면서 천천히 대답했다.

「사실은 아직 한 분이 도착하지 않았습니다.」

「어서 말해 보게!」

「7호실입니다. 2등실이죠. 8시 56분인데 아직도 도착하지 않았습니다.」

「그게 누구요?」

차장은 승객 명단을 뒤적거렸다.

「영국인입니다. 이름은 해리스이고요.」

「좋은 징조가 담긴 이름이군. 나는 디킨스의 작품을 읽어 보았지요. 해리스는 오지 않을 겁니다.」하고 포와로가 이야기했다.

「이분 짐을 7호실로 옮겨 주게.」

부크가 말했다.

「만일, 해리스 씨가 오면 너무 늦었다고 말해 주게. 침실을 그렇게 오랫동안 예약된 채로만 봐 둘 수는 없으니까. 그 문제는 그때 가서 해결하면 될 걸세. 해리스라는 사람은 신경쓸 거 없어.」

「말씀하시는 대로 하겠습니다.」

차장이 말했다. 그는 짐꾼에게 포와로의 짐을 어디로 가져가야 하는지를 일러주었다. 그리고 나서 포와로가 기차에 오를 수 있도록 계단에서 조금 비켜 섰다.

「맨 끝 쪽에 있습니다. 선생님 침실은 제일 끝에서 두 번째 칸이니까요.」

포와로는 복도를 따라서 천천히 걸어가야만 했다. 대부분의 손님들이 침실 밖으로 나와서 서 있었기 때문이었다.

그는 마치 시계 소리처럼 규칙적으로 공손하게,「실례합니다.」를 되풀이했다. 이렇게 해서 그는 겨우 자기가 묵을 방에 도착했다. 침실 안에는 토카틀리안 호텔에서 본 키 큰 젊은 미국인이 손을 쭉 뻗고서 옷가방을 정리하고 있었다.

그는 포와로가 들어오자 인상을 찌푸리며 말했다.

「죄송합니다만, 잘못 들어오신 것 같군요.」

그리고 나서 프랑스 어로 되풀이했다.

포와로는 영어로 물었다.

「해리스 씨입니까?」

「아닙니다. 제 이름은 매퀸입니다. 저는────.」

그때 포와로의 등 뒤에서 침대차 차장의 미안한 듯하면서도 숨찬 목소리가 들려왔다.

「손님, 이 기차에 빈 칸이 없어서 이분이 들어오게 되었습니다. 함께 지내셔야 되겠습니다.」

그는 이렇게 말하면서 통로 창문을 들어올리고는, 곧 포와로의 짐을 선반 위에 올려 놓기 시작했다.

포와로는 그의 목소리에 사죄의 빛이 역력히 들어 있는 것을 눈치채고는 조금 재미가 있었다. 의심할 바 없이 다른 손님을 태우지 않으면 후한 팁을 주겠다고 약속받았던 것이리라. 그러나 아무리 후한 팁이라도 회사의 중역이 타면서 명령을 내리는 데는 어쩔 도리가 없지.

차장은 옷가방을 선반 위에 내동댕이치듯이 올려 놓고는 침실을 나섰다.

「모두 정리되었습니다. 선생님 침대는 7번이니까 위층 침대입니다. 1분 뒤에 출발합니다.」

그는 말을 마친 뒤 서둘러서 통로 저쪽으로 걸어갔다. 포와로는 침실로 들어왔다.

「보기 힘든 일이로군. 침대차 차장이 손수 짐을 옮겨 놓다니 말이오! 이런 일은 들어 보지도 못했는걸!」

그는 유쾌하게 이야기했다.

같은 방에 있는 남자가 미소지었다. 그는 마음이 가라앉은 모양이었다. 어쩌면 순순히 받아들이는 것밖에 별 도리가 있겠느냐고 생각했는지도 모르지. 그가 말했다.

「기차가 정말 만원이군요!」

경적이 울리더니 기관차에서 나는 우울한 기적 소리가 길게 들려왔다. 두 남자는 복도로 걸어나갔다.

밖에서,「이제 발차합니다. 모두 올라타시기 바랍니다!」하고 외치는 소리가 들렸다.

「이제는 떠나는군요.」

매퀸이 말했다.

그러나 기차는 사실 출발한 것이 아니었다. 다시 한 번 경적이 들려왔다.

「저——선생님.」

젊은 남자가 갑자기 말을 걸어왔다.

「선생님께서 아래쪽 침대를 사용하시는 게 어떨까요? 오르시기도 쉽고 편할 것 같은데요. 저는 괜찮습니다.」

참으로 호감이 가는 젊은이였다.

「오, 아니오. 아닙니다.」

포와로는 거절하고는 덧붙여 말했다.

「그러지 않아도 됩니다.」

「정말 괜찮겠습니까?」

「정말 고맙소만——.」

두 사람은 정중한 태도로 말했다.

「오늘밤이면 됩니다. 베오그라드에서——.」

포와로가 설명해 주었다.

「오! 알겠습니다. 베오그라드에서 내리시는 모양이군요.」

「아니, 그렇지는 않소. 그게 아니라——.」

기차가 갑자기 흔들렸다. 두 사람은 창문 쪽으로 몸이 쏠렸다. 기차가 천천히 움직이자 하얗게 불이 켜진 기다란 플랫폼이 창에 스치며 지나갔다.

오리엔트 특급 열차가 사흘간의 유럽 횡단 여행을 시작한 것이다.

제3장
포와로, 사건을 거절하다

　에르큘 포와로는 다음날 조금 늦게 식당차에 들어섰다. 그는 아침 일찍 자리에서 일어나 혼자 아침식사를 마친 뒤, 오전 내내 그를 영국으로 부른 사건을 검토해 보았다. 그는 자기와 함께 여행하는 청년의 모습을 영 볼 수가 없었다.
　이미 자리를 잡고 앉아 있던 부크가 손짓으로 그를 불러서 앞자리에 앉으라고 했다.
　포와로는 자리에 앉자마자 이내 자기가 몇 개 안 되는 특별석에 앉아 있다는 것을 알아차렸다. 음식도 역시 훌륭했다.
　부크는 맛있는 크림 치즈를 먹고 나서야 비로소 음식 이외의 다른 문제들에 관심을 돌렸다. 그는 식사할 때에는 매우 철학적이 되었다.
　「오!」그는 한숨지으며 말했다.
　「내가 만일 발자크(1799~1850, 프랑스의 소설가)와 같은 글재주를 가지고 있다면 이 장면을 멋지게 묘사할 수 있을 텐데.」
　그는 허공에다 손을 저었다.

「참 좋은 생각이군요.」

포와로가 말했다.

「오, 당신도 찬성합니까? 내 생각에는 아직까지는 그런 일이 없었던 것 같은데? 하지만, 포와로 씨——좀 낭만적이지 않소? 우리들 주위엔 많은 사람들이 있어요. 계층과 국적과 나이가 서로 다른 사람들이지요. 사흘 동안 이 사람들, 즉 서로가 서로에게 이방인인 이 사람들과 함께 있게 된 것이지요. 그들은 한 지붕 밑에서 잠자고 식사하며, 서로에게서 떨어져 나갈 수 없습니다. 사흘이 지나면 각기 다른 길로 헤어져서 다시는 만날 수 없게 되겠지만.」

「그렇지만 만일 사건이 일어난다면——.」

「오, 그럴 리가 있겠소. 당신도 참——.」

「당신에게는 물론 유감스러운 일이겠지요. 그 심정은 잘 압니다. 그러나 한번 그런 일을 상상해 봅시다. 그렇다면 여기에 있는 모든 사람들은 연결되어 있는 거지요——죽음이라는 끈으로 말이오.」

「술 좀 더 하겠습니까?」

부크는 얼른 술을 따랐다.

「당신은 좀 병적인 것 같소. 혹시 소화불량 때문이 아니오?」

「사실입니다.」

포와로는 그렇다고 했다.

「시리아의 음식이 내 위장엔 맞지 않는 것 같아요.」

그는 술을 한 모금 마셨다. 그리고 나서 뒤로 몸을 젖힌 채로 식당차 안을 주의 깊게 둘러보았다. 식당차에는 13명의 손님이 있었으며, 그들은 부크가 말한 대로 각양 각색의 계층과 국적을 가지고 있었다. 그는 그들을 꼼꼼히 훑어보기 시작했다.

맞은편 식탁에는 세 남자가 앉아 있었다. 그들은 분명히 혼자서 여행하는 사람들일 테지만, 웨이터가 솜씨 좋게 한데 엮어서 앉혀 놓은 모양이라고 포와로는 생각했다. 몸집이 크고 가무잡잡한 이탈리아 인이 입맛을 다시며 이를 쑤시고 있었다. 그의 맞은편에는 야윈 편이지만 말쑥하게 차려 입은 영국인이 앉아 있었는데, 그는 오랫동안 일한 하인처럼 무표정하고 불만스러운 듯한 얼굴을 하고 있었다. 영국인 옆에는 화려한 양복을 입은 키 큰 미국인이 있었는데, 아마도 사업상 여행하는 것 같았다.

「한 번 크게 벌려야 되는 거 아닙니까?」

그는 코멘 소리로 커다랗게 말했다.

이탈리아 인은 이쑤시개를 빼내더니 그것을 마구 흔들어 댔다.

「물론이지요. 내 생각도 바로 그렇습니다.」

영국인은 창문 밖을 내다보면서 기침을 했다.

포와로의 눈동자는 계속 움직였다.

조그만 식탁에는 그가 지금까지 보아 온 사람들 중에서 가장 추하게 생긴 늙은 여자가 몸을 꼿꼿이 세운 채 앉아 있었다. 하지만 그것은 특이한 추함이었다 ── 역겹다기보다는 오히려 매력적인 것이었다. 그녀의 목에는 커다란 진주 목걸이가 걸려 있었는데, 믿기 어려운 일이지만 그 진주들은 진짜였다. 그녀의 손가락은 온통 반지들로 덮여 있었고, 어깨에는 검은 담비 코트가 드리워져 있었다. 매우 작으면서도 비싸게 보이는 모자 아래에는 비밀에 감싸인 듯한 노랗고 두꺼비 같은 얼굴이 있었다.

그녀는 웨이터에게 또박또박하고 품위를 지닌 목소리로 주문했다. 그러나 그 목소리에는 독재자와 같은 고집스러움이 깃들어 있었다.

「내 방으로 탄산수 한 병과 큰 잔에 담은 오렌지 주스를 갖다 주면 고맙겠어요. 오늘 저녁식사로는 소스 없이 요리된 닭고기와, 찐 생선을 들겠다고 말해 줘요.」

웨이터는 알겠다고 정중하게 대답했다.

그녀는 우아하게 약간 고개를 끄덕이더니 자리에서 일어났다. 그녀의 시선이 포와로와 마주쳤으나 무관심한 귀족처럼 냉담하게 그를 지나쳐 갔다.

「저 여자가 드라고미로프 공작 부인이지요.」

부크가 목소리를 낮춰서 말했다.

「러시아 인입니다. 남편이 혁명 전에 돈을 벌어서 외국에다 투자를 많이 했답니다. 그녀는 큰 부자입니다. 정말 세계적인 인물이지요.」

포와로는 고개를 끄덕였다. 그전에 드라고미로프 공작 부인에 관해서 들은 적이 있었기 때문이다.

「정말 대단한 여자랍니다.」하고 부크가 말했다.

「못생기긴 했지만 사람들에게서 많은 인정을 받고 있거든요. 당신도 알고 있을 텐데요?」

포와로는 그렇다고 했다.

다른 커다란 식탁에는 메리 데베남 양이 두 여자와 함께 앉아 있었다. 그 중 한 여자는 키가 큰 중년 부인이었는데, 격자 무늬의 블라우스와 트위드 천으로 된 치마를 입고 있었다. 그 여자는 색이 바랜 듯한 노란색 머리카락을 어울리지 않게 질끈 묶고 안경을 쓰고 있었는데, 길고 양같이 순하면서도 애교 있는 얼굴을 하고 있었다. 그녀는 세 번째 여자의 말에 귀를 기울이고 있었다. 이 여자는 좀 살이 쪘으며 재미있는 얼굴을 한 나이 든 여자였는데, 숨도 쉬지 않고 낮고 단조로운 목소리로 계속 떠들어대고 있었다.

「──그래서 내 딸 아이가 이렇게 말하더군요. '뭐라고요! 미국식 방법은 이 나라에서는 통하지 않아요. 이곳 사람들에게는 게으름을 피우는 것이 지극히 당연하니까요. 그들은 어떤 일도 하지 않는다니까요──' 하고 말이에요. 그러나 어쨌든 우리 대학이 여기에서 뭘 하고 있는지 알면 여러분은 깜짝 놀랄 거예요. 우리는 매우 좋은 교수

진을 갖고 있답니다. 나는 교육보다 좋은 것은 없다고 생각해요. 우리는 서양의 사고 방식과 동양의 사고 방식을 함께 인식하도록 가르쳐야 해요. 내 딸이 이렇게 말하더군요——.」

기차가 터널로 들어갔다. 그러자 그녀의 낮고 단조로운 목소리가 들리지 않게 되었다.

그 옆의 작은 식탁에는 애버스너트 대령이 혼자 앉아 있었다. 그는 줄곧 데베남 양의 뒷모습을 지켜보고 있었다. 그들은 한 자리에 앉지 않았다. 쉽게 한 자리에 앉을 수 있었을 텐데, 왜 그랬을까?

아마도 데베남 양이 싫어했을 거라고 포와로는 생각했다. 가정교사란 조심스럽게 행동하는 법을 배워야 한다. 품행이 중요하다. 스스로 생계를 꾸려 가는 여자는 신중하게 행동해야만 한다.

그의 시선이 식당차의 다른 쪽으로 옮겨 갔다. 저쪽 끝에 검은 옷을 입고 넓고 표정 없는 얼굴을 가진 중년 부인이 벽을 등에 지고 앉아 있었다. 독일인이 아니면 스칸디나비아 인일 거라고 그는 생각했다. 아마도 독일인 하녀인 모양이다.

그녀 뒤엔 한 쌍의 남녀가 몸을 앞으로 내민 채 재미있게 이야기하고 있었다. 남자는 영국제의 헐렁한 트위드 옷을 입고 있었지만, 실상 영국인은 아니었다. 오직 그의 뒷머리만이 포와로에게 보였지만, 그런 모습이나 어깨의 모양 등이 그것을 말해 주고 있었다. 키도 크고 매우 건장한 남자였다. 그가 갑자기 머리를 돌려서, 포와로는 그의 옆모습을 볼 수 있었다. 길고 멋진 콧수염을 기른 서른 살쯤 되어 보이는 매우 잘생긴 남자였다.

그의 맞은편에 있는 여자는 아직 앳되어 보였다——한 스무 살쯤 되어 보였다. 그녀는 몸에 착 달라붙는 검은색 코트와 치마, 그리고 하얀 공단 블라우스를 입고 있었는데, 검고 작으면서도 예쁜 모자는 유행을 따라서인지 터무니없이 삐딱하게 그녀의 머리에 얹혀져 있었다. 그녀는 아름답고 이국적인 얼굴에 새하얀 피부, 커다란 갈색 눈, 새카만 머리카락을 갖고 있었다. 그녀는 기다란 파이프에 담배를 끼워서 피고 있었다. 손톱은 매우 진하게 빨간색으로 칠해져 있었다. 그녀는 백금에 에메랄드가 박힌 반지를 끼고 있었다. 그녀의 눈빛과 목소리에는 요염한 매력이 섞여 있었다.

「예쁜데——더구나 세련되기까지 했어. 저들이 부부일 것 같소?」
포와로가 물었다.

부크는 고개를 끄덕거렸다.

「헝가리 대사관 직원일 거요.」

「잘 어울리는 부부로구먼.」

식당차에는 두 사람이 더 있었다——포와로와 같은 침실을 사용하는 매퀸과, 그가 모시고 있는 래체트였다. 래체트는 앉아서 내내 포와로만 바라보고 있었다. 포와로는 그의 이마와 작고 잔인한 눈과는 달리 보이는 온화함에 주의하면서 그 혐오스러운 얼굴을 관찰했다.

부크는 포와로의 표정이 변하는 것을 알아차렸다.

「지금 저 야수를 쳐다보고 있는 모양이군요?」

포와로가 고개를 끄덕였다.

「나는 그만 침실로 돌아가겠소.」

「나중에 내 방에 와서 함께 이야기나 나눕시다.」

「기꺼이 가지요.」

포와로는 커피를 다 마시고 리큐르(달고 향기 있는 독한 술)를 주문했다. 웨이터는 계산함을 들고 돈을 받으면서 식탁 이쪽 저쪽으로 돌아다니고 있었다. 나이 든 미국 여자의 목소리가 날카롭고 호소하는 듯이 변했다.

「내 딸아이가 이렇게 이야기하더군요. '식권을 가지고 다니면 걱정 없어요——조금도 걱정이 없답니다.' 그런데 요즈음은 그렇지가 않아요. 10퍼센트의 팁을 줘야만 하는 것 같고, 또 탄산수 병이나 이상스러운 음료수도 있잖아요. 그런데 에비안이나 비치 같은 음료수가 없다니, 나는 참 이상스럽게 여겨지는군요.」

「그것은 아마 이 나라의 음료수만 팔기 때문일 겁니다.」하고 순한 얼굴을 한 여자가 설명해 주었다.

「그래도 이상하게 보이잖아요.」

그녀는 역겹다는 듯이 앞에 놓인 잔돈을 바라보았다.

「웨이터가 내게 던져 놓고 간 이 돈을 좀 보세요. 디나르(유고슬라비아의 화폐)인지 뭔지는 모르겠지만, 마치 쓰레기더미처럼 보이잖아요! 내 딸아이가 그러더군요——.」

메리 데베남 양은 의자를 뒤로 밀어 놓고 두 사람에게 가볍게 인사하고는 자리를 떴다. 애버스너트 대령도 자리에서 일어나 그녀를 따라갔다. 미국 여인도 자기가 경멸했던 돈을 주워 모아서 자리를 떴고, 이내 남은 한 여자도 얌전히 식당차 밖으로 나갔다. 헝가리 인들은 이미 자리에 없었다. 식당차는 텅 비어서 이제는 포와로와 매퀸, 그리고 래체트밖에 없었다.

래체트가 그의 젊은 비서에게 뭐라고 말을 건네자 젊은이는 곧 일어나서 밖으로 나갔다. 그러자 래체트도 일어나서는, 매퀸을 따라 나가지 않고 뜻밖에도 포와로의 맞은편 자리로 와서 앉는 것이었다.

「불 좀 빌려 주시겠습니까?」

그의 목소리는 부드럽고——약간 코가 멘 듯했다.

「나는 래체트라고 합니다.」

포와로는 약간 고개를 숙여서 인사했다. 그는 주머니 속에 손을 넣어서 성냥갑을 꺼내어 래체트에게 건네주었다. 하지만 그는 성냥을 받고도 불을 켜지 않았다.

「에르큘 포와로 씨와 이야기를 나눌 수 있게 되어서 반갑습니다.

내 말이 맞는지요?」

포와로는 고개를 끄덕였다.

「아주 정확하게 알고 계시는군요.」

포와로는 대답하기 전에 이미 그를 찬찬히 뜯어보아서, 남을 평가하고 있는 교활한 그의 눈동자를 의식하고 있었다.

「우리 나라에서는 사람들이 대개 단도직입적입니다. 포와로 씨, 당신에게 일을 부탁하고 싶습니다만——.」

에르큘 포와로의 눈썹이 위로 약간 치켜 올라갔다.

「래체트 씨, 요즘은 손님을 제한하고 있습니다. 매우 조금밖에 사건을 맡고 있지 않거든요.」

「오, 당연히 그렇겠지요. 이해합니다. 그러나, 포와로 씨, 이 일을 하시면 큰돈을 벌 수 있습니다.」

그는 부드럽고 설득력 있는 목소리로 되풀이했다.

「큰돈을 벌 수 있다고요.」

에르큘 포와로는 잠시 동안 침묵을 지켰다. 그리고 나서 말했다.

「부탁할 일이란 게 무엇인지요, 래체트 씨?」

「포와로 씨, 나는 부자입니다——매우 큰 부자지요. 이런 위치에 있는 사람들은 적들을 갖고 있는 법이지요. 내게도 적이 있습니다.」

「오직 한 명의 적입니까?」

「그게 무슨 말이지요?」

래체트가 날카롭게 물었다.

「내 경험으로는 당신이 말씀하신 대로 적들을 갖는 위치에 서게 되면, 대개는 적이 단 한 명이 아니더군요.」

래체트는 포와로의 대답에 안심이 된 듯한 표정을 지었다. 그는 재빨리 말을 이었다.

「오, 맞아요. 무슨 말인지 알겠습니다. 하지만 한 명이든 여러 명이

—그건 문제가 되지 않아요. 중요한 것은 나의 안전입니다.」

「안전이라고요?」

「내 생명이 계속 위협받고 있습니다. 포와로 씨, 물론 나는 나 자신을 잘 지킬 수 있는 사람입니다.」

그는 코트 주머니에서 슬쩍 자동 권총을 꺼내 보여 주었다. 그는 심각하게 계속 말했다.

「납치를 당하거나 할 사람은 아니지요. 그러나 그러한 것들을 여러 번 보아 왔기 때문에, 좀더 확실하게 안전을 도모하는 것이 좋을 것 같습니다. 포와로 씨, 당신이 그 일에 적합할 것같이 여겨지는군요. 그리고 기억하십시오——큰돈이 걸려 있다는 걸 말입니다.」

포와로는 잠시 동안 그를 골똘히 바라보았다. 그의 얼굴에는 표정이라곤 전혀 없었다. 그 마음속에 도대체 어떤 생각이 흐르고 있는지 알 도리가 없었다.

「유감스럽지만——.」

그는 한참이 지나서야 말을 꺼냈다.

「당신을 도울 수가 없겠습니다.」

래체트는 교활한 눈으로 그를 쳐다보았다.

「그렇다면 얼마쯤 생각하고 있는지 말해 보시지요.」

포와로가 고개를 저었다.

「내 말을 잘못 이해하신 것 같습니다. 나는 지금까지 일을 잘 처리해 왔습니다. 그래서 필요한 물건이나 기호품 등을 살 정도의 돈은 충분히 벌어 두었습니다. 이제는 나에게 흥미를 주는 사건들만 맡고 있답니다.」

「당신, 꽤나 대담하신 분이로군요. 그럼, 2만 달러라면 당신의 흥미를 끌겠습니까?」

「그렇지 않을 겁니다.」

「만일 더 많은 돈을 내라고 한다면, 당신은 이 일을 놓치게 될 겁니다. 내게 필요한 일이 무엇인지 잘 알고 있으니까요.」
「나 역시 그렇습니다, 래체트 씨.」
「내 제안에 잘못된 것이 도대체 뭐가 있죠?」
포와로가 일어섰다.
「개인적인 일입니다만――나는 당신의 얼굴이 마음에 들지 않습니다, 래체트 씨.」
이렇게 말하고 포와로는 식당차를 떠나 버렸다.

제4장
심야의 비명

심플론 오리엔트 특급 열차는 그날 밤 8시 45분에 베오그라드에 도착했다. 9시 15분까지는 출발하지 않을 예정이었기 때문에 포와로는 플랫폼으로 내려왔다. 그러나 그는 거기에서 오래 머물러 있을 수가 없었다. 날씨가 너무 추웠기 때문이다. 플랫폼에는 천장이 있어서 괜찮았지만 밖에는 눈이 펑펑 쏟아지고 있었다. 그는 곧 침실로 돌아왔다. 플랫폼에서 발을 동동 구르면서 어깨를 흔들고 있던 차장이 말을 꺼냈다.

「선생님의 짐들은 부크 씨의 침실인 1호실로 옮겨 놓았습니다.」

「그럼, 부크 씨는 어디에 계신가?」

「그분은 방금 아테네에서 온 기차로 옮겨 탔습니다.」

포와로는 그의 친구를 찾아나섰다. 부크는 포와로의 항의를 가까스로 물리쳤다.

「아무것도 아니라니까요. 이것을 타고 가는 게 더 편할 것 같아서 그런 거요. 당신은 영국으로 가야 하니까 칼레로 가는 직행 열차에 타고 있는 게 좋을 겁니다. 하지만 나는 이것이 더 좋소. 매우 조용하거든요. 이 열차는 나와 그리스 인 의사를 빼면 텅 비었답니다. 오, 정말 대단한 밤이군! 몇 년 동안 이렇게 많은 눈이 오긴 처음이라고 하더군요. 도중에서 길이 막히지 말아야 될 텐데. 도무지 그것 때문에 걱정이 되어서 말이오——.」

9시 15분에 정확하게 기차는 역을 빠져 나가고 있었고, 곧 포와로는 자리에서 일어난 친구에게 잘 자라고 말해 주고는 식당차 다음 칸의 뒤쪽에 있는 그의 침실로 되돌아왔다.

기차 여행이 이틀째가 되자, 서로간의 장벽이 허물어져 가기 시작했다. 애버스너트 대령은 침실 문 앞에 서서 매퀸과 이야기를 나누고 있었다. 매퀸은 포와로를 보자 말을 멈추고 몹시 놀란 표정을 지었다.

「어쩐 일이십니까? 저는 선생님이 떠나신 줄로 알고 있었는데요. 전에 베오그라드에서 내린다고 말씀하셨잖습니까?」

「당신이 오해를 했군.」

포와로가 웃으며 말했다.

「이제 생각나는데, 우리가 그 이야기를 할 때는 기차가 막 이스탄불을 출발했었지요.」

「하지만 선생님 짐이 내려졌는데요?」

「그건 다른 침실로 옮겨졌을 뿐이오.」

「오! 이제 알겠습니다.」

그는 애버스너트와 다시 이야기를 시작했으며, 포와로는 그들을 지나 통로 저쪽으로 걸어갔다.

그의 침실에서 두 번째 옆 침실 문에서는 나이 든 미국인인 허바드 부인이 스웨덴 사람처럼 생긴 여자와 이야기를 나누며 서 있었다. 허바드 부인은 상대방에게 잡지 한 권을 내밀고 있었다.

「아니에요, 가지세요.」

「나는 읽을 거리가 많이 있어요. 어머나, 날씨가 정말 너무 춥군요.」

그녀는 애교스럽게 포와로에게 인사했다.

「정말 고마워요.」

스웨덴 여자가 말했다.

「천만에요. 당신이 잘 주무셔서 내일 아침에는 머리가 맑아졌으면 좋겠어요.」

「감기일 뿐 별것 아니에요. 이제 차나 한 잔 마셔야겠어요.」

「아스피린은 가지고 있어요? 나는 아주 많이 갖고 있답니다. 그럼, 안녕히 주무세요.」

스웨덴 인 부인이 떠나가자 그녀는 대화라도 나누려는 듯이 포와로에게 몸을 돌렸다.

「불쌍하게도――저 여자는 스웨덴 사람이랍니다. 내가 알기로는 선교사 같은데, 아마 교사인가 봐요. 좋은 사람이긴 하지만, 영어를 잘하지 못해요. 그녀는 내가 딸아이에 관해서 이야기해 주면 몹시 흥미 있어 한답니다.」

포와로는 이제 허바드 부인의 딸에 대한 모든 것을 알고 있었다. 아마도 이 기차에 탄 영어를 아는 사람은 모두 그러하리라! 그녀와 그녀의 남편이 어떻게 스미르나에 있는 커다란 미국 대학의 교수가 되었으며, 또 그녀의 첫번째 동양 여행인 이번 여행이 어떻게 이루어졌는지, 그리고 그녀가 터키와 그 사람들의 게으른 생활 태도와 도로 상태에 대해서 어떻게 생각하고 있는지 등등.

그들 옆 방의 문이 열리더니 야위고 창백한 얼굴을 가진 남자 하인이 걸어나왔다. 포와로는 침실 안에 래체트가 침대에 앉아 있는 것을 흘끗 쳐다보았다. 그는 포와로의 얼굴을 바라보더니, 얼굴색이 분노로 시커떻게 변했다. 그리고는 곧 방문이 닫혀 버렸다.

허바드 부인은 포와로를 안으로 조금 끌어들였다.
「당신도 아시겠지만, 나는 저 남자가 정말로 무서워요. 오! 그 하인이 아니라――다른 사람. 그의 주인, 바로 저 사람 말이에요! 저 사람한테는 뭔가 잘못된 것이 있어요. 내 딸아이는 내가 항상 직관적이라고 말한답니다. '엄마가 어떤 예감을 갖게 되면, 그것은 틀림없다고요.' 하고 말이에요. 그런데 나는 저 남자에 대해 무슨 예감이 생겼어요. 나는 바로 저 사람 옆 방에 있는데, 나는 그것이 싫어요. 어젯밤에 저 방으로 통하는 옆문에다 귀를 대고 무슨 소리가 나는지 들어 봤어요. 그가 손잡이를 돌리는 소리가 들리더군요. 나는 저 남자가 살인자라 해도 조금도 놀라지 않을 거예요――당신도 읽었겠지만 열차 강도 한 명 말이에요. 내가 어리석을지도 모르지만, 정말 그런걸요. 나는 정말 저 남자가 끔찍하게 무서워요! 딸아이는 편안하게 여행할 거라고 말했지만, 나는 조금도 여행이 즐겁지가 않답니다. 어리석은 생각 같지만 어떤 일이 꼭 일어날 것만 같은 예감이 들어요. 그리고 저 다정다감한 젊은이가 그의 비서일을 어떻게 잘 참아 내고 있는지도 모르겠어요.」

애버스너트 대령과 매퀸이 통로 저쪽에서 그들에게로 다가오고 있었다.

「제 침실로 가시지요. 아직 자고 싶은 생각이 없습니다. 지금 제가 대령님의 인도 정책에 대하여 알고 싶은 것은 다음과 같은――.」

매퀸이 말했다.

두 남자는 그들 곁을 지나 매퀸의 침실 쪽으로 계속 걸어갔다.

허바드 부인이 포와로에게 인사를 했다.

「그만 들어가서 책이나 읽어야겠어요. 안녕히 주무세요.」

「안녕히 주무십시오, 부인.」

포와로는 래체트의 침실 바로 옆에 있는 자기 침실로 들어갔다. 그는 옷을 벗고 잠자리에 들어가 약 30분 동안 책을 읽다가 불을 껐다.
 그는 몇 시간 뒤에 깜짝 놀라 잠을 깼다. 그는 자기를 깨운 것이 무엇인지 알아차렸다――커다란 신음 소리, 거의 비명에 가까운 소리가 바로 근처 어딘가에서 들려왔고, 동시에 벨이 요란스럽게 울렸던 것이다.
 포와로는 일어나서 불을 켰다. 그는 기차가 정지해 있는 것을 알았다――아마도 역에 멈춰 있는 것 같았다.
 그 비명이 그를 잠에서 깨웠던 것이다. 그는 바로 옆 침실에 있는 사람이 래체트임을 생각해 냈다. 그는 자리에서 일어나 방문을 열었다. 바로 그때 침대차 차장이 통로를 따라 허둥지둥 걸어오더니 래체트의 방문을 두드렸다. 포와로는 방문을 살짝 열어 놓고 지켜보았다. 차장은 다시 방문을 두드렸다. 그러자 저쪽에서 또 벨이 울리고 빛이 흘러나왔다. 바로 그때 옆 침실에서 목소리가 들려왔다.
「아무 일도 아니오. 내가 실수로 눌렀소.」
「알겠습니다.」
 차장은 다시 급히 불이 켜져 있는 방으로 달려가서 문을 두드렸다.
 마음이 가라앉자 포와로는 잠자리로 돌아가서 불을 껐다. 시계를 보았다. 정확히 밤 12시 37분이었다.

제 5 장
범　죄

　포와로는 곧바로 잠들기가 어렵다는 걸 깨달았다. 첫째로, 그는 기차가 움직이지 않는 것을 알았기 때문이다. 만일 역에 멈춰 있는 것이라면, 이상하리만큼 밖이 조용했다. 반대로, 기차 안에서의 소리들은 유난히 크게 들렸다. 그는 옆방에서 래체트가 서성거리는 소리를 들을 수 있었다──세면기의 수도꼭지를 트는 소리와, 수도꼭지에서 물이 흐르는 소리, 물이 튀는 소리, 다시 잠그는 소리──밖의 통로에서는 발자국 소리가 났다. 누군가가 침실용 슬리퍼를 질질 끌고 가는 것 같았다.
　잠에서 깬 채 에르큘 포와로는 천장을 쳐다보며 누워 있었다. 왜 역 밖이 이렇게 조용할까? 그는 목이 말랐다. 그는 평상시처럼 탄산수 한 병을 주문한다는 걸 깜박 잊어버렸었다. 그는 다시 손목시계를 바라보았다. 정확히 1시 15분이었다. 그는 차장에게 탄산수를 부탁하려고 벨을 누르려고 했다. 그의 손가락이 벨 근처에 갔으나, 정적 속에서 어떤 벨소리가 들렸기 때문에 잠시 멈췄다. 차장이 한꺼번에 모든 벨소리에 응할 수는 없는 노릇이었다.
 따르릉──따르릉──따르릉!
 벨소리가 몇 번이고 계속 울렸다. 차장은 어디에 있을까? 그는 점점 초조해진 모양이었다.
 통로를 따라 발자국 소리가 울리며 차장이 황급히 걸어왔다. 그는 포와로의 침실에서 그리 멀지 않은 문을 두드렸다.
 그리고는 목소리가 들려왔다──차장이 정중하게 사과하는 듯한 목소리와, 어떤 여자의 고집스럽고도 수다떠는 듯한 목소리였다.
 허바드 부인!
 포와로는 혼자 미소를 지었다.
 입씨름은──비록 한 사람의 목소리이긴 했어도──얼마 동안 계속되었다. 90퍼센트는 허바드 부인이 떠들었고, 10퍼센트는 차장이 사과하는 목소리가 차지했다. 그러다가 마침내 문제가 해결된 듯이 보였다. 포와로는 '안녕히 주무십시오, 부인.' 하는 소리와 문 닫는 소리를 똑똑히 들었다.
 그는 벨을 눌렀다.
 차장은 곧 도착했다. 그는 좀 덥고도 걱정스러운 듯이 보였다.
「미안하지만, 탄산수를 좀 갖다 주겠소?」
「알겠습니다, 선생님.」
 포와로의 눈빛을 보고 그는 좀 마음이 가벼워진 듯이 보였다.
「방금 저 미국인 부인 말입니다──.」
「그런데요?」
 그는 이마를 손으로 닦았다.
「그 부인이 제게 뭐라고 했는 줄 아세요? 자기 침실에 어떤 남자가 들어왔었다고 하는 게 아니겠습니까? 생각해 보세요, 선생님. 이런 좁은 공간에 어떻게──.」

그는 손짓까지 해 가면서 말했다.

「도대체 어디에 숨어 있을 수 있겠습니까? 그래서 제가 말을 해주었지요. 그런 일은 도저히 있을 수 없다고요. 그렇지만 그 부인은 막무가내였어요. 자리에서 일어나 보니 어떤 남자가 방에 들어와 있더라는 거예요. 그래서, 제가 그 남자가 어떻게 빠져 나갔으며, 또 그 뒤에 문은 잠가 두었느냐고 물어보았죠. 하지만 그 부인은 그런 것에는 도무지 귀를 기울이지 않는 거예요. 그렇지 않아도 걱정 거리가 있는데 말입니다. 저 눈 때문에——.」

「눈이라고요?」

「그렇습니다, 선생님. 아직 모르고 계셨습니까? 기차는 지금 멈춰 있답니다. 우리는 눈 속에 갇혀 있습니다. 우리가 앞으로 얼마나 더 여기에 머물러 있어야 할지는 오직 하나님만이 아시겠지요? 언젠가 1주일 동안이나 눈 속에 갇혀 있었던 일이 생각나는군요.」

「지금 여기가 어딥니까?」

「빈코브치와 브로드 중간 지점입니다.」

「야단인데.」 하고 포와로가 화가 난 듯이 말했다.

차장은 나가서 탄산수를 가지고 들어왔다.

「안녕히 주무십시오.」

포와로는 탄산수를 한 잔 마신 다음 잠을 청했다.

막 잠이 들려는데 또 무엇인가가 그를 깨웠다. 이번에는 무엇인가 무거운 것이 문에 퍽 하고 부딪치며 쓰러진 것 같았다.

그는 벌떡 일어나서 문을 열고 밖을 내다보았다. 아무것도 없었다. 다만 그의 오른편 통로 쪽으로 조금 떨어진 곳에서 주홍색 잠옷을 입은 어떤 여자가 그에게서 멀어져 가는 것이 보였을 뿐이다. 반대편에는 차장이 작은 의자에 앉아서, 커다란 종이에 글씨를 쓰고 있었다. 모든 것이 죽은 듯이 조용했다.

「신경과민이군.」하고 중얼거리며 포와로는 다시 잠자리로 돌아갔다. 이번에 그는 아침까지 푹 잠을 잤다.

그가 일어났을 때에도 기차는 여전히 정지 상태에 있었다. 그는 창틀을 올리고 밖을 내다보았다. 두껍게 쌓인 눈 언덕이 기차를 둘러싸고 있었다.

그는 시계를 보고서 9시가 지난 것을 알았다.

9시 45분에 여느 때처럼 그는 말쑥한 신사처럼 깨끗이 차려 입고 식당차로 갔는데, 거기서는 걱정스런 소리들이 오가고 있었다.

승객들 사이에 있었던 장벽들이 이제는 모두 무너져 없어졌다. 모든 사람들은 공통의 불운에 의해 묶여 있었던 것이다. 허바드 부인이 가장 시끄럽게 비탄의 소리들을 늘어놓았다.

「내 딸이 이 방법이 제일 편하다고 말했답니다. 패러스에 닿을 때까지 기차에 가만히 앉아 있기만 하면 된다나요. 그런데 지금 우리는 여기에서 얼마를 더 머물러 있어야 할지 모르잖아요?」

그녀는 울먹이듯이 말했다.

「게다가 내가 타야 할 배는 모레 떠날 예정이란 말이에요. 어떻게 하면 그 배를 탈 수가 있죠? 더군다나 지금으로서는 배를 취소하겠다고 전보를 칠 수도 없잖아요. 이런 말을 다 해야 하다니 정말 미치겠군요!」

이탈리아 인은 밀라노에 급한 볼일이 있다고 말했다. 덩치가 큰 미국인이 걱정스러운 모습으로 기차가 늦은 시간을 어디선가 보충할 수 있었으면 좋겠다고 말했다.

「내 여동생——그 애의 아이들이 나를 기다리고 있답니다.」

스웨덴 여자가 말하면서 울음을 터뜨렸다.

「나는 그 애들에게 할 말이 없어요. 그 애들은 어떻게 생각할까요? 나에게 나쁜 일이 일어났을 거라고 말할 거예요.」

「얼마나 이곳에서 머물러야 돼죠? 아무도 모르나요?」
메리 데베남 양이 다그치듯이 물었다.
그녀의 목소리는 신경질적으로 들리긴 했지만, 토로스로 가던 중에 기차가 정지했을 때 보였던, 미쳐 버릴 듯이 걱정하는 기미는 보이지 않았다.
허바드 부인은 다시 떠들어대기 시작했다.
「이 기차에는 아는 사람이라곤 단 한 명도 없군요. 더구나 뭔가 해보려고 애쓰지조차 않고 있어요. 쓸모없는 외국인만 한 무더기 모여 있단 말이에요. 여기가 만일 미국이라면 뭔가 해보려고 시도하는 사람이 있을 거예요.」
애버스너트 대령이 포와로에게로 몸을 돌리더니 조심스럽게 영국식 프랑스 어로 말했다.
「당신은 이 철도 회사의 중역이지 않습니까? 우리들에게 뭔가 설명해 주실 수 있을 텐데요——?」
포와로는 웃으면서 그의 말을 정정해 주었다.
「오, 아닙니다.」 그는 영어로 말했다.
「회사 중역은 내가 아닙니다. 당신은 나를 내 친구인 부크 씨로 잘못 알고 있군요.」
「오! 죄송합니다.」
「천만에요. 지극히 당연한 일이죠. 전에 그가 있던 방에 지금 내가 있으니까요.」
부크는 그때 식당차에 모습을 나타내지 않았다. 포와로는 또 누가 안 보이는지 알아보려고 주위를 둘러보았다.
드라고미로프 공작 부인이 보이지 않았고, 헝가리 인 부부도 없었다. 또한, 래체트와 그의 하인, 그리고 독일인 하녀도 식당차에 보이지 않았다.

스웨덴 여자가 눈물을 닦았다.
「나는 어리석은가 봐요. 눈물을 흘려서 죄송해요. 무슨 일이 일어나더라도 하늘은 결코 무심치 않을 거예요.」
그러나 이런 기독교 정신이 다른 사람들한테까지는 퍼지지 않았다.
「그렇기도 하겠지만 —— 우리는 여기에서 며칠씩이나 머물러 있을 수도 있단 말입니다.」
매퀸이 안달이 난 듯이 말했다.
「그런데 여기는 도대체 어느 나라죠?」
허바드 부인이 울먹이듯이 물었다.
그 부인은 유고슬라비아라는 말을 듣자마자 소리질렀다.
「어머나! 아직도 발칸 반도를 벗어나지 못했군요! 그럼 이거 만사가 끝장이잖아요?」
「당신만이 유일하게 참을성 있는 사람 같군요, 아가씨.」 하고 데베남 양에게 포와로가 말했다.
그녀는 어깨를 약간 으쓱했다.
「그럼 달리 어떻게 하겠어요?」
「마치 당신은 철학자 같아요, 아가씨.」
「저의 태연한 태도를 보고 말씀하시는 것 같은데, 저는 항상 제 태도가 이기적이라고 여기고 있어요. 저는 불필요한 감정을 나타내지 않는 법을 배웠거든요.」
그녀는 포와로에게라기보다는 자기 자신에게 말하고 있는 것처럼 보였다. 그녀는 그를 바라보고 있지도 않았다. 그녀의 눈길은 그를 지나서 창문 밖으로 나가 두껍게 쌓여 있는 눈을 보고 있었다.
「당신은 강한 성격의 소유자로군요. 내 생각에는 아가씨가 우리들 중에서 제일 강한 것 같습니다.」
포와로가 부드럽게 말했다.

「오! 아니에요. 사실은 그렇지가 않아요. 저보다 훨씬 강한 사람을 알고 있는걸요.」

「그게 누굽니까——?」

그녀는 갑자기 정신을 차리더니, 오늘 아침까지 말도 몇 마디 주고받지 않은 생소한 외국인과 이야기하고 있다는 사실을 깨달은 모양이었다.

그녀는 공손하지만 좀 거리를 두려는 듯한 웃음을 지었다.

「음——예를 들면 그 나이 든 여자 말이에요. 선생님도 아마 그녀를 아시겠지요? 몹시 추하고 늙었지만 꽤 매력적인 여자 말이에요. 그녀는 작은 손가락을 들고서 부드러운 목소리로 부탁만 하면 돼요——그러면 이 기차가 달리기 시작할 거예요.」

「이 기차는 내 친구인 부크 씨를 위해서도 달릴 수 있어요. 그러나 그것은 그가 이 철도 회사의 중역이기 때문이지, 결코 그가 강한 성격의 소유자이기 때문은 아닙니다.」

메리 데베남 양이 웃었다.

아침 시간이 지나가고 있었다. 포와로까지 포함해서 몇 명이 식당차에 남아 있었다. 그때에는 함께 모여 있는 것보다 더 좋은 방법이 없는 것 같았다. 포와로는 허바드 부인의 딸에 관해서 많이 들었고, 이제는 고인이 된 허바드 씨가 아침에 일어나 곡물 섞인 식사를 들고, 부인이 떠 준 침실용 양말을 신고 잠자리에 들 때까지의 허바드 씨의 오랜 습관에 관해서도 들었다.

그가 스웨덴 여자의 선교 목적에 관한 복잡한 설명을 듣고 있을 때, 침대차 차장 한 사람이 식당차에 들어오더니 바로 그의 곁으로 다가왔다.

「실례합니다, 선생님.」

「무슨 일이오?」

「부크 씨의 전갈인데요, 선생님께서 빨리 그분에게로 가셔야 되겠습니다.」

포와로는 일어나서 스웨덴 여자에게 양해를 구하고 차장을 따라 식당 밖으로 나갔다. 그 남자는 포와로 침대차의 차장이 아니라 꽤 키가 크고 잘생긴 다른 차장이었다.

그는 차장을 따라서 자기 침대차 통로를 지나 다음 침대차로 들어갔다. 그는 어떤 방문을 두드리더니 포와로가 들어갈 수 있도록 옆으로 비켜 섰다.

그 침실은 부크의 것은 아니었다. 그것도 물론 2등실이었는데, 아마도 좀 크기 때문에 이곳에 자리를 잡은 것 같았다. 방은 꽉 차 있는 듯한 인상이었다.

부크는 한쪽 구석의 작은 의자에 앉아 있었다. 그의 맞은편에는 작고 거무스름한 남자가 창문 바로 옆에 앉아서 창밖의 눈을 바라보고 있었다. 푸른 제복을 입은 키 큰 남자(열차장)와 포와로 침대차 차장이 포와로가 안으로 들어가는 것을 막으려는 듯이 똑바로 서 있었다.

「오, 포와로 씨! 어서 들어오시오. 당신이 필요하게 되었습니다.」

부크가 소리쳤다.

창가의 작은 남자가 자리를 비켜 주어서, 포와로는 두 남자 사이를 비집고 지나가 의자에 앉아서 친구의 얼굴을 마주보았다.

부크의 얼굴 표정을 보고 포와로는 이상한 생각이 들기 시작했다. 심상치 않은 일이 발생한 것이 분명하다.

「무슨 일이 생겼소?」 그가 물었다.

「당신이 그렇게 물을 줄 알았소. 먼저 이 눈입니다——저것 때문에 이렇게 오랫동안 정차하고 있으니 말이오. 그리고——.」

그는 잠시 말을 멈췄다——마치 질식할 것 같은 숨소리가 차장한테서 흘러나왔다.

「그리고 뭡니까?」

「그리고 어떤 승객이 칼에 찔린 채 침대에서 시체로 발견되었답니다.」

부크는 절망적이라는 듯이 말했다.

「승객이라고? 어떤 사람입니까?」

「미국인이오. 이름이 뭐라더라──.」

그는 앞에 놓인 노트를 뒤적거렸다.

「래체트, 맞아──래체트 씨지?」

「그렇습니다.」

차장이 침을 꿀꺽 삼키며 말했다.

포와로가 그를 쳐다보았다. 그의 얼굴은 백지장처럼 하얗게 질려 있었다.

「저 사람을 좀 앉히는 게 좋겠습니다. 그렇지 않으면 기절해 버릴 것 같군요.」

포와로가 말했다.

열차장이 살짝 옆으로 비켜 서자 차장은 구석에 가서 앉더니 얼굴을 손으로 감쌌다.

「아하! 이건 참 심각한데!」

포와로가 말했다.

「정말 중대한 일이오. 먼저 살인사건──그 자체로도 최고의 재난이지만, 설상가상으로 날씨마저 심상치가 않군요. 그래서 이렇게 멈춰 있는 것이랍니다. 우리는 여기서 몇 시간──몇 시간이 아니라, 며칠이나 머물러 있어야 할지 모릅니다! 그리고 또 한 가지 일은 그건── 대부분의 나라를 지날 때 우리는 기차에 그 나라의 경찰관을 태우는데, 유고슬라비아에서는 그러지 않았소. 무슨 말인지 알겠습니까?」

「매우 딱한 처지로군요.」하고 포와로가 말했다.
「그런데 더욱 곤란한 것이 있소. 콘스탄틴 의사——아, 잊고 있었군——당신에게 미처 소개하지 못했소. 이쪽은 콘스탄틴 의사요, 포와로 씨.」
작고 거무스름한 피부의 남자가 인사를 하자, 포와로도 답례로 고개를 숙였다.
「콘스탄틴 의사는 살인이 새벽 1시경에 일어났다고 합니다.」
「이런 문제들에 관해서 정확히 말씀드리긴 어렵습니다만——.」
의사가 머뭇거리며 말을 이었다.
「사건이 자정에서 새벽 2시 사이에 발생했다는 것만은 확실하게 말씀드릴 수 있습니다.」
「래체트 씨를 마지막으로 본 게 언제였소?」
포와로가 물었다.
「내가 알기로는 그는 12시 40분까지는 살아 있었던 것 같소. 그때 그는 차장에게 말까지 건넸으니까.」하고 부크가 말했다.
「그 말이 맞는 것 같소.」
포와로가 말했다.
「나도 무슨 소리인가를 들었으니 말이오. 그게 마지막이었군?」
「그렇습니다.」
포와로가 의사 쪽으로 몸을 돌리자 의사가 말했다.
「래체트 씨의 침실 창문이 활짝 열려 있었기 때문에, 누구라도 살인자가 그리로 도망갔다고 생각하게 되죠. 그러나 내 생각으로는 열려진 창문은 속임수인 게 분명합니다. 그곳으로 도망갔다면 눈 위에 발자국이 남아 있어야 할 텐데 하나도 없었거든요.」
「사건이 발생한 것이 언제죠?」
포와로가 물었다.

「미셸!」
　차장이 의자에서 일어났다. 그의 얼굴은 여전히 창백하고 공포에 질려 있는 듯이 보였다.
　「이분에게 일어났던 일을 상세히 말씀드리게.」하고 부크가 명령했다.
　차장은 약간 몸을 움찔하며 말했다.
　「래체트 씨의 하인이 오늘 아침에 그의 방문을 몇 번인가 두드렸지만, 안에서 응답이 없었습니다. 그리고 나서 지금부터 약 30분 전에 식당차의 웨이터가 왔습니다. 그는 래체트 씨가 점심식사를 드실지 알아보겠다고 했습니다. 아시겠지만, 그때가 11시 정각이었거든요. 제가 열쇠를 가지고 가서 문을 열었습니다. 그러나 사슬 같은 것이 꽉 죄어 있어서 열리지 않더군요. 안에서는 대답도 없고, 무척 조용하고 또 썰렁했어요. 그래서 문틈으로 들여다보니까 창문이 열린 채로 있고, 그리로 눈이 쏟아져 들어오고 있었습니다. 그래서 열차장에게 연락해서 함께 사슬을 끊어 버리고, 안으로 들어갔지요. 우리는 그분이 심장발작이라도 일으켰나 하고 생각했었는데——아! 정말 무서운 일이었습니다.」
　차장은 얼굴을 다시 손으로 감쌌다.
　「방문이 잠겨 있었고, 안으로 사슬이 묶여 있었다——?」
　포와로는 곰곰이 생각에 잠기면서 말했다.
　「혹시 자살이 아닐까요?」
　그리스 인 의사가 빈정거리는 듯한 웃음을 지으며 말했다.
　「자살하려는 사람이 자신의 몸을 십여 군데가 넘게 칼로 찌르겠습니까?」
　포와로는 눈을 휘둥그렇게 뜨고 말했다.
　「참으로 잔인하군요.」

「범인은 여자입니다.」하고 열차장이 처음으로 말문을 열었다.
「여러 가지로 미루어 보건대, 범인은 여자입니다. 여자만이 그렇게 칼질을 할 테니까요.」
콘스탄틴 의사가 생각에 잠긴 듯이 얼굴을 찡그리며 말했다.
「그렇다면 몹시 힘이 센 여자이겠군요. 의학적으로 말씀드리지는 않겠습니다. 그건 무척 복잡하거든요. 그러나 확실한 것은, 근육과 뼈에 금이 갔을 정도의 센 힘으로 두세 번 피살자를 내려 찔렀다는 겁니다.」
「그건 확실히 과학적인 범죄는 아니로군요.」
포와로가 말했다.
콘스탄틴 의사가 말을 받았다.
「그 범죄는 가장 비과학적으로 행해졌습니다. 범인은 그저 닥치는 대로 주먹과 칼을 휘두른 것처럼 보이니까요. 몇 번의 칼질은 그냥 스쳐 지나가서 거의 아무런 상처도 내지 않았습니다. 누군가 눈을 감고 거의 광란 상태에서 몇 번이고 계속 찌른 것 같습니다.」
「그건 여자가 분명합니다. 여자들이란 그렇지 않습니까? 여자들은 일단 흥분하게 되면 엄청난 힘을 갖게 되는 법이죠.」
열차장이 다시 말했다.
그가 너무도 확실히 아는 것처럼 고개를 끄덕여서 다른 사람들은 그가 어떤 개인적인 경험이 있었나 보다 하고 생각했다.
「당신이 알고 있는 것에 덧붙여서 말해 줄 게 있소. 래체트 씨는 어제 나와 이야기를 나누었습니다. 그때 그 사람은 자기가 생명에 위협을 받고 있다고 말한 것 같습니다.」
포와로가 말했다.
「그 사람이 자기 입으로 살해당할 것 같다고 했단 말이요?」
부크가 물었다.

「그렇다면 범인은 여자가 아닙니다. 그건 갱이나 총잡이일 거요.」

「만일 그렇다면—— 사건은 매우 어설프게 이루어진 것처럼 보이는군요.」

포와로가 말했다. 그의 음성은 전문가다운 반대 견해를 나타내고 있었다.

「기차에 키가 큰 미국인이 한 명 타고 있지요.」

부크는 자신의 의견에 확신을 가지고서 말했다.

「아주 구질구질한 옷을 입고 있는 평범해 보이는 남자 말이오. 그 사람은 항상 껌을 씹고 다니는데, 그것이 상류 사회에서 볼 수 있는 행동은 결코 아니라고 생각합니다. 내가 말하는 사람이 누구인지 알겠나?」

그가 차장을 보면서 묻자 차장이 고개를 끄덕거렸다.

「알겠습니다. 16호실 손님입니다. 하지만 그 사람이 범인일 리는 없습니다. 만일, 그가 침실에서 나왔다가 들어갔다면 제가 그를 보았을 테니까요.」

「그렇게만 말할 수도 없어. 하지만 곧 그것에 관해 조사를 해 봐야겠지. 지금 문제는 먼저 '우리가 무엇부터 해야 하느냐?'는 거야.」

그는 포와로를 바라보며 말했다.

「자, 포와로 씨—— 이제 내가 당신한테 무엇을 부탁하려는지 아시겠소? 나는 당신의 능력을 알고 있소. 이 사건을 조사해 주겠습니까? 아니, 거절하지는 마십시오. 잘 아시겠지만, 우리들에게 이것은 심각한 사건입니다——나는 국제 침대차 회사를 대표해서 말하는 거요. 유고슬라비아 경찰이 도착했을 때, 우리가 그들에게 사건의 진상을 보라는 듯이 제시할 수 있다면 사정은 많이 달라지겠지요! 그렇지 않다면 가뜩이나 기차가 연착된 데다가 걱정 거리가 더 커져 가고, 여러 가지로 불편함만 늘어나게 될 겁니다. 죄없는 사람들에게 극심

한 피해만 끼치게 될지도 모르지요. 그러나──당신이 이 사건을 해결한다면 문제는 많이 달라집니다. '살인사건이 발생했었소──이 사람이 범인입니다!' 우리는 이렇게 말할 수 있지 않겠소?」

「내가 사건을 해결하지 못한다면?」

부크의 목소리는 마치 달래는 듯한 투로 되었다.

「아니, 포와로 씨! 당신의 명성은 익히 들어서 알고 있소. 나는 당신이 사건을 해결하는 방법에 관해서도 조금 알고 있지요. 이것은 당신에게 아주 어울리는 사건입니다. 이 모든 사람들의 신원을 조사하거나, 그들의 증언을 얻어 내는 것──이런 일들은 시간만 걸리고, 또 숱한 불평만 초래하게 되지요. 그러나 당신은 사건을 풀기 위해서는 그저 의자에 앉아서 생각만 하면 된다고 하지 않았소? 그렇게 해 주시오. 기차의 승객들을 만나서 이야기해 보고, 시체를 조사하고, 거기에 어떤 단서들이 있는지 알아보고, 또──음, 아무튼 나는 당신을 믿소! 당신의 말이 공연한 허풍이 아니라는 것을 확신하고 있습니다. 누워서 생각해 주시오──당신이 여러 번 말했듯이, 작은 회색 뇌세포들을 움직여 보시오──그러면 당신은 알아낼 수 있을 거요.」

부크는 앞으로 몸을 내밀고 매우 다정하게 포와로를 쳐다보았다.

「당신의 신념이 나를 감동시키는군요.」

포와로가 감격한 듯이 대답했다.

「당신이 말한 대로 이것은 별로 어려운 사건은 아닐 거요. 사실은 나도 어젯밤에──아니, 거기에 관해선 지금 이야기하지 않겠소. 솔직히 말하자면, 나는 이 사건에 흥미가 있소. 조금 전까지만 해도, 우리가 여기 갇혀 있는 동안 지루한 시간을 보내게 될 거라고 생각했답니다. 그런데 지금──사건이 내 손에 들어온 거지요.」

「그렇다면 승낙하는 거요?」

부크가 얼른 물었다.
「좋습니다. 당신이 나한테 사건을 맡겼소.」
「고맙소. 최선을 다해서 당신을 돕겠소.」
「그럼, 먼저 나는 이스탄불——칼레행 기차의 도면과 침실에 든 승객들의 명단, 그리고 그들의 여권과 승차권을 보고 싶소.」
「미셸, 이분에게 그것들을 갖다 드리게.」
차장은 밖으로 나갔다.
「이 기차에 탄 다른 승객은 누구누구입니까?」
포와로가 물었다.
「이 열차에는 콘스탄틴 의사와 나뿐이오. 부쿠레슈티에서 온 열차에는 한쪽 다리를 저는 노신사가 있는데, 그에 대해서는 차장이 잘 알고 있지요. 그 열차 너머엔 보통 열차들이 연결되어 있는데, 별 문제가 되지는 않아요. 왜냐하면, 어젯밤 저녁식사가 끝난 뒤에 자물쇠로 채워 두었으니까요. 이스탄불——칼레행 열차 앞에는 단지 식당차만이 있소.」
포와로가 천천히 말했다.
「그렇다면—— 살인자는 바로 이스탄불——칼레행 열차 안에서 찾아야겠군.」
그는 의사 쪽으로 몸을 돌렸다.
「이것이 바로 당신이 말하고 싶었던 거지요?」
그리스 인은 고개를 끄덕였다.
「자정이 30분쯤 지난 뒤 우리는 눈더미 속에 묻혀 버렸습니다. 그러니까 그 이후로는 누구도 이 기차에서 떠날 수 없었을 겁니다.」
부크가 엄숙하게 말했다.
「살인자는 지금 우리와 함께 있소——바로 이 기차에 말이오.」

제 6 장
여 자

「무엇보다도 먼저 —— 매퀸 씨와 한두 마디 이야기를 나누고 싶소. 그는 우리에게 필요한 정보를 제공해 줄지도 모르거든요.」
 포와로가 말했다.
「물론입니다.」
 부크가 말했다. 그는 차장 쪽으로 몸을 돌려서 명령했다.
「가서 매퀸 씨를 이리 모셔 오게.」
 차장은 밖으로 나갔다.
 차장이 여권들과 승차권 등을 한아름 안고 들어왔다. 부크가 그것을 받아들었다.
「고맙네, 미셸. 자네는 이제 자네 자리에 가 있는 것이 좋겠네. 나중에 정식으로 자네의 증언을 듣기로 하지.」
「알겠습니다.」하고 말하면서 미셸도 침실을 나갔다.
「매퀸을 만나 본 뒤에 —— 의사 선생과 함께 피살자의 침실로 가 보겠소.」

포와로가 말했다.
「물론 그래야지요.」
「그곳에서 일을 끝마치면 ──.」
그때 열차장이 헥터 매퀸과 함께 들어왔다.
부크가 자리에서 일어났다.
「이곳이 조금 답답하기는 합니다만 ──.」
그는 유쾌한 듯이 말했다.
「매퀸 씨, 여기 내 자리에 앉아서 포와로 씨와 이야기를 좀 나누십시오. 자, 여기에 ──.」
그는 열차장 쪽을 향했다.
「식당차에서 사람들을 모두 다 내보내 주게. 그리고 그곳을 포와로 씨를 위해서 비워 두게나. 포와로 씨, 거기에서 사람들과 이야기하는 것이 어떻겠소?」
「물론, 최고로 편리한 장소지요.」
포와로가 기꺼이 대답했다.
매퀸은 유창한 프랑스 어 대화를 알아듣지 못해서, 그냥 이 사람 저 사람 얼굴만 쳐다보며 서 있었다.
「무슨 용건이십니까?」
그는 가까스로 프랑스 어로 물어보았다.
「무슨 일로 저를 ──?」
포와로가 커다란 몸짓으로 구석에 있는 의자에 앉으라고 권했다. 그는 의자에 앉아서 다시 한 번 물어보았다.
「무슨 일로 ──?」
그는 애써 자신을 달래다가 마침내 영어로 돌아가 버렸다.
「기차에 무슨 일이 생겼습니까? 어떤 사건이라도 발생했는지요?」
그는 사람들을 번갈아가며 쳐다보았다.

포와로가 고개를 끄덕였다.

「그렇습니다. 사건이 생겼소. 매퀸 씨, 놀라지 마시오. 당신의 고용주, 즉 래체트 씨가 죽었습니다!」

매퀸의 입이 휘파람을 부는 것처럼 오므라들었다. 그의 눈이 잠시 번쩍였을 뿐 충격을 받거나 비통해 하는 기색은 보이지 않았다.

「그들이 결국 복수를 하고 말았군.」

「복수라니, 그게 무슨 뜻입니까, 매퀸 씨?」

매퀸은 머뭇거렸다.

「당신은──. 래체트 씨가 살해당했다고 생각합니까?」

포와로가 물었다.

「그렇지 않습니까?」

매퀸이 놀라는 표정을 지으며 천천히 말을 이었다.

「아, 저는 다만── 그렇게 생각해 보았을 뿐입니다. 그분이 그냥 밤에 잠을 자다가 죽었다는 말인가요? 그럴 리가 있겠습니까? 그분은 무척 건강했었는데, 마치──.」

그는 비유할 만한 말을 찾지 못해서 멈췄다.

「아, 아니오. 당신의 추측이 옳았습니다. 래체트 씨는 살해되었소. 그것도 칼에 찔려서 말이지요. 그러나 나는 당신이 왜 대뜸 단순한 죽음이 아니라 살해되었다고 확신했는지가 궁금하군요.」

매퀸은 머뭇거리다가 말했다.

「먼저 이 점을 확실하게 해야겠군요. 선생님은 누구십니까? 또 뭘 하시는 분이죠?」

「나는 국제 침대차 회사를 대표해서 묻고 있는 겁니다.」

포와로는 잠시 말을 멈추었다가 계속 이었다.

「나는 탐정입니다. 이름은 에르퀼 포와로요.」

그는 어떤 반응을 기대했으나 뜻밖에도 매퀸은 아무런 반응도 나타내지 않았다. 단지 그는,「오, 그렇습니까?」하고 말하면서 포와로가 계속 말하기를 기다리고 있었다.

「아마 내 이름을 들어 보았으리라 생각하는데요.」

「물론이죠. 어디선가 들은 것 같은 친숙한 이름입니다. 다만 나한테는 어떤 양장점의 재단사 이름같이 느껴지는군요.」

에르큘 포와로는 그를 역겹다는 듯이 바라보았다.

「믿을 수 없는 일이로군.」

「뭐가 믿을 수 없습니까?」

「아, 아무것도 아니오. 자, 이제 당면한 문제들로 나가봅시다. 매퀸 씨, 나는 당신이 그 고인에 대해서 알고 있는 모든 것을 이야기해 주었으면 합니다. 당신은 그와 혈연 관계가 있소?」

「아닙니다. 저는 그분의 비서입니다——아니, 비서였죠.」

「얼마나 오랫동안 그 일을 했습니까?」

「1년이 조금 넘었습니다.」

「가능한 한 모든 정보를 내게 알려 주시오..」

「좋습니다. 저는 래체트 씨를 한 1년 전쯤에 페르시아에 있을 때 만났습니다——.」

포와로가 말을 끊었다.

「그때 거기에서 당신은 무슨 일을 했었소?」

「유전 발굴에 관한 일을 알아보기 위해서 뉴욕에서 그곳에 가 있었지요. 그 일에 관해서는 모두 말씀드리지 않아도 좋으리라 생각합니다. 제 동료들과 저는 경기가 좋지 않아서 궁색하게 지내고 있었습니다. 마침 그때 래체트 씨가 우리와 같은 호텔에 묵고 있었죠! 그분은 자기 비서와 심하게 싸우고 그를 내보냈습니다. 그래서 제게 그것을 맡아 달라고 하더군요. 물론 저는 환영했지요. 그 당시에 빈둥거리며 노는 처지여서 그렇게 보수가 좋은 일을 얻게 된 게 몹시 기뻤답니다.」
「그 이후로는 어땠소?」
「우리는 여기저기를 여행했지요. 래체트 씨는 세계 여행을 하고 싶어했어요. 그러나 그분은 영어밖에 몰랐기 때문에 무척 곤란을 겪으셨답니다. 저는 비서라기보다는——그러니까 오히려 여행 안내원으로서 일해 왔던 셈이지요. 아무튼 즐거운 생활이었습니다.」
「자, 이제는 당신의 고용주에 대해서 상세히 이야기해 주시오.」
젊은이는 어깨를 으쓱했다. 그의 얼굴에는 당혹스러운 표정이 스쳐 지나갔다.
「쉬운 일이 아니로군요.」
「그의 완전한 이름은 무엇이오?」
「새뮤얼 에드워드 래체트입니다.」
「그는 미국 사람이었지요?」
「그렇습니다.」
「미국 어느 지방 출신이오?」
「모르겠습니다.」
「그러면 당신이 알고 있는 것을 말해 보시오.」
「사실은, 포와로 씨, 저는 그분에 관해서는 아무것도 모릅니다. 래체트 씨는 생전에 자기에 관해서나 미국에서의 생활에 관해서는 통 말하지 않았으니까요.」
「왜 그랬다고 생각합니까?」
「모르겠어요. 아마도 과거의 생활이 떳떳지 못해서 알리고 싶지 않았을지도 모르지요. 왜, 그런 사람들이 많잖습니까?」
「그것을 만족할 만한 결론이라고 생각하는지요?」
「물론, 그렇지는 않습니다.」
「그에게 친척들이 있소?」

「그분은 친척에 관해서도 전혀 언급하지 않았습니다.」
 포와로는 중요한 점을 찔렀다.
「매퀸 씨, 당신은 그에 대해서 어떤 생각을 갖고 있었을 텐데요?」
「물론 그렇습니다. 첫째로, 저는 래체트가 그분의 진짜 이름이라고 생각하지 않습니다. 그분은 분명히 누군가, 혹은 무엇인가로부터 피하기 위해서 미국을 떠난 거라고 생각합니다. 물론 그것은 성공했었지요——적어도 몇 주일 전까지는 말입니다.」
「무슨 뜻이지요?」
「그분은 편지를 받기 시작했습니다——협박하는 편지들이었죠.」
「그것을 보았소?」
「예, 보았습니다. 그분의 편지를 정리하는 것이 제 일이었으니까요. 첫번째 편지는 2주일 전에 왔습니다.」
「그 편지들을 없애 버렸소?」
「아닙니다. 제 서류첩에 지금도 두 통이 있습니다——한 통은 래체트 씨가 화가 나서 찢어 버렸지요. 그것을 갖다 드릴까요?」
「부탁합니다.」
 매퀸이 밖으로 나갔다. 그는 몇 분 뒤에 돌아와서 포와로 앞에 메모지 크기의 약간 더러운 종이 두 장을 내밀었다.
 첫번째 편지에는 다음과 같이 적혀 있었다.

 우리를 감쪽같이 속이고 아무 탈 없이 도망칠 수 있다고 생각했는가? 네 목숨은 우리들 손에 달려 있다. 우리는 너, 래체트를 죽이기 위해서 출발했다. 너를 죽이겠다!

 편지에 서명은 없었다.
 포와로는 눈썹을 치켜 올리면서 아무 말 없이 두 번째 편지를 집어 들었다.
 우리는 너를 자동차에 태워서 죽여 버리겠다. 래체트, 가까운 시일 내에 우리는 너를 죽일 것이다. 알겠느냐?

 포와로는 편지를 내려놓았다.
「문체가 너무 단조롭군! 필체에 비해서 너무나 단조로워.」
 매퀸은 그를 바라보았다.
「당신은 알아보기 힘들 거요.」하고 포와로가 유쾌한 듯이 말했다.
「이런 것에 익숙한 사람의 눈에만 보이지요. 매퀸 씨, 이 편지는 한 사람이 쓴 게 아닙니다. 두 명 이상이 썼단 말이오——한 번씩 돌아가면서 단어의 철자 하나씩을 적은 것이지요. 또한, 편지는 활자체로 쓰여 있소. 그것은 필적 감정을 어렵게 만들기 위해서 그런 것이지요.」
 그는 잠시 멈추었다가 말했다.
「당신은 래체트 씨가 내게 도움을 요청했다는 사실을 알고 있었소?」
「선생님에게요?」
 매퀸의 깜짝 놀라는 듯한 목소리를 듣고 포와로는 그가 그 일에 관해서는 아무것도 모르고 있다는 것을 알았다.
 탐정은 고개를 끄덕였다.
「그렇소. 그는 뭔가를 몹시 두려워하고 있었지요. 래체트 씨가 첫 번째 편지를 받고 어떻게 행동했는지 말해 주겠소?」
 매퀸은 머뭇거렸다.
「설명하기가 좀 어려운데요. 그분은——평소와 같이 점잖게 웃어 넘겼습니다. 그러나 어딘지——.」
 매퀸은 몸을 약간 떨었다——.

「저는 그 침착한 표정 속에서 뭔가 커다란 일이 벌어지고 있다는 것을 느꼈습니다.」

포와로는 고개를 끄덕였다. 그리고 나서, 그는 예기치 않은 질문을 했다.

「매퀸 씨, 당신이 래체트 씨를 어떻게 생각하고 있었는지 솔직히 말해 주겠소? 당신은 그를 좋아했나요?」

헥터 매퀸은 잠시 입을 다물고 있다가 드디어 입을 열었다.

「아니오, 좋아하지 않았습니다.」

「왜요?」

「정확히는 말씀드릴 수 없습니다. 하지만 그분은 언제나 호탕하게 행동했습니다.」

그는 잠시 말을 멈췄다가 다시 이었다.

「사실을 말씀드리지요, 포와로 씨. 저는 그 사람을 싫어했을 뿐만 아니라 믿지도 않았습니다. 그는 잔인하고도 위험한 인물이었거든요. 하지만 이런 제 생각을 뒷받침해 줄 만한 확실한 근거는 없습니다.」

「고맙소, 매퀸 씨. 질문을 하나 더 하지요. 래체트 씨를 마지막으로 본 게 언제입니까?」

「어젯밤——.」 그는 잠시 동안 생각했다. 「10시 정각입니다. 편지를 받아쓰기 위해서 그분의 침실에 갔었습니다.」

「무엇에 관한 것이었지요?」

「그분이 페르시아에서 구입한 타일과 고대 자기에 관한 내용이었습니다. 배달된 물건이 주문한 것과 달랐다고 하더군요. 그 문제에 관한 길고도 지루한 내용이었습니다.」

「그때가 래체트 씨를 마지막으로 본 시간이로군요?」

「그렇습니다. 제 생각엔 말이지요.」

「래체트 씨가 언제 마지막 협박 편지를 받았는지 알고 있소?」

「콘스탄티노플을 떠나던 날 아침이었죠.」

「그럼 한 가지만 더 묻겠소, 매퀸 씨. 당신은 래체트 씨와 잘 지냈었습니까?」

젊은이의 두 눈이 갑자기 반짝였다.

「그것은 등까지 소름이 끼치는 질문이로군요. 어떤 베스트셀러 소설의 글귀에 '당신은 결코 나보다 나을 게 없어요.'라는 것이 있었지요. 래체트 씨와 저는 참으로 사이좋게 지냈습니다.」

「그렇다면, 매퀸 씨, 당신의 이름과 미국의 주소를 알려 주시오.」

매퀸은 그의 이름——헥터 윌라드 매퀸——그리고 뉴욕의 주소를 알려 주었다.

포와로는 쿠션에 몸을 파묻은 채 몸을 뒤로 젖혔다.

「지금으로선 이것으로 됐소, 매퀸 씨. 당분간 래체트 씨의 죽음에 대해서 당신 혼자만 알고 있으면 고맙겠소.」

「그분의 하인인 매스터맨은 알아야 할 텐데요.」

「그는 아마 이미 알고 있을 거요. 만일 그렇다면, 입을 다물고 있도록 주의시켜 주십시오.」

포와로가 냉담하게 말했다.

「어려운 문제는 아닙니다. 그는 영국인이며, 또 그가 늘 말하듯이 '자기 자신에 충실할' 뿐이지요. 그는 미국인들을 매우 얕보며, 다른 나라 사람들은 별로 탐탁지 않게 생각한답니다.」

「고맙습니다, 매퀸 씨.」

미국인이 침실을 나갔다.

「어떻소? 저 젊은이의 말을 믿을 수 있겠소?」

부크가 물었다.

「저 사람은 정직하고 성격이 곧은 것 같소. 조금이라도 그가 이 사건에 연관되어 있다면 마땅히 고용주를 좋아하는 체했을 텐데, 그렇지가 않았잖소? 래체트가 나한테 협조를 구했다가 거절당한 것을 말하지 않은 게 분명합니다. 하지만 나는 그것이 별로 이상한 일이라고는 생각지 않소. 아마도 래체트는 가능하다면 모든 일을 혼자만의 비밀로 간직하려던 사람 같았으니까 말이오.」

「그렇다면 당신은 최소한 한 사람만은 죄가 없다고 하는 거로군요.」

부크가 흥이 난 듯이 말했다.

포와로는 그를 책망하듯이 바라보았다.

「나는 마지막 순간까지 모든 사람을 의심한답니다. 하지만, 저렇게 침착하고 머리가 좋은 매퀸이 화가 나서 사람을 십여 번이 넘게 칼로 찔렀다고는 생각할 수가 없군요. 그것은 그 사람의 성격과는 맞지 않——전혀.」

「맞아요.」

부크가 생각에 잠긴 채 말했다.

「그것은 우리는 상상치도 못할 원한으로 미쳐 버린 사람의 소행이오——라틴 민족의 성격이 연상되는군. 그렇지 않다면, 우리 열차장 친구가 주장한 대로——어떤 여자의 소행이라는 생각도 드는군요.」

제 7 장
시 체

 포와로는 콘스탄틴 의사의 앞에 서서 시체가 있는 침실을 향해 걸어갔다. 차장이 와서 열쇠로 문을 열어 주었다.
 두 남자는 안으로 들어갔다. 포와로는 미심쩍다는 듯이 의사를 돌아다보았다.
 「이 침실 안의 물건들에 얼마나 손을 댔습니까?」
 「아무것에도 손대지 않았습니다. 심지어 시체를 조사할 때도 자세를 움직여 놓지 않으려고 조심했으니까요.」
 포와로는 고개를 끄덕이면서 주위를 둘러보았다.
 가장 먼저 느낄 수 있었던 것은 지독한 추위였다. 창문은 활짝 열려 있었고, 블라인드도 위로 올려져 있었다.
 「아이고!」
 포와로는 몸을 떨었다.
 의사는 마치 감상하듯이 웃음을 지으며 바라보더니 말했다.
 「창문을 닫는 게 좋을 것 같지 않아서요.」

포와로는 주의 깊게 창문을 살펴보았다.

「당신 말이 옳군요. 아무도 여기를 통해서 기차를 빠져 나가지는 않았군요. 범인은 이곳으로 빠져 나간 것처럼 보이게 하려고 일부러 창문을 열어 놓은 모양입니다. 그것을 저 눈이 훼방놓고 말았어요.」

포와로는 주의 깊게 창틀을 조사했다. 그는 주머니에서 작은 상자를 꺼내더니 창틀에 가루를 조금 뿌렸다.

「지문은 전혀 없군요. 범인이 지워 버린 모양입니다. 하긴, 지문이 있다고 해도 우리에겐 별 도움이 안 될 겁니다. 아마도 래체트나 그의 하인, 또는 차장의 지문일 테니까요. 요즈음 범인들은 그런 종류의 실수는 저지르지 않는다니까요.」

그는 거침없이 말을 덧붙였다.

「사정이 이러니까 창문을 닫는 것이 좋을 것 같습니다. 정말이지 냉장고 같군요!」

포와로는 창문을 닫고 나서, 침대에 누워 있는 피살체에 관심을 기울였다.

래체트는 똑바로 누워 있었다. 그의 잠옷 윗도리는 바랜 핏자국으로 더럽혀진 채 단추는 풀어져 있었다.

「아시겠지만, 나는 상처가 어떤지 조사해 봐야 했습니다.」 하고 의사가 설명했다.

포와로가 고개를 끄덕였다. 그는 시체 위로 몸을 굽혔다가 마침내 찡그린 얼굴을 하고서 똑바로 일어섰다.

「보기 흉하군. 누군가가 여기에 이렇게 서서 여러 번 찔러 댄 모양이군요. 정확하게 상처가 몇 개입니까?」

「12개입니다. 그러나 한두 개는 긁힌 정도입니다. 반면에 세 군데의 상처는 치명상을 받을 정도로 심했습니다.」

포와로는 의사의 말투에서 이상한 점을 알아차리고 흥미를 느꼈다.

그는 날카롭게 의사를 쳐다보았다. 몸집이 작은 그리스 인은 당혹스런 우거지상을 하고서 시체를 내려다보고 있었다.

「뭔가 이상한 게 있지요? 말씀해 보십시오. 시체의 상처들에 미심쩍은 점이 있습니까?」

포와로가 부드럽게 물었다.

「당신 말이 옳습니다.」

「그게 뭡니까?」

「여기와 여기──이 두 상처를 보십시오.」

의사는 손가락으로 가리키며 말했다.

「상처가 매우 깊습니다. 분명히 둘 다 혈관을 관통했을 텐데──그런데도 상처 가장자리는 크게 벌어지지 않았어요. 더구나 생각만큼 피도 많이 흘린 것 같지 않군요.」

「그게 무엇을 나타낼까요?」

「그것은 이 상처가 나기 전에 래체트는 이미 죽어 있었거나 적어도 바로 전에 죽었다는 것을 말해 줍니다. 그러나 이런 생각은 좀 지나친 비약일지도 모릅니다.」

「그럴 수도 있겠군요.」

포와로가 깊은 생각에 잠기면서 말했다.

「만일 범인이 일을 확실히 해치우지 못했다고 생각해서 다시 돌아와 확인 살인하지 않았다면 말이죠──그러나 그것은 틀림없이 어설픈 추측입니다! 뭐 다른 게 없을까요?」

포와로가 물었다.

「예, 한 가지가 더 있습니다.」

「그게 뭐죠?」

「여기의 상처를 보십시오──오른쪽 어깨 바로 아래에 있는 팔에 난 상처 말입니다. 여기 내 연필을 잡아 보십시오. 당신은 이렇게 상처를 낼 수 있겠습니까?」

「맞습니다! 알겠소. 오른손으로는 매우 힘들고——거의 불가능한 일입니다. 범인은 왼쪽으로 몸을 기울여 찌를 수밖에 없었겠군요. 그러나 그 칼자국이 만약 왼손으로 낸 것이라면——.」

「그겁니다, 포와로 씨. 이 상처는 왼손으로 낸 것이 틀림없습니다.」

「그렇다면 범인은 왼손잡이란 말이오? 아니, 그렇게 보기는 좀 어렵지 않을까요?」

「포와로 씨, 말씀하신 대로입니다. 다른 상처들은 확실히 오른손으로 찌른 것이니까요.」

「그렇다면 두 명이 되겠군요. 우리는 두 명을 쫓아야겠습니다.」

탐정은 중얼거렸다.

「불은 켜져 있었습니까?」

그가 갑작스럽게 물었다.

「글쎄, 그건 잘 모르겠습니다. 당신도 잘 알겠지만, 차장이 아침 10시경이면 불을 꺼 버리니까요.」

「스위치를 보면 알 수 있을 거요.」하고 포와로가 말했다.

그는 천장 전등의 스위치와 침대 머리맡의 롤백 스위치를 조사했다. 천장의 전등은 꺼져 있었고, 침대 전등 스위치는 닫혀 있었다.

포와로는 생각에 잠긴 채 말했다.

「이제 알겠군. 여기서 셰익스피어나 만들어 낼 만한 1차 살인과 2차 살인을 가정해 봅시다. 첫번째 살인자가 래체트를 칼로 찌른 뒤에 전등을 끄고 침실을 빠져 나갔습니다. 그런 뒤에 두 번째 살인자가 어둠 속으로 들어와서 1차 살인을 모르는 채, 시체를 적어도 두 번 정도 찔렀다고 해 봅시다. 이렇게 생각되지는 않습니까?」

「정말 놀랍군요!」의사는 감격하며 말했다.

포와로의 두 눈이 반짝거렸다.

「정말 그렇게 생각합니까? 매우 기쁘군요. 그러나 이 생각은 엉터리 같은데요.」

「그럼, 달리 설명할 방법이 있소?」

「그게 바로 내가 묻고 있는 점입니다. 여기서 우리는 우연의 일치 같은 것을 발견한 게 아닐까요? 두 사람이 범행을 저질렀다는 것을 암시할 만한 다른 점들이 또 있다고 보십니까?」

「있다고 생각합니다. 칼자국들 중 몇 개는 이미 말씀드린 바와 같이 연약함을 나타내고 있습니다——힘이 부족했거나, 아니면 적어도 결심이 서지 않은 거지요. 그것은 얕게 찔렸거나 빗나간 것들이 말해 줍니다. 그러나 여기 이것과——여기 이것은——.」

의사가 다시 손가락으로 가리켰다.

「이런 상처를 내기 위해서는 몹시 센 힘이 필요합니다. 이것들은 근육을 관통했으니까요.」

「당신의 의견은 남자에 의해서 저질러졌다는 것이로군요?」

「거의 확실합니다.」

「여자라면 그런 상처를 낼 수 없겠습니까?」

「젊고 힘이 있고 운동 잘하는 여자라면 가능하겠죠. 특히 원한에 사무쳐 있다면 말입니다. 그러나 아무래도 내가 보기에는 그럴 가능성은 없는 것 같습니다.」

포와로는 잠시 동안 묵묵히 있었다.

의사가 화가 난 듯이 물었다.

「당신은 내 말을 이해하는 겁니까?」

「물론이지요. 사건은 이제 몹시 명백해지고 있소. 살인자는 힘이 센 남자였으며——허약했을 수도 있지만——여자일 수도 있습니다. 또 왼손잡이자 오른손잡이이고요. 정말 묘한 일이로군요!」

포와로는 갑작스레 화를 벌컥 내며 말했다.

「그리고──래체트는 그 일이 일어났을 때 뭘 했겠습니까? 소리를 쳤을까요? 아니면 맞붙어 싸우기라도 했을까요? 그는 과연 자신을 방어했을까요?」

그는 침대 베개 밑으로 손을 집어넣어서 얼마 전에 래체트가 보여 주었던 자동 권총을 꺼냈다.

「흠, 총알이 가득차 있구먼.」

그들은 주위를 둘러보았다. 래체트의 옷이 벽에 붙은 옷걸이에 걸려 있었다. 세면대의 뚜껑으로 되어 있는 작은 탁자 위에는 여러 가지 물건들이 놓여 있었다. 물컵 속에는 틀니가 들어 있었다. 다른 컵 하나는 비어 있었다. 그 밖에 탄산수병 하나와 커다란 그릇이 놓여 있었고, 재떨이 속에는 담배꽁초 하나와 불에 타 버린 종이 조각들, 그리고 타 버린 성냥개비 두 개가 들어 있었다.

의사가 빈 컵을 잡고서 냄새를 맡아 보았다.

「그가 움직이지 못한 건 바로 이것 때문입니다.」하고 그가 조용히 말했다.

「수면제?」

「그렇습니다.」

포와로는 고개를 끄덕거렸다. 그는 성냥개비를 집어 들고 유심히 살펴보았다.

「단서를 잡았습니까?」

키 작은 의사가 호기심 어린 눈으로 물었다.

「성냥개비 두 개의 모양이 서로 다릅니다.」

포와로가 대답했다.

「한 개가 다른 것보다 더 납작하군요. 보입니까?」

「그것은 기차에서 얻을 수 있는 성냥이지요.」하고 의사가 말했다.

「종이갑 속에 들어 있습니다.」

포와로는 래체트의 주머니를 뒤져서 곧 성냥갑 하나를 끄집어냈다. 그것을 불에 탄 성냥개비와 조심스럽게 비교해 보았다.

「둥근 성냥개비는 래체트가 켠 거군요.」

포와로가 중얼거리듯이 말을 계속했다.

「그럼, 그가 납작한 성냥개비도 갖고 있었는지 확인해 봅시다.」

그러나 그런 성냥은 찾아내지 못했다.

포와로의 눈은 재빨리 침실 주위를 둘러보고 있었다. 마치 새의 눈과 같이 날카로웠다. 어떤 것도 그의 시선을 피해 도망갈 수 없는 듯이 보였다.

그는 약간 감탄하는 소리를 지르더니, 몸을 굽혀 바닥에서 무엇인가를 집어 들었다.

그것은 매우 예쁘게 생긴 네모난 모시 손수건이었다. 손수건의 한쪽 구석에는 H라는 글자가 수놓아져 있었다.

「여자 손수건이로군요. 열차장 말이 옳았습니다. 이 사건에는 분명히 여자가 끼여 있어요.」

의사가 말했다.

「참 편하게도 그녀는 사건 현장에 손수건을 흘려 놓았군요!」

포와로가 말하고는 덧붙여 설명했다.

「마치 소설이나 영화에 나오는 것 같습니다——더군다나 우리가 일하기 쉽도록 이름의 첫글자까지 새겨져 있으니까요!」

「참 행운이로군요!」

의사가 소리쳤다.

「과연 그럴까요?」

의사는 포와로의 말투에 깜짝 놀랐으나, 그 이유를 묻기도 전에 포와로는 다시 바닥에 몸을 굽혔다.

이번에는 손바닥 위에 파이프 소제기를 들고 일어섰다.

「레체트의 물건이 아닐까요?」

의사가 넌지시 물었다.

「그의 주머니 속에는 파이프가 없었습니다. 또한, 담배나 담배쌈지 따위도 없었고요.」

「그러면 그것도 단서가 되겠군요.」

「물론! 결정적입니다. 그리고 범인은 매우 편하게 또다시 단서를 떨어뜨리고 갔습니다. 이번에는 남자의 단서로군요! 이 사건에서는 단서가 없다고 불평할 수는 없겠습니다. 여기저기 단서들이 널려 있으니 말이에요. 그런데 범인은 흉기를 어떻게 했을까요?」

「흉기라고는 흔적도 없었습니다. 범인은 그것을 가지고 도망간 것 같습니다.」

「이유를 모르겠군.」

포와로는 생각에 잠겼다.

그때 갑자기 의사가 시체의 잠옷 주머니를 조심스럽게 뒤지다가 소리쳤다.

「앗! 이것을 잊었군요 내가 잠옷 윗도리의 단추를 여는데 이것이 떨어졌습니다.」

그는 가슴의 주머니에서 금시계 하나를 꺼냈다. 시계 케이스는 엉망으로 부서져 있었는데, 시계 바늘이 1시 15분을 가리키고 있었다.

콘스탄틴 의사가 열이 나서 떠들어댔다.

「보셨습니까? 이 시계가 범죄의 시간을 알려 주고 있습니다. 그것은 내 계산과 일치하고 있답니다. 이런 문제에 관해서 정확히 말씀드린다는 것은 어렵지만, 나는 사건이 자정에서 새벽 2시 사이, 즉 아마도 1시 가량이 될 거라고 말했습니다. 자 보십시오. 여기 확증이 있어요. 1시 15분——바로 이 시간에 범죄가 발생한 거요.」

「예, 그럴 수도 있겠지요. 확실히 그럴 가능성도 있소.」

의사는 이상하다는 듯이 그를 쳐다보았다.

「죄송하지만, 포와로 씨, 나는 당신의 지금 말을 이해할 수가 없습니다.」

「사실은 나 자신도 이해하지 못한답니다. 나는 정말이지 전혀 모르겠소. 그래서 보시다시피 이렇게 걱정하고 있는 겁니다.」

그는 한숨을 쉬고 나서 탁자 위로 몸을 굽혀서 타다 남은 종이 조각들을 조사했다. 그는 중얼거렸다.

「지금 필요한 건 구식 여성용 모자 상자입니다.」

콘스탄틴 의사는 이 말이 무슨 뜻인 줄 몰라서 당황했다. 그러나 어떤 경우에든 포와로는 그가 질문할 시간을 주지 않았다. 그는 통로로 통하는 문을 열고서 차장을 불렀다.

차장이 뛰어들어왔다.

「이 열차에 여자 승객이 몇 분이나 탔소?」

차장은 손가락을 꼽아 가며 세었다.

「하나, 둘, 셋 —— 여섯 분입니다. 나이 든 미국인 부인, 스웨덴 여자, 영국인 젊은 처녀, 안드레니 백작 부인, 그리고 드라고미로프 공작 부인과, 그분의 하녀입니다.」

포와로는 잠시 생각해 보았다.

「그분들 모두 모자 상자를 가지고 있겠지요?」

「그렇겠지요.」

「그럼, 나에게 —— 가만 보자 —— 그래, 스웨덴 여자와 하녀의 모자 상자를 가져다 주시오. 그 둘이 유일한 희망이로군. 그 여자들에게는 세관 규칙이라든지, 또는 뭐 —— 당신이 적당히 둘러대시오.」

「그런 일이라면 문제 없습니다. 두 여자분 모두 지금 침실에 안 계시니까요.」

「그렇다면 빨리 서두르시오.」

차장은 얼른 모자 상자 두 개를 가지고 왔다. 포와로는 하녀의 상자를 열어 보고는 옆으로 치워 버렸다. 그리고 나서 스웨덴 여자의 모자 상자를 열어 보더니 만족스러운 소리를 질렀다. 그는 모자를 조심스럽게 꺼낸 뒤에 철사로 된 둥근 모자 받침대를 들어냈다.
「아, 여기 우리에게 필요한 것이 있습니다! 한 15년 전만 해도 모자 상자는 이런 방법으로 만들어졌죠. 사람들은 이 받침대에 모자를 올려 놓고는 핀으로 고정시켰답니다.」

그는 이렇게 말하면서 모자 받침대에서 철사 두 줄을 솜씨 좋게 끄집어냈다. 그리고 나서 다시 포장을 하고는 차장에게 제자리에 갖다 놓으라고 했다.

문이 닫히자 그는 의사에게로 몸을 돌렸다.
「자 보십시오, 의사 선생. 나는 경찰이 사용하는 방법에 의존하지 않는답니다. 내가 구하는 것은 지문이나 담뱃재가 아닌 심리적인 거요. 그러나 이 사건의 경우만큼은 과학적인 도움을 받고 싶습니다. 이 침실 안에는 단서들로 가득차 있습니다만, 정말 그것을 그대로 받아 들여도 될까요?」

「도대체 당신 말을 이해할 수가 없습니다, 포와로 씨.」

「가령, 예를 들자면――우리는 어떤 여자의 손수건을 발견했습니다. 정말 그 여자가 그것을 떨어뜨리고 갔을까요? 혹시 남자가 살인을 저질러 놓고 나서 이렇게 생각하진 않았을까요. ‘이 사건을 여자가 저지른 것처럼 만들어야겠어. 불필요할 정도로 여러 번 칼로 찌르고, 그 중 몇 번은 얕고 거의 상처도 안 나게 찌르는 거야. 그리고 아무나 발견할 수 있는 곳에 이 손수건을 떨어뜨려 놓아야겠어.’ 바로 이것이 한 가지 가능성입니다. 또 다른 가능성도 있지요. 어떤 여자가 살인을 하고 나서, 마치 남자가 저지른 것처럼 보이게 하려고 일부러 파이프 소제기를 떨어뜨리지는 않았을까요? 아니면, 두 사람――즉 남자와 여자가 각각 살인을 저지르고서 실수로 자신의 정체를 노출시킬 단서를 떨어뜨렸다고도 생각해 볼 수 있잖겠소? 물론 우연이라고 생각하기엔 좀 지나친 감이 없진 않지만요!」

「그렇지만 모자 상자가 무슨 필요가 있습니까?」

의사는 여전히 어리둥절해서 물었다.

「아! 곧 그 문제로 돌아가겠습니다. 말씀드린 대로 1시 15분을 가리키고 있는 시계, 손수건, 파이프 소제기──이 모든 단서들은 진짜일 수도 있고, 위장된 것일 수도 있습니다. 그것에 관해서는 뭐라고 확실히 말할 수가 없군요. 그러나 여기에는 위장된 것으로 보이지 않는──내 생각이 또 잘못된 것일지도 모르지만──단서가 하나 있소. 의사 선생, 이 납작한 성냥개비가 바로 그것입니다. 이 성냥은 래체트가 사용한 것이 아니라, 살인범이 사용한 것이라고 생각됩니다. 범인의 죄를 밝혀 줄 만한 내용이 담긴 종이를 태워 버리는 데 사용한 것이지요. 아마 메모지 같은 것이었다고 생각됩니다. 그렇다면 그 메모지에는 가해자의 정체를 밝혀 줄 수 있는 어떤 실수, 아니면 잘못 같은 것이 적혀 있었을 겁니다. 나는 그것이 어떤 내용이었는지 밝혀 내겠습니다.」

그는 침실 밖으로 나갔다가 몇 분 뒤에 작은 알코올 램프 하나와, 머리카락을 구부리는 데 쓰는 집게 인두를 가지고 돌아왔다.

「나는 이것을 수염을 다듬는 데 사용한답니다.」

그는 인두를 가리키며 말했다.

의사는 매우 흥미롭게 그를 바라보았다. 포와로는 철사 두 줄을 팽팽히 펴고 나서, 매우 조심스레 타다 남은 종이 조각을 그 중 하나 위에 얹어 놓았다. 그리고는 다른 철사를 그 위에 놓고 나서 인두로 그것을 집어 들더니, 알코올 램프의 불꽃 위에 쬐었다.

「이것은 아주 간단한 방법입니다. 여기에서 우리들이 원하는 것을 얻을 수 있을지도 모릅니다.」
그는 어깨 너머로 말했다.
의사는 주의 깊게 지켜보았다. 인두의 쇠가 달아오르기 시작했다. 그는 종이에서 글자들이 희미하게 나타나는 것을 보았다. 글자들은 서서히 불로 된 글자로 변해 갔다.
종이 조각이 매우 작았기 때문에, 세 단어와 다른 한 단어의 일부 분만이 보였다.

어린 데이지 암스트롱을 기억──

「아!」 포와로가 날카롭게 소리쳤다.
「뭔가 알아냈습니까?」
의사가 물었다.
포와로의 눈빛이 빛나고 있었다. 그는 가만히 인두를 내려놓았다.
「예.」 그는 대답했다.
「나는 래체트의 진짜 이름도 알았고, 그가 왜 미국을 떠나야만 했는지도 알아냈소.」
「진짜 이름은 뭡니까?」
「카세티입니다.」
「카세티?」
콘스탄틴 의사는 이맛살을 찌푸리며 말했다.
「그 이름을 들으니 뭔가 생각나는 게 있습니다. 몇 년 전이었던가 ──잘 기억은 나지 않지만, 미국에서 있었던 어떤 사건이 떠오르는군요.」
「그렇습니다. 미국에서 발생한 사건이었지요.」
포와로가 대답했다.

포와로는 더 이상 그것에 관해서 이야기하고 싶지 않았다. 그는 주위를 둘러보면서 말했다.

「조사나 계속합시다. 먼저 여기에서 찾아낼 수 있는 건 모두 찾아냈는지 확인해 봐야겠습니다.」

민첩하고도 능숙하게 그는 피살자의 주머니를 뒤져보았으나 주의를 끌 만한 것은 발견되지 않았다. 그는 옆방으로 통하는 문을 조사해 보았지만, 저쪽 침실에서 잠겨져 있었다.

콘스탄틴 의사가 말했다.

「이해할 수 없는 것이 하나 있소. 만일, 살인범이 창문을 통해서 도망치지 않았고, 옆방으로 통하는 문도 저쪽에서 잠겨져 있고, 통로로 나가는 문이 안쪽에서 잠겨져 있을 뿐 아니라 사슬까지 걸려 있었다면 도대체 범인은 어떻게 해서 이 침실을 빠져 나갔을까요?」

「그 말은 손발이 묶여 있는 사람이 캐비닛 속에서 사라져 버렸을 때 관객들이 하는 말과 같군요.」

「무슨 말이신지요?」

「내 말은—— 만일, 범인이 우리에게 창문으로 도망갔을 거라고 믿게 만들고 싶었다면, 그는 당연히 다른 두 탈출구는 도저히 빠져 나가기가 불가능하게 보이도록 만들었을 겁니다. '캐비닛 속에서 사라지는 사람'처럼 말이지요. 그것은 일종의 속임수입니다. 우리들은 그 속임수가 어떻게 해서 이뤄졌는지 알아내야 합니다.」

그는 옆방으로 통하는 문을 이쪽에서도 잠가 버렸다.

「어쩌면 저 머리 좋은 허바드 부인이 딸한테 써 보내기 위해서 사건의 내막을 캐내려고 들어올지도 모르거든요.」

그는 다시 한 번 주위를 둘러보았다.

「여기서는 더 할 일이 없는 것 같습니다. 부크 씨한테로 가 볼까요?」

제 8 장
암스트롱 집안의 유괴사건

부크는 오믈렛을 거의 다 먹어 가고 있었다.
「식당차에서 점심식사가 빨리 끝나는 게 좋을 것 같아서요. 조금 있으면 청소가 끝날 테니, 거기에서 승객들을 조사해 볼 수 있을 거요. 그래서 이곳으로 3인분 식사를 가져오라고 말해 두었습니다.」
「그것 참 좋은 생각이로군요.」
포와로가 말했다.
세 사람은 모두 시장하지는 않았지만, 서둘러서 식사를 끝마쳤다. 커피를 마시고 있을 때 비로소 부크가 그들 모두의 마음속에 들어 있는 문제에 대하여 말을 꺼냈다.
「어떻게 잘 되어갑니까?」
「그런 편입니다. 래체트의 정체를 밝혀냈지요. 그리고 그가 왜 미국을 떠나야만 했었는지도 알게 되었소.」
「그래, 그는 누구였소?」
「암스트롱 집안의 어린애에 관해서 알고 있습니까? 그가 바로 어린 데이지 암스트롱을 죽인 사람이었지요. 카세티라고 말이오.」

「지금 생각이 나는군요. 자세히 기억할 수는 없지만 무척 충격적인 사건이었지.」

「암스트롱 대령은 영국인이었소――그는 빅토리아 십자 훈장도 받았지요. 아니, 정확히 말해서 그는 절반 정도는 미국인일 겁니다. 왜냐하면 그의 모친이 월 스트리트의 백만 장자였던 W.K. 반데르 할트 씨의 딸이었으니까. 암스트롱은 그 당시 비극 배우로 유명했던 린다 아덴의 딸인 미국 여배우와 결혼했지요. 그들은 미국에서 살았는데, 아이를 하나 낳았습니다――그들이 몹시도 사랑했던 여자애였지요. 그런데 그 아이가 세 살이 되었을 때 유괴당하고 말았소. 범인은 몸값으로 상상할 수도 없는 금액을 요구했지요.

하지만 그 아이의 부모가 20만 달러라는 엄청난 돈을 건네준 뒤에 아이는 시체로 발견되었소. 그 아이는 죽은 지 최소한 2주일 정도는 지났습니다. 시민들의 분노는 이루 말할 수가 없었지요. 그런데 일은 점점 나쁘게 되어간 거요. 암스트롱 부인은 곧 아이를 낳을 예정이었는데 그 충격으로 그만 조산을 하면서 죽은 아이를 낳았고, 그녀도 죽어 버렸지요. 상심한 그녀의 남편도 권총으로 자살해 버렸습니다.」

「저런, 정말 비참한 일이었군! 그러고 보니까 기억이 나는 것 같소.」하고 부크가 말했다. 「내 기억이 맞다면, 또 한 사람이 죽었던 것 같은데요?」

「맞았소. 프랑스 인인지 스위스 인인지는 모르겠는데, 불쌍한 하녀가 있었지요. 경찰은 그녀가 범죄에 관하여 뭔가를 알고 있을 것이라고 단정지었지요. 그래서 그녀가 필사적으로 부인해도 믿지 않았소. 마침내 그녀는 절망감에 사로잡혀서 창문으로 뛰어내려 자살해 버렸답니다. 나중에 가서야 그녀가 사건과는 전혀 관계가 없다는 것이 밝혀지긴 했지만 말이오.」

「생각만 해도 끔찍한 일이군.」

부크가 말했다.

「그리고 나서 6개월 뒤에 카세티라는 남자가 그 유괴사건의 주모자로 체포되었지요. 그전에도 그 일당은 같은 수법으로 범행을 저지르곤 했지요. 그들은 경찰에게 꼬리가 잡힐 것 같으면 인질을 죽이고 시체를 감춘 뒤에, 범죄가 들통나기 전에 가능한 한 많은 돈을 뜯어내곤 했소. 여기서 이 말을 명백히 해 두어야겠군요. 카세티는 바로 그런 인물이었소! 그러나 그가 축적해 놓았던 엄청난 재산과, 여러 사람들에게 구축해 놓은 비밀 세력 때문에 그는 증거 불충분으로 석방되었지요. 화가 난 시민들이 그를 잡아다 두들겨 패려고 했지만, 그는 교묘하게 그들을 피해서 도망쳤소. 그리고는 뻔한 노릇 아닙니까? 그는 이름을 바꾼 뒤에 미국을 떠났던 겁니다. 그 이후로는 은행 이자를 받아서 외국 여행을 하며 점잖은 신사 행세를 해온 거지요.」

「오! 짐승 같은 놈이로군! 그런 녀석이 죽었다니 속이 후련하군, 암!」

부크의 목소리에는 격노의 빛이 역력했다.

「나도 동감입니다.」

「그렇기는 하지만, 왜 하필이면 오리엔트 특급 열차에서 죽었담. 다른 장소도 많이 있는데.」

포와로는 미소를 지었다. 부크가 편견을 가지고 이 사건을 본다는 것을 알아차렸기 때문이다.

「문제는 바로 이거요. 이 살인이 카세티가 과거에 배반했던 일당의 행위인지, 아니면 개인적인 복수극인지 말이지요.」

포와로가 말했다.

그는 타다 남은 종이 조각 위에 나타난 글씨들을 설명했다.

「내 추측이 옳다면, 그 편지는 살인자가 태운 거요. 왜냐하면──

이 사건의 실마리가 되는 암스트롱이라는 이름이 편지에 적혀 있었기 때문이지요.」

「암스트롱 집안에는 아직도 살아 있는 사람들이 있소?」

「불행하게도 그것에 관해서는 모릅니다. 암스트롱 부인의 여동생에 관해서 읽은 적이 있기는 하지만.」

포와로는 계속해서 자신과 콘스탄틴 의사가 함께 조사한 내용을 말해 주었다. 부크는 부서진 시계 이야기를 듣자 눈빛을 반짝였다.

「그 시계는 정확히 범행 시간을 말해 주는 것 같은데.」

「그렇소. 아주 편하게 됐지요.」

포와로가 말했다.

그의 목소리에는 표현할 수 없는 의미가 담겨 있었다. 두 남자는 호기심 어린 눈으로 포와로를 바라보았다.

「밤 12시 40분에 래체트가 차장에게 말하는 것을 들었다고 했지 않소, 포와로 씨?」

부크가 물었다.

포와로는 그때의 일을 정확히 말해 주었다.

「그렇다면 —— 그것은 카세티 —— 아니, 래체트 —— 앞으로도 이렇게 부르지요. 그는 12시 40분까지는 최소한 살아 있었다는 것을 정확하게 증명해 주는 게 아니오?」하고 부크가 말했다.

「정확히 말해서 12시 37분이오.」

「그렇다면 정확히 12시 37분에 래체트는 살아 있었잖소? 이것은 분명한 사실입니다.」

포와로는 대답하지 않았다. 그는 골똘히 생각하면서 그저 앞만 쳐다보고 있었다.

방문을 두드리는 소리가 나더니 식당차 웨이터가 들어왔다.

「식당차를 모두 치웠습니다.」

「알았어. 곧 가겠네.」
부크가 자리에서 일어나며 말했다.
「같이 가도 되겠습니까?」
콘스탄틴 의사가 물었다.
「물론입니다, 의사 선생. 포와로 씨가 괜찮다면요.」
「괜찮습니다. 좋아요.」
포와로가 말했다.
그들은 문을 나서면서「먼저 가시지요──아닙니다. 먼저 가세요──.」하고 서로 양보하면서 침실을 나섰다.

제2편 증언

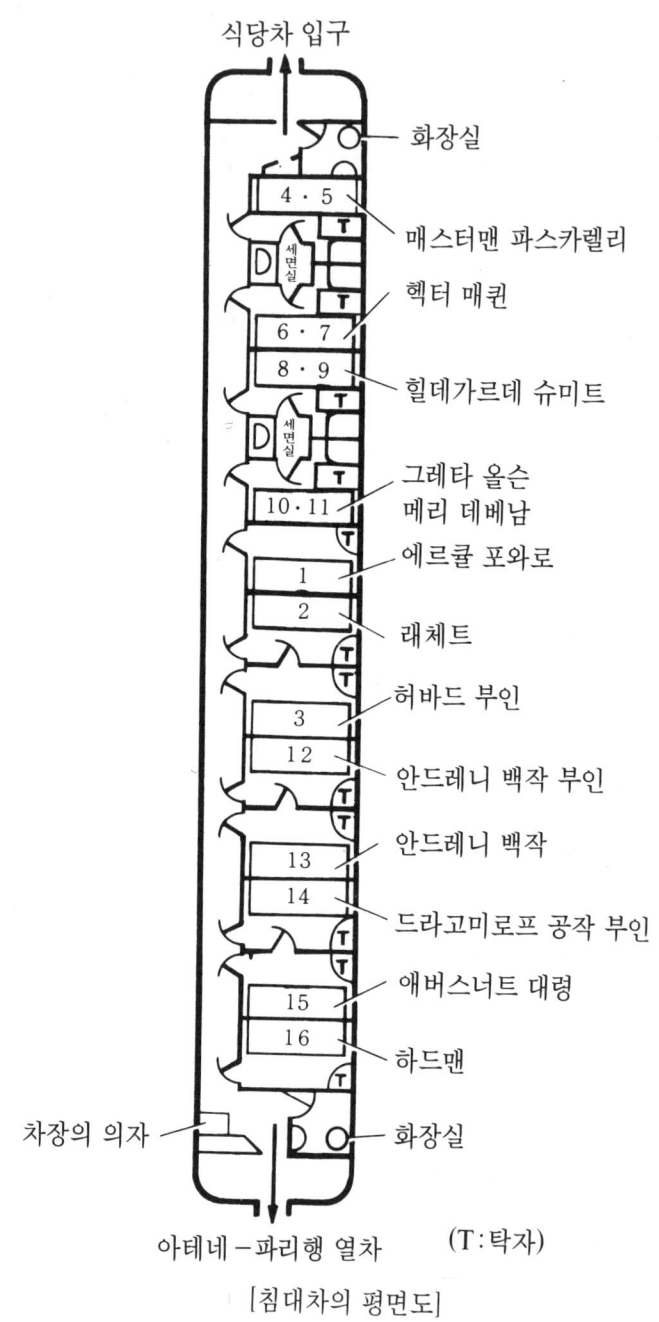

[침대차의 평면도]

제 1 장
차장의 증언

식당차에서는 모든 준비가 끝나 있었다.

포와로와 부크는 식탁 한쪽에 함께 앉았다. 의사는 그 옆 식탁에 앉았다.

빨간 잉크로 승객들의 이름이 표시되어 있는 이스탄불──칼레행 기차의 도면이 포와로 앞에 놓여 있었다. 식탁 한쪽에는 승객들의 여권과 승차권이 쌓여 있었다. 그 밖에 종이와 잉크, 펜과 연필 등도 있었다.

포와로가 말했다.

「좋습니다. 이제는 순조롭게 심문을 시작할 수 있겠군. 먼저 침대차 차장의 증언부터 들어야겠소. 부크 씨, 당신은 그에 대해서 좀 아는 것이 있을 텐데요? 그 사람은 어떤 성격을 가지고 있소? 믿어도 될 만한 사람이오?」

「물론이오. 피에르 미셸은 우리 회사에 15년 이상 근무했소. 그는 프랑스 인인데, 칼레 근처에 살고 있지요. 정말 성실하고도 믿을 만한 사람입니다. 하지만 머리는 과히 뛰어나지 못할 거요.」
 포와로는 알았다는 듯이 고개를 끄덕였다.
「좋습니다. 그를 만나 보기로 합시다.」
 피에르 미셸은 약간 안정을 되찾았으나, 여전히 안절부절못하고 있었다.
「제 근무에 어떤 과실이 없었으면 좋겠습니다.」
 그는 걱정스럽게 포와로와 부크를 번갈아 보면서 말했다.
「참으로 끔찍한 일이었습니다. 선생님께서는 그 일이 저한테 조금이라도 영향을 끼치리라고 생각지 않으시겠지요?」
 포와로는 먼저 차장을 안정시킨 뒤에 질문을 하기 시작했다. 그는 먼저 이름과 주소, 근무 경력, 그리고 이 열차에서의 근무 연수 등을 물었다. 이런 것들은 물론 알고 있었지만, 이 질문은 차장을 진정시키는 데 도움을 주었다.
「자, 그럼 어젯밤의 사건에 대해서 이야기해 봅시다. 래체트 씨는 언제 침실에 들어갔습니까?」
「저녁식사를 마치자마자 곧 들어가셨습니다. 기차가 베오그라드를 떠난 직후였지요. 그분은 전날 밤에도 그렇게 하셨는걸요. 식사중에 잠자리를 준비해 달라고 말씀하셨기 때문에 저는 그렇게 했습니다.」
「나중에 그의 침실로 들어간 사람은 없었소?」
「그분의 하인과 비서인 젊은 미국분이 들어갔었습니다.」
「다른 사람들은?」
「제가 아는 한은 없습니다.」
「좋습니다. 그것이 당신이 래체트 씨를 마지막으로 본 거로군요?」
「아닙니다, 선생님. 그분이 12시 40분경에 벨을 누른 걸 잊으셨군요——기차가 멈춘 바로 직후였지요.」
「그때 일을 자세하게 말해 주겠소?」

「제가 문을 두드렸더니 그분이 실수로 누른 것이라고 하더군요.」
「영어로 말했습니까, 아니면 프랑스 어로 말했습니까?」
「프랑스 어로 말씀하셨습니다.」
「그가 뭐라고 말했는지 정확하게 기억해 낼 수 있소?」
「예. '아무 일도 아니오. 내가 실수로 눌렀소.' 하고 말씀하셨습니다.」
「아주 정확합니다. 나도 그렇게 들었습니다. 그리고 나서 당신은 곧 돌아갔습니까?」
「예.」
「당신 자리로 말이오?」
「아닙니다. 곧 다른 벨이 울렸기 때문에 그곳으로 갔습니다.」
「자, 그럼, 미셸 씨, 아주 중요한 질문을 하겠소. 당신은 1시 15분에 어디에 있었습니까?」
「저 말씀입니까, 선생님? 저는 통로의 제일 끝에 있는 작은 의자에 앉아 있었습니다.」
「확실합니까?」
「물론입니다——그러나——.」
「그러나 뭡니까?」
「실은 동료와 이야기를 좀 하려고 아테네에서 온 옆 열차로 건너갔었습니다. 우리는 눈에 관해서 잡담을 좀 했지요. 그때가 1시가 좀 지난 시간이었는데, 자세히는 모르겠습니다.」
「그리고 언제 다시 돌아왔소?」
「또 벨소리가 났습니다. 그것은 전번에 말씀드린 것 같은데요. 미국인 부인이었는데, 몇 차례나 벨이 울렸습니다.」
「나도 생각이 나는군. 그 다음에는 무엇을 했습니까?」
「그 다음에요? 선생님의 벨소리가 나기에 제가 갔다가 탄산수를 갖다 드리지 않았습니까? 그리고 약 30분쯤 지나서 다른 침실을 정리해 드렸습니다——래체트 씨의 비서인 젊은이의 침실이었지요.」

「당신이 침실 정리를 하러 갔을 때 그의 방에는 매퀸 씨 혼자였소?」

「15호실의 애버스너트 대령이 함께 있었습니다. 그들은 앉아서 이야기를 나누고 있었습니다.」

「대령은 매퀸 씨의 침실을 나와서 무엇을 했나요?」

「곧 자기의 침실로 돌아가셨습니다.」

「15호 침실이라면——당신의 자리에서 매우 가까운 곳이군요?」

「맞습니다, 선생님. 통로 끝에서 두 번째에 있는 침실입니다.」

「그의 침실은 잠자리가 준비되어 있었소?」

「그렇습니다. 그분이 저녁식사를 하고 계실 때 만들어 놓았지요.」

「그럼, 그때가 몇 시경이었소?」

「정확히는 모르겠습니다만, 밤 2시가 넘지는 않았을 겁니다.」

「그 다음에는?」

「그 뒤에는 아침까지 줄곧 제자리에 앉아 있었습니다.」

「다시 아테네에서 온 열차로 가지는 않았나요?」

「예.」

「졸지는 않았소?」

「그렇다고 생각합니다. 기차가 정지해 있었기 때문에 평상시처럼 졸고 있을 수가 없었거든요.」

「통로를 왔다갔다 하는 승객은 없었소?」

차장은 잠시 생각했다.

「어떤 여자분이 통로 이쪽 화장실 쪽으로 갔었던 것 같습니다.」

「어떤 여자였습니까?」

「그건 잘 모르겠습니다. 통로 아주 저쪽이었으며, 또 저는 그 여자의 뒷모습밖에 볼 수 없었거든요. 그녀는 용이 그려져 있는 주홍색 잠옷을 걸치고 있었습니다.」

포와로는 고개를 끄덕거렸다.

「그 다음에는?」

「아침까지는 아무 일도 일어나지 않았습니다.」

「확실합니까?」

「아, 용서해 주십시오. 선생님께서 침실 문을 여시더니 잠깐 밖을 내다보시더군요.」

「좋습니다.」

포와로가 말했다.

「나는 당신이 그것을 기억하고 있는지 알고 싶었소. 그런데 나는 내 침실 문에 묵직한 것이 와서 부딪치는 소리에 잠에서 깨어났었단 말입니다. 그게 무엇이었소?」

차장은 그를 바라보았다.

「아무것도 없었습니다. 아무 일도 없었다고 확실하게 말씀드릴 수 있습니다.」

「그렇다면 내가 나쁜 꿈을 꾸었던 게로군.」

포와로가 심각하게 이야기했다.

「그렇겠군요. 만일, 그 소리가 옆방에서 난 것이 아니었다면.」

부크가 말했다.

포와로는 그 말을 들은 체하지 않았다. 아마도 차장 앞에서는 거기에 관해서 언급하고 싶지 않은 모양이었다.

「다음 문제로 넘어갑시다. 범인이 어젯밤에 기차에 탔다고 가정해 봅시다. 그렇다면 당신은 범인이 범행 뒤에 기차에서 도망칠 수 있었다고 생각합니까?」

피에르 미셸은 머리를 가로저었다.

「글쎄, 기차 안의 어딘가에 숨어 있을 수도 있지 않을까요?」
「기차는 샅샅이 수사해 보았네. 그 생각은 버리게.」
부크가 입을 열었다.
「게다가—— 누군가가 침대차에 들어왔다면 분명히 제 눈에 띄었을 겁니다.」
「기차가 마지막으로 정거했던 곳은 어디였소?」
「빈코브치였습니다.」
「그때가 언제였소?」
「11시 58분에 떠날 예정이었으나 날씨 때문에 20분간 연착했습니다.」
「그때 보통 열차에서 온 사람은 없었소?」
「없었습니다. 저녁식사 뒤에는 보통 열차와 침대차 사이의 문을 잠근답니다.」
「당신은 빈코브치에서 내렸었지요?」
「예, 저는 평상시처럼 플랫폼에 내려가서 기차의 승강구 옆에 서 있었습니다. 다른 차장들도 마찬가지였지요.」
「앞쪽 문——식당차에서 가까운 문은 어떻게 해놓습니까?」
「그건 항상 안쪽에서 잠가 놓습니다.」
「지금은 잠겨져 있지 않던데요?」
차장은 잠시 놀란 듯했으나 이내 표정이 밝아졌다.
「승객들 중에서 누군가가 바깥에 나가서 구경하려고 열어놓은 것이겠지요.」
「그럴 수도 있겠군.」하고 포와로는 말했다.
그는 잠시 동안 생각에 잠기면서 식탁을 두드렸다.
「설마 저를 나무라시는 건 아니겠지요?」
차장은 겁먹은 듯이 물었다.

포와로는 부드럽게 웃어 주었다.

「당신은 운이 나빴을 뿐이오. 생각난 김에 하나 더 물어보겠소. 당신이 래체트 씨 침실 문을 노크하고 있을 때 다른 벨소리가 울렸다고 했는데, 실은 나도 그 소리를 들었소. 그게 누구의 방이었소?」

「드라고미로프 공작 부인의 방이었습니다. 저한테 하녀를 불러 달라고 부탁하셨습니다.」

「그렇게 했습니까?」

「물론이지요.」

포와로는 앞에 놓인 도면을 자세히 살펴보았다. 이윽고 그는 머리를 숙여 인사하며 말했다.

「다 됐습니다, 일단은 말이오.」

「감사합니다, 선생님.」

차장은 일어서서 부크를 바라보았다.

「걱정하지 말게.」

부크는 온화하게 말했다.

「나는 자네의 근무에 과실이 있었다고는 생각지 않네.」

차장은 밝은 얼굴로 식당차를 나갔다.

제 2장
비서의 증언

포와로는 잠시 동안 생각에 잠겨 있었다.
「우리가 지금까지 알아낸 것을 보아서는 매퀸 씨와 몇 마디 더 나눠 보는 게 좋을 것 같소.」
그는 마침내 입을 열었다.
이내 젊은 미국인이 나타났다.
「일은 잘 진행되어 가고 있습니까?」
「그런 대로 괜찮습니다. 아까 우리가 대화를 나눈 뒤에 새로운 사실——즉, 래체트 씨의 정체를 알아냈소.」
헥터 매퀸은 흥미 있다는 듯이 몸을 앞으로 내밀고 말했다.
「그래요?」
「래체트라는 이름은 당신 생각대로 가명이더군요. 래체트 씨는 실은 카세티라는 사람이었죠. 카세티는 소문난 어린이 유괴단의 두목입니다. 데이지 암스트롱 어린이 유괴 사건도 그의 소행이었지요.」
매퀸의 얼굴은 몹시 놀란 듯이 보였다가 점차 어둡게 변해 갔다.

「저주받을 놈 같으니!」
「이런 사실을 전혀 모르고 있었소, 매퀸 씨?」
「그렇습니다.」
젊은 미국인은 확실하게 대답했다.
「만일, 그런 사실을 알았었다면, 그의 비서 노릇을 하기 전에 제 오른손을 잘라 버렸을 겁니다.」
「매우 화가 난 모양이로군요, 매퀸 씨?」
「제가 이렇게 화를 내는 데에는 특별한 이유가 있습니다. 우리 아버님이 바로 그 사건을 취급하셨던 지방 검사였습니다. 포와로 씨, 저는 암스트롱 부인을 여러 번 보았는데——무척 아름다운 여자였습니다. 매우 착했고, 그러기에 마음의 충격도 컸겠지요.」
그의 표정이 어두워졌다.
「만일, 인간이 자기가 한 일에 대한 대가를 받는다면, 래체트——아니, 카세티가 바로 그런 경우지요. 저는 그의 죽음이 오히려 잘되었다고 생각합니다. 그런 사람이 살아 있다는 건 정당하지 않은 일입니다!」
「그런 일은 당신이라도 기꺼이 할 수 있겠군요?」
「그렇습니다. 저는——.」
그는 말을 멈췄다가 불안한 듯이 덧붙였다.
「내 자신을 함정에 빠뜨린 격이 된 것 같군요.」
「만일, 당신이 래체트 씨의 죽음에 불필요할 정도로 비통해 했다면, 나는 그것을 더 의심했을 것이오, 매퀸 씨.」
「설령 전기 의자에서 저를 구해 낼 수 있다고 해도 그런 짓을 할 수는 없었을 겁니다.」 하고 매퀸은 섬뜩하게 말했다. 그리고 나서 다시 덧붙였다.
「주제넘게 캐묻는 게 아닌지 모르겠습니다만, 어떻게 그 사실을 밝혀내셨습니까? 카세티의 정체 말입니다.」
「그의 침실에서 편지 한 통이 발견되었소. 그걸 보고 알았죠.」
「그러나 분명히——그것은——그 늙은이가 좀 부주의했군요.」
「그것은—— 보기 나름이겠죠.」
젊은이는 포와로의 말에 이해할 수 없다는 표정을 지었다. 그는 마치 포와로의 심중을 알아내기라도 하려는 것처럼 그를 찬찬히 쳐다보았다.
「내가 지금부터 해야 할 일은——.」 포와로가 입을 열었다.
「기차에 탄 모든 승객들의 행동을 확실하게 알아보는 것입니다. 이해하겠지만, 불쾌하게 여길 필요는 없소. 이것은 정해진 절차 중의 하나일 뿐이니까요.」
「물론입니다. 어서 계속하십시오. 그리고 가능하다면 제게 죄가 없다는 것을 확실히 인정해 주시기 바랍니다.」
「당신의 침실 번호를 물어볼 필요는 없겠군요.」
포와로가 웃으며 말했다.
「하룻밤 당신과 함께 지냈으니 말이오. 2등실 6호와 7호였지요. 내가 나온 뒤에는 당신 혼자서 사용했소?」
「그렇습니다.」
「자, 매퀸 씨——어젯밤 식당차에서 나온 뒤부터 당신의 행동에 대해 말해 주겠소?」
「그러지요. 저는 침실로 돌아가서 책을 좀 읽다가 베오그라드 플랫폼에서 잠깐 내렸지요. 하지만 날씨가 너무 추워서 곧 다시 올라탔습니다. 그리고 제 옆 침실에 있는 젊은 영국 여자와 잠시 동안 이야기를 나누었죠. 또 영국인, 즉 애버스너트 대령과도 대화를 나누었습니다. 그때, 당신이 우리 곁을 지나갔다고 생각되는데요. 그런 다음에 조금 지나서 래체트에게로 갔고, 말씀드린 것처럼 그가 불러 주는 편지를 몇 장 썼습니다. 그리고 그에게 인사를 하고 나서 밖으로 나왔습니다. 애버스너트 대령은 그때도 여전히 통로에 서 있더군요. 그분의 침실은 이미 잠자리가 준비되어 있었기 때문에, 그분에게 제 침실로 가자고 했습니다. 그리고 술 두 잔을 주문해서 마셨습니다. 그분과는 세계 정세라든가 인도 정부에 관한 것, 주류 제조 판매 금지법에 따른 문제점들과 월 스트리트의 위기에 관해서 이야기를 나누었지요. 전 영국인들을 좋아하지 않는 편입니다——그들은 지나치게 고집스럽기 때문이지요. 그러나 애버스너트 대령은 제 마음에 꼭 들었습니다.」

「그 사람과 헤어졌을 때가 몇 시였는지 알고 있소? 몇 시쯤이었지요?」

「꽤 늦었습니다. 거의 2시가 다 되었을 겁니다.」

「기차가 멈춰 있다는 걸 알았소?」

「오, 그렇습니다. 우리는 조금 이상하게 생각되어서, 밖을 내다보았더니 눈이 매우 많이 쌓여 있더군요. 그러나 대수롭지 않게 생각했습니다.」

「애버스너트 대령과 헤어진 뒤의 이야기를 해주시오.」

「그분은 곧장 자기의 침실로 돌아갔고, 전 차장을 불러서 잠자리를 준비해 달라고 했습니다.」

「차장이 잠자리를 준비하는 동안 당신은 어디에 있었소?」

「제 방 바로 밖의 통로에서 담배를 피우고 있었습니다.」

「그리고 나서는요?」

「곧장 침대에 들어가서 아침까지 잤습니다.」

「저녁에 당신은 기차에서 내리지 않았소?」

「애버스너트 대령과 산책이라도 할 겸 해서 그 뭐라더라?——맞아요, 빈코브치에서 잠시 내려 보았습니다만, 너무나 추웠고 눈보라까지 몰아쳐서 곧 올라왔습니다.」
「어떤 문으로 내려갔죠?」
「침실에서 가까운 문으로 내려갔습니다.」
「식당차의 바로 옆 문 말이오?」
「그렇습니다.」
「그때 문이 잠겨져 있었소?」
매퀸은 잠시 생각해 보았다.
「아, 맞습니다. 잠겨져 있었다고 생각됩니다. 손잡이를 가로질러서 끼워놓는 막대기 같은 것이 있었으니까요. 그걸 말씀하시는 거지요?」
「그렇습니다. 그런데 기차에 다시 올라탄 다음 그 쇠막대기를 제자리에 꽂아 놓았나요?」
「잠깐만요——아닙니다. 그렇게 해 놓지 않은 것 같습니다. 제가 나중에 탔습니다만, 그렇게 해 놓은 기억이 나지 않습니다.」
그는 갑자기 덧붙여 말했다.
「그게 그렇게 중요한 일입니까?」
「그럴지도 모르지요. 그런데, 매퀸 씨, 당신과 애버스너트 대령이 방에 앉아서 이야기하고 있을 때 통로 쪽의 문은 열려져 있었겠지요?」
헥터 매퀸은 고개를 끄덕였다.
「기차가 빈코브치를 떠난 뒤부터 친구분과 헤어질 때까지 복도를 지나간 사람에 대해서 아는 대로 말해 주겠소?」
매퀸은 양미간을 찌푸렸다.
「차장이 한 번 지나갔었다고 생각됩니다. 그는 식당차 쪽에서 왔었습니다. 그리고 어떤 여자가 반대편 식당차 쪽으로 걸어갔습니다.」
「어떤 여자였나요?」

「대답할 수가 없군요. 사실은 자세히 보지 못했으니까요. 그때 저는 애버스너트 대령과 한참 이야기를 나누고 있었거든요. 저는 단지 주홍색 물체가 문을 지나가는 것을 언뜻 보았을 뿐입니다. 별로 신경을 써서 바라보지 않았으니까요. 아니 사실 그렇지 않더라도 저는 그 사람의 얼굴을 볼 수 없었을 겁니다. 당신도 아시다시피, 제 침실은 식당차를 마주보고 있기 때문에, 그쪽 방향으로 지나가는 사람은 제게 등만을 보이게 된답니다.」

포와로는 고개를 끄덕였다.

「그 여자는 화장실에 간 것이 아니었을까요?」

「저도 그렇게 생각합니다.」

「그녀가 돌아오는 것을 보았소?」

「글쎄요. 지금 물으니 생각나는데, 그녀가 돌아오는 걸 보지 못한 것 같습니다. 하지만 뭐 돌아왔겠지요.」

「한 가지만 더 묻겠소. 매퀸 씨, 파이프 담배를 피웁니까?」

「아닙니다. 피우지 않습니다.」

포와로는 잠시 입을 다물고 있다가 말했다.

「지금은 이 정도로 됐습니다. 래체트 씨의 하인을 만나 봐야겠소. 그런데 당신과 하인은 항상 2등실로 여행했나요?」

「하인은 그랬지요. 그러나 저는 대개 1등실로 여행했습니다. 가능하다면 래체트의 침실과 접해 있는 방에 있었습니다. 그러면 그는 자기의 짐을 제 침실에 두었고, 필요할 때마다 절 부를 수 있었지요. 그러나 이번 경우에는 그가 들어간 곳을 빼놓고는 1등실이 모두 예약되어 있어서 부득이 2등실에 타게 된 겁니다.」

「알겠소. 고마웠습니다, 매퀸 씨.」

제3장
하인의 증언

매퀸에 이어서 일전에 포와로가 본 적이 있는 무표정한 얼굴을 가진 창백한 영국인이 들어왔다. 그는 매우 꼿꼿이 서서 기다리고 있었다. 포와로가 자리에 앉으라고 했다.
「당신이 래체트 씨의 하인이지요?」
「그렇습니다, 선생님.」
「이름이 뭡니까?」
「에드워드 헨리 매스터맨.」
「나이는?」
「서른아홉입니다.」
「당신의 주소는?」
「클러큰웰 구 프라이어 거리 21번지입니다.」
「당신 주인이 살해되었다는 것을 알고 있소?」
「예, 매우 끔찍한 일입니다.」
「당신이 마지막으로 래체트 씨를 본 게 언제인지 말해 주겠소?」

하인은 잠시 생각했다.

「어젯밤 9시경이었을 겁니다. 그때이거나, 아니면 조금 뒤였을 텐데요.」

「무슨 일이 있었는지 정확히 말해 주시오.」

「예, 저는 평소와 같이 래체트 씨에게 가서 지시를 들었습니다.」

「당신이 하는 일은 정확히 무엇이었소?」

「그분의 옷을 정리하거나, 틀니를 물에 담가 두고, 또 그분이 방에 필요로 하는 것이 모두 준비되어 있는지를 살펴보는 일입니다.」

「그의 행동은 평소와 다름이 없었나요?」

하인은 잠시 생각하더니 입을 열었다.

「글쎄요, 어딘지 좀 불안해 하는 것 같기도 했습니다.」

「어떻게요?」

「그분이 읽고 계시던 편지 때문이었습니다. 그분은 제가 그 편지를 자기의 침실에 갖다 놓았느냐고 묻더군요. 저는 그런 일이 없다고 말씀드렸지요. 그랬더니 그분은 제게 욕설을 퍼붓더니 제가 하는 일에 대하여 꾸중을 하셨습니다.」

「그런 일이 자주 있었나요?」

「그렇습니다. 그분은 툭하면 화를 내셨습니다 —— 그리고 화나는 일이 생겼을 때마다 저를 꾸짖었습니다.」

「래체트 씨는 수면제를 먹은 적이 있소?」

콘스탄틴 의사는 귀가 쫑긋해서 몸을 앞으로 내밀었다.

「기차로 여행하실 경우에는 항상 복용하셨습니다. 그분은 웬만해서는 잠을 이룰 수가 없다고 말씀하셨거든요.」

「그가 늘 먹던 약을 알고 있소?」

「아뇨. 약병에는 아무 이름도 적혀 있지 않고 —— 다만 '수면제 —— 취침시 복용'이라고만 적혀 있었습니다.」

「그럼, 어젯밤에도 먹었나요?」
「예, 제가 약을 잔에 타서 쉽게 드실 수 있도록 세면대 탁자에 올려 놓았었죠.」
「그가 수면제를 마시는 걸 직접 보지는 못했지요?」
「그렇습니다.」
「그 다음에는 무슨 일을 했소?」
「제가 뭐 더 시키실 일이 없느냐고 물었지요. 또, 아침 몇 시에 깨워 드려야 하는지도 물었고요. 하지만 그분은 벨을 울릴 때까지는 귀찮게 하지 말라고만 하시더군요.」
「평상시에도 그랬습니까?」
「예. 그분은 일어나시기 전에 으레 벨을 울려서 차장을 부른 다음, 그를 시켜서 저를 부르곤 하셨답니다.」
「래체트 씨는 대개 일찍 일어났습니까, 아니면 늦게 일어났습니까?」
「기분에 따라 틀렸습니다. 어떤 날에는 아침식사 때에 일어나기도 했고, 또 때로는 점심시간이 다 되도록 일어나시지 않기도 했습니다.」
「그래서 당신은 아침이 거의 지나가도록 그가 부르지 않아도 별로 이상하게 생각지 않았겠군요?」
「그렇습니다.」
「주인에게 적이 있었다는 걸 알았나요?」
「예.」하인은 담담하게 대답했다.
「어떻게 알았소?」
「그분이 매퀸 씨와 편지에 관해서 말씀하시는 것을 들은 적이 있었습니다.」
「매스터맨, 당신은 주인을 좋아했나요?」

매스터맨의 얼굴이 평상시보다도 훨씬 더 무표정하게 변했다.
「저는 그것에 대해서는 말씀드리고 싶지 않습니다. 그분은 관대하셨습니다.」
「당신은 그를 좋아하지 않았던 모양이군요?」
「제가 미국인을 별로 좋아하지 않는다고 말하면 대답이 될 수 있겠습니까, 선생님?」
「미국에서 산 적이 있소?」
「없습니다.」
「혹시 암스트롱 집안의 유괴사건에 관해서 읽은 기억이 있소?」
매스터맨의 얼굴이 약간 붉어졌다.
「예, 있습니다. 어린 여자아이였지요? 정말 끔찍한 일이었습니다.」
「그렇다면 당신 주인 래체트 씨가 그 사건의 주모자였다는 사실을 알고 있었소?」
「아니오, 그렇지 않습니다.」
하인의 목소리는 뜻밖에도 온화했다. 그는 덧붙여 말했다.
「저는 그것을 믿기 힘든데요, 선생님.」
「하지만 그것은 사실이오. 자, 이제는 어젯밤의 당신 행적에 관해서 알아봅시다. 형식적인 절차이니 이해해 주시오. 당신은 주인 방에서 나온 뒤에 무엇을 했나요?」
「매퀸 씨에게 가서 주인님이 부른다고 전했습니다. 그리고는 곧장 제 침실로 가서 책을 읽었습니다.」
「당신의 침실은 ——?」
「2등실 제일 끝에 있습니다. 식당차 바로 앞에 있지요.」
포와로는 앞에 놓인 도면을 살펴보았다.
「그건 알겠는데 ——어떤 침대를 사용하고 있습니까?」
「아래층을 쓰고 있습니다.」

「그렇다면, 4번 침대겠군.」
「맞습니다.」
「당신과 함께 방을 쓰는 사람이 있나요?」
「예, 매우 덩치가 큰 이탈리아 사람입니다.」
「그는 영어로 이야기합니까?」
「글쎄요, 영어이긴 하지만 알아듣기가 매우 힘듭니다.」
하인의 목소리에는 조소의 빛이 역력했다.
「제가 알기로는 ──그는 미국 시카고에서 살았었다고 하더군요.」
「그 사람과는 많은 대화를 나누었는지요?」
「아니오. 저는 책 읽는 걸 좋아합니다.」
포와로는 미소지었다. 그는 그 모습이 눈에 선했다 ──몸집이 크고 수다스러운 이탈리아 인과 도도한 체하는 하인의 거드름피우는 모습이.
「그럼, 당신이 무슨 책을 읽고 있었는지 물어봐도 되겠소?」
「현재는 아라벨라 리처드슨 부인이 쓴 '사랑의 노예'라는 책을 읽고 있습니다.」
「좋은 작품입니까?」
「아주 재미있더군요.」
「자, 이야기를 계속합시다. 당신은 침실로 돌아와서 '사랑의 노예'를 읽었단 말이지요 ──몇 시경까지 그 책을 읽었나요?」
「10시 반경까지일 겁니다. 그때 이탈리아 인이 자고 싶다고 해서, 차장이 잠자리를 준비해 주었습니다.」
「당신도 그 시간에 잠을 잤나요?」
「침대에 오르기는 했지만 잠을 이룰 수가 없었습니다.」
「왜지요?」

「이가 몹시 아팠거든요.」
「오, 저런!──치통은 몹시 견디기가 힘들지요.」
「세상에서 제일 고통스러울 겁니다.」
「그럼, 치료라도 했습니까?」
「정자나무 기름을 약간 발랐더니 아픈 것은 좀 없어졌습니다만 여전히 잠을 잘 수가 없었습니다. 그래서 머리맡의 불을 켜고 계속 책을 읽었지요. 마음을 좀 가라앉히기 위해서 말입니다.」
「그럼 전혀 못 잤소?」
「예, 새벽 4시경에야 겨우 잠이 들었습니다.」
「당신의 친구분은?」
「이탈리아 인 말인가요? 오, 그 사람은 밤새껏 코를 골더군요.」
「그는 밤에 침실을 전혀 떠나지 않았겠군요?」
「그렇습니다.」
「당신은?」
「저 역시 침실을 나가지 않았습니다.」
「밤에 무슨 소리를 듣지 못했소?」
「그렇습니다. 아니, 제 이야기는 뭐 특별한 소리를 듣지 못했다는 말입니다. 기차가 정차해 있었기 때문에 사방이 조용했거든요.」
　포와로는 잠시 동안 침묵을 지키다가 입을 열었다.
「흠, 더 물어볼 게 없는 것 같군요. 혹시 이 사건에 참고가 될 만한 것은 없소?」
「없는 것 같은데요. 죄송합니다, 선생님.」
「당신이 알고 있는 한에서, 당신의 주인과 매퀸 씨 사이에 싸움이나 말다툼 같은 것은 없었나요?」
「오! 없었습니다. 매퀸 씨는 매우 명랑한 분이랍니다.」
「래체트 씨한테 오기 전에 어디에서 일했나요?」

「그로스베너 스퀘어에 있는 헨리 톰린슨 경 댁에 있었습니다.」
「거기에선 왜 나왔소?」
「그분이 동아프리카로 가게 되어 더 이상 제 도움이 필요없었습니다. 그러나 그분은 제 신원을 보증해 주실 겁니다. 제가 몇 년 동안 그분을 모셨으니까요.」
「래체트 씨와는 얼마나 함께 지냈소?」
「9개월이 조금 넘었습니다.」
「고맙소, 매스터맨. 그런데 당신은 파이프 담배를 피우는지요?」
「아닙니다. 저는 궐련 ──싸구려 궐련만 피우는걸요.」
「고맙소. 이 정도면 됐습니다.」
포와로는 그에게 가도 좋다는 표시로 고개를 끄덕거렸다.
하인은 잠시 머뭇거리다가 말했다.
「선생님, 죄송합니다만 나이 든 미국인 부인이 ──뭐랄까요── 몹시 흥분하고 계십니다. 그녀는 살인범에 관해서 다 알고 있다고 하면서 매우 흥분해 있더군요.」
「그렇다면 ── 다음으로 그녀를 만나 보는 게 좋겠군.」
포와로가 웃으며 말했다.
「제가 가서 말씀드릴까요? 그녀가 한참 동안 책임자를 만나야겠다고 요구해서 차장이 진정시키느라고 애를 먹고 있거든요.」
「그녀를 우리에게로 보내 주시오, 매스터맨. 이제 그녀의 이야기를 들어야겠습니다.」
포와로가 말했다.

제4장
미국인 부인의 증언

 허바드 부인은 거의 숨도 못 쉴 만큼 흥분해서 왔기 때문에 말도 제대로 하지 못했다.
 「내게 말해 주세요──여기 책임자가 누구시죠? 나는 매우 중요한 정보를 가지고 있는데, 가능한 한 빨리 책임자 되는 분에게 알려 드리고 싶어요. 만일 여러분들 중에 책임자가 계시다면──.」
 그녀는 몹시 어수선하게 세 사람을 번갈아 바라보았다. 포와로가 몸을 앞으로 내밀었다.
 「부인, 내게 말씀하십시오. 하지만, 우선 자리에 앉으시지요.」
 허바드 부인은 포와로의 맞은편 의자에 털썩 주저앉았다.
 「내가 당신에게 말씀드리고 싶은 것은 바로 이거예요. 어젯밤에 벌어진 살인사건의 범인은 바로 내 침실 안에 있었답니다.」
 그녀는 자기의 이야기를 강조하기 위해서 잠시 멈췄다.
 「그게 확실합니까, 부인?」
 「물론 확실해요! 나는 지금 말짱한 정신으로 말씀드리고 있는 거예요. 내가 알고 있는 것을 모두 상세히 말씀드리겠어요. 나는 침대로 가서 곧장 잠을 잤답니다. 그러다가 갑자기 깨어났지요. 주위는 캄캄했습니다——하지만, 방 안에 어떤 남자가 있다는 걸 알 수 있었어요. 나는 너무나 무서웠기 때문에 비명조차 지를 수가 없었어요. 당신도 이해해 주시겠지요? 나는 꼼짝 않고 누워서 기도했답니다. '주여, 살려 주세요!' 그때 느꼈던 감정을 그대로 표현할 수가 없군요. 그때 언젠가 책에서 읽었던 재수없는 기차 강도 사건이 떠오르더군요. 그렇지만 나는 이렇게 생각했어요. '어떤 일이 있어도 저 강도에게 보석을 빼앗기진 않을 거야.'——왜냐하면 당신도 아시겠지만, 나는 보석을 양말 속에 넣어서 베개 밑에 감추어 두었거든요——그것도 별로 안전한 방법은 아니지만요. 무슨 말인지 아시리라 믿어요——그냥 하는 이야기이지만 말이에요. 어머, 내가 어디까지 말씀드렸지요?」

「부인의 침실에 남자가 들어와 있었다고 했습니다.」

「맞아요. 그래서 나는 눈을 감고 가만히 누워서 어떻게 해야 좋을지 생각해 보았어요. 내 딸이 내가 위험에 빠져 있는 걸 모르고 있는 게 참 다행이라고 생각했었지요. 그러는 도중에 갑자기 좋은 생각이 떠올랐습니다. 나는 손을 더듬어서 벨을 눌렀어요. 몇 번을 눌렀지만, 글쎄 아무런 응답이 없는 거예요. 어찌나 긴장되었던지 금방이라도 심장이 터져 버릴 것만 같았어요. '어쩌면 좋지?' 하고 나는 이렇게 중얼거렸답니다. '아마 기차에 탄 모든 사람들이 살해되었을지도 몰라.' 기차는 정차해 있었고 주위는 짜증날 정도로 조용했거든요. 그러나 나는 계속 벨을 눌러 댔지요. 그랬더니, 복도 저쪽에서 뛰어오는 발자국 소리가 들리면서 곧 내 방 문을 두드리는 소리를 들었을 때, 아——정말 살았다고 생각했습니다! 그래서 나는 들어오라고 소리치면서 전등불을 켰습니다. 그랬더니 당신이 믿을지 모르겠지만, 방

안에 사람이 없어졌지 뭐예요!」

허바드 부인은 이 부분을 아주 극적인 결정으로 여기고 있는 듯이 보였다.

「그 다음에는 무슨 일이 있었습니까, 부인?」

「글쎄, 나는 차장에게 있었던 일을 모두 이야기했는데, 그는 도무지 믿으려고 하질 않는 거예요. 그는 마치 내가 꿈이라도 꾸었다고 생각하는 모양이더군요. 나는 그에게 침대 아래쪽을 살펴보라고 했지만, 그는 거기에는 사람이 숨을 만한 공간이 없다고 말하는 거예요. 그 범인은 도망친 게 분명해요——하지만, 범인은 정말 내 침실에 있었답니다. 더구나, 차장이 그럴 리가 없다고 하는 말에 너무 화가 나는 거예요! 나는 그저 공상이나 하는 그런 여자가 아니라고요. 미스터——당신의 이름이 어떻게 되죠?」

「포와로입니다, 부인. 그리고 이쪽은 철도회사의 중역이신 부크 씨, 그리고 콘스탄틴 의사입니다.」

「만나게 되어서 반가워요.」

허바드 부인은 정식으로 인사를 하고 나서 다시 떠들어대기 시작했다.

「그때 내 머리가 평소 때처럼 맑았다고 생각하지는 않아요. 하지만, 어쩐지 이런 생각이 들더군요——내 방에 있었던 그 남자가 바로 옆방의 남자, 살해당한 그 가련한 사람일지 모른다고요. 그래서 차장에게 옆방으로 통하는 문을 조사해 보라고 부탁했더니, 아니나 다를까 빗장이 채워져 있지 않은 거였어요. 나도 그럴 줄 알았었죠. 그래서 차장에게 빗장을 채워 달라고 했어요. 그리고 그가 나간 뒤에도 안심이 안 되어서 여행용 옷가방을 문에 기대어 놓았다니까요.」

「그때가 몇 시였습니까, 허바드 부인?」

「글쎄요, 잘 모르겠어요. 너무 당황했기 때문에 시계조차 볼 여유가 없었거든요.」
「그럼, 부인께선 무슨 말을 하고 싶으신 겁니까?」
「어쩜, 그건 명확한 일이잖아요! 내 침실에 있었던 그 남자, 바로 그가 살인범이에요. 다른 누가 범인이겠어요?」
「부인은 그가 옆 침실로 들어갔다고 생각하는 모양이군요?」
「그가 어디로 갔는지 내가 어떻게 알겠습니까? 나는 눈을 꼭 감고 있었는데요.」
「그럼 그가 침실 문을 통해서 통로로 빠져 나갈 수도 있었겠군요?」
「그것도 모르겠어요. 말씀드린 대로, 나는 눈을 꼭 감고 있었으니까 말이에요.」
허바드 부인은 마치 경련을 일으키듯이 한숨을 몰아 쉬었다.
「아, 참으로 무서웠어요. 만일 내 딸이 그 일을 안다면——.」
「부인, 혹시 부인께서 들으셨다는 그 소리는 옆방——즉 피살된 남자의 침실에서 누군가가 움직였던 소리가 아닐까요?」
「아니에요. 그렇지 않아요, 미스터——참, 성함이 뭐라고 했더라? 맞아, 포와로 씨. 그 남자는 바로 내 침실에 있었답니다. 더구나, 나는 그 증거까지 갖고 있어요.」
그녀는 승리에 도취된 듯 커다란 핸드백을 내보이더니 그 속에 들어 있는 것들을 차례로 꺼내기 시작했다.
크고 깨끗한 손수건 두 장, 뿔테 안경, 아스피린 한 병, 글로버 회사의 소금 한 통, 박하 사탕이 들어 있는 연녹색 셀룰로이드 튜브, 열쇠 꾸러미, 가위, 미국 여행자 회사의 수표책, 아주 못생긴 어린아이의 스냅 사진 한 장, 몇 통의 편지, 가짜 진주 목걸이 다섯 개, 그리고 작은 금속 물체——즉 단추 따위를 하나씩 꺼내 놓았다.
「이 단추를 보셨지요? 이건 내 단추가 아니랍니다. 내 소지품에서 떨어져 나간 것도 아니에요. 오늘 아침 자리에서 일어났을 때 침실 안에서 발견한 거예요.」

그녀가 단추를 식탁 위에 올려 놓자, 부크는 몸을 내밀고 쳐다보다가 소리질렀다.

「이건 차장 제복에 달린 단추인데요!」

「그것에 대해서는 이렇게 설명할 수 있을 겁니다.」하고 포와로가 말했다.

그는 천천히 부인 쪽으로 몸을 돌렸다.

「부인, 이 단추는 차장이 부인의 침대 밑을 조사할 때나, 아니면 그가 어젯밤에 잠자리를 준비할 때 제복에서 떨어졌다고 볼 수도 있습니다.」

「나는 당신들이 뭘 생각하고 있는지 모르겠군요. 마치 당신들은 내 말에 반박만 하려는 사람들 같아요. 자, 내 말을 들어 보세요. 나는 어젯밤 잠자리에 들기 전에 잡지를 읽었어요. 그리고 불을 끄기 전에 그 잡지를 창문 가까이 바닥에 세워 둔 옷 가방 위에 올려 놓았답니다. 아시겠어요?」

세 사람은 알겠다고 대답하며 그녀를 안심시켰다.

「그렇담 좋아요. 차장은 문 가까이에서 침대 밑을 살펴봤었고, 또 안에 들어와서도 옆방으로 통하는 문에 빗장을 걸고 나갔으니까, 결코 그는 창가에 간 적이 없었어요. 그런데 오늘 아침에 이 단추가 바로 잡지 위에 떨어져 있는 거예요. 당신이 이것을 뭐라고 할지 알고 싶네요.」

「그건 증거물이라고 부릅니다, 부인.」

포와로가 대답했다.

이 대답은 그녀를 만족시켜 준 듯이 보였다.

「믿어 주지 않는 것은 말벌에 쏘이는 것보다 더 나를 불쾌하게 만든답니다.」
 그녀는 설교조로 말했다.
「부인께서는 매우 흥미롭고도 귀중한 증거를 제공해 주셨습니다.」 하고 포와로가 위로하듯이 말했다.
「이제 몇 가지 질문을 드려도 괜찮겠습니까?」
「오, 물론이죠.」
「부인께서는 이 래체트라는 남자한테 신경을 많이 쓰신 것 같은데, 왜 침실 사이의 문에 빗장을 걸지 않았습니까?」
「아니, 나는 걸었어요.」
 허바드 부인은 얼른 대답했다.
「오, 걸으셨다고요?」
「글쎄, 나는 그 스웨덴 여자——참 좋은 사람이죠——그녀한테 빗장이 걸려 있는지 물어봤어요. 그랬더니 그 여자는 그렇다고 대답했는걸요.」
「왜 직접 확인해 보지 않았나요?」
「나는 그때 침대에 있었고, 또 내 세면 가방이 문 손잡이에 걸려 있었거든요.」
「부인께서 그분에게 그런 부탁을 한 것이 몇 시쯤이었습니까?」
「가만, 생각 좀 해 보고요. 분명히 10시 30분 아니면 45분쯤 되었을 거예요. 그녀가 나한테 와서 아스피린을 갖고 있느냐고 물었거든요. 그래서 나는 아스피린이 있는 곳을 가르쳐 주었고, 그 여자는 내 손가방에서 그걸 꺼냈답니다.」
「부인께서는 그대로 침대에 누워 계셨단 말입니까?」
「그래요.」
 그녀는 갑자기 웃음을 터뜨렸다.
「가엾은 사람——그 여자는 몹시 당황했었답니다! 그녀는 실수로 옆 침실 문을 열었던 거예요.」

「래체트 씨 침실 말입니까?」

「그래요. 통로에서는 침실 문이 모조리 닫혀 있으면 구별하기가 힘들잖아요? 그 여자는 실수로 그의 방 문을 열었던 거예요. 그녀는 몹시 당황했어요. 그 남자의 웃음소리가 들리더니 좋지 않은 말을 내뱉더군요. 가엾은 사람, 그녀는 분명히 무척 당황했을 거예요. '오! 내가 실수했군요.' 그 여자가 사과했어요. '그만 내가 깜박 실수한 거예요. 하지만, 그 사람은 점잖지 못하더군요.' 하고 나중에 나에게 이야기하더군요. 그 사람은 '당신은 너무 늙어서——'라고 하더라는 거예요.」

콘스탄틴 의사가 그만 킬킬거리며 웃자, 허바드 부인은 그를 차갑게 노려보았다.

「숙녀에게 그 같은 말을 하다니—— 그는 신사가 아니에요. 그런 이야기를 듣고 웃는 것도 옳은 일이 아니고요.」

콘스탄틴 의사가 서둘러 사과를 했다.

「그 이후로 래체트 씨의 방에서 무슨 소리를 듣지 못하셨습니까?」

포와로가 물었다.

「글쎄요——확실하진 않지만——.」

「그게 무슨 말씀이죠, 부인?」

「글쎄요——.」

그녀는 잠시 말을 멈췄다.

「그는 코를 골았어요.」

「허어!——그가 코를 골았다고요?」

「지독했어요. 그저께 밤에는 그 소리 때문에 잠을 설쳤는걸요.」

「부인 침실에 남자가 들어왔다가 나간 뒤에는 코고는 소리를 듣지 못했습니까?」

「뭐라고요, 포와로 씨! 어떻게 들을 수가 있겠어요? 그는 이미 죽었는데요.」
「오, 정말 그렇군요.」하고 포와로가 말했다. 그는 좀 혼란스러운 듯이 보였다.
「허바드 부인, 암스트롱 집안의 어린이 유괴사건을 기억하고 계십니까?」
「예, 기억하고말고요. 그런 짓을 저지른 악랄한 범인이 벌도 받지 않고 도망쳐 버리다니! 사실, 내가 그 범인을 잡고 싶었답니다.」
「그는 도망치지 못했습니다. 어젯밤에 죽었으니까요.」
「맙소사, 설마──?」
허바드 부인은 어찌나 흥분했는지 의자에서 절반쯤 일어섰다.
「사실입니다. 래체트 씨가 바로 그 범인이었습니다.」
「아이구머니나! 상상도 못 한 일이에요! 얼른 딸아이에게 편지로 알려 줘야겠어요. 그것 보세요. 어젯밤에 내가 당신에게 그는 사악한 얼굴을 가지고 있다고 말씀드리지 않았나요? 자, 내 말이 맞았지요? 내 딸은 항상 '엄마가 어떤 예감을 갖게 되면 돈을 몽땅 털어서 내기를 해도 문제 없어요.'라고 말했답니다.」
「암스트롱 집안의 사람하고 친분이 있었나요, 허바드 부인?」
「없었어요. 그 사람들은 별로 사람들과 사귀지 않았어요. 그렇지만 나는 암스트롱 부인이 너무도 사랑스러운 사람이어서 그녀의 남편이 얼마나 아껴 주었는지에 대해서는 이야기를 많이 들었답니다.」
「그렇습니까, 허바드 부인? 부인의 말씀이 많은 도움이 되었습니다. 그런데, 부인의 완전한 이름은 무엇입니까?」
「어머나, 나는 캐롤라인 마서 허바드예요.」
「여기에 부인의 주소를 적어 주시겠습니까?」
허바드 부인은 주소를 적으면서도 쉬지 않고 떠들어댔다.

「나는 좀처럼 믿을 수가 없군요. 카세티——그가 이 기차에 타다니! 나는 그 남자에 대한 육감 같은 것이 있었어요. 그렇죠, 포와로 씨?」

「예, 그렇습니다, 부인. 그런데, 혹시 주홍색 비단 잠옷을 갖고 있습니까?」

「뭐라고요? 참 재미있는 질문이로군요! 나는 그런 잠옷은 없답니다. 잠옷이 두 벌 있긴 한데——하나는 배 여행 때 따뜻하게 입을 수 있는 핑크색 플란넬 잠옷이고, 또 하나는 딸 아이가 선물한 것인데 보라색 비단으로 된 좀 촌스런 것이지요. 그런데, 대관절 무엇 때문에 잠옷에 대해서 알고 싶어하는 거죠?」

「부인, 어젯밤에 주홍색 잠옷을 입은 여인이 부인의 침실이나 혹은 래체트 씨의 침실에 들어갔었습니다. 부인이 방금 말씀하신 대로, 침실 문이 모두 닫혀 있을 때에는 어느 침실이 어느 침실인지 구별하기가 몹시 힘이 드니까요.」

「그러나 주홍색 잠옷을 입은 여자가 내 침실에 들어온 적은 없었답니다.」

「그렇다면 그녀는 분명히 래체트 씨의 침실로 들어간 것이로군요.」

허바드 부인은 입을 뾰족히 내밀더니 쌀쌀하게 말했다.

「그렇다고 별로 놀랄 건 아니군요.」

포와로는 몸을 앞으로 내밀면서 물었다.

「그렇다면, 옆방에서 여자의 목소리를 들었다는 겁니까?」

「어떻게 그걸 아셨는지 모르겠군요, 포와로 씨. 정말 대단한데요. 하여간——뭐랄까요——사실대로 말씀드리자면 들었습니다.」

「그러나 조금 전에 부인에게 옆 침실에서 무슨 소리를 못 들으셨느냐고 물었을 때, 부인께서는 래체트 씨가 코고는 소리밖에 못 들으셨다고 하지 않았습니까?」
「예, 그건 사실이에요. 그는 얼마 동안은 사실 코를 골았어요. 그리고 때로는━━.」
허바드 부인은 조금 난처한 표정을 지었다.
「말씀드리기가 조금 부끄러운 일이로군요.」
「부인께서 여자의 목소리를 들으셨던 시간이 언제였습니까?」
「잘 모르겠어요. 나는 단지 잠시 깨었다가 어떤 여자가 말하는 소리를 듣게 되었어요. 하지만, 그 목소리의 주인공이 어디에 있었는지는 명백했어요. 그래서 나는 이렇게 생각했지요. '그래, 저 사람은 바로 저런 족속의 남자였군! 결코 놀랄 일도 아니야.'━━그리고 나서 다시 잠이 들었어요. 물론 당신이 그렇게 꼬치꼬치 캐묻지만 않았다면 낯선 신사 세 분들에게 말씀드릴 종류의 일은 못 되지요.」
「그 일은 부인의 침실에 어떤 남자가 들어오기 전입니까, 아니면 후의 일입니까?」
「어머나, 그건 방금 전에 물으셨던 것과 똑같은 질문이네요! 그가 죽었다면, 그 여자가 어떻게 그에게 이야기할 수가 있겠어요?」
「오! 죄송합니다. 부인께서는 나를 매우 어리석은 사람으로 여기시겠군요.」
「당신 같은 분도 때때로 정신이 혼란해질 수가 있겠지요. 아무튼 그 사람이 짐승 같은 카세티였다니 ━━ 맙소사, 내 딸애가 뭐라고 할런지 ━━.」
포와로는 그 착한 숙녀가 민첩하게 핸드백 속에 물건을 챙겨 넣는 걸 도와 주고, 그녀를 문까지 배웅했다.
헤어지기 바로 전에 그는 말을 꺼냈다.
「손수건을 떨어뜨렸군요, 부인.」
허바드 부인은 그가 내민 작은 모시 손수건을 바라보더니 말했다.

「그건 내 것이 아닌데요, 포와로 씨. 내 것은 바로 여기에 있답니다.」

「죄송합니다. 여기에 H라는 글자가 새겨져 있기에 ──.」

「오, 그래요? 그것 참 이상하군요. 하지만, 분명히 내 것은 아니에요. 내 손수건에는 C.M.H. 라고 새겨져 있고, 또 값싼 손수건이지요 ──값비싼 파리의 사치품이 아니랍니다. 그 같은 손수건으로 코를 닦아 보았자 뭐 좋을 게 있을라고요?」

세 남자는 이 말에 아무도 대답을 할 수가 없었다. 허바드 부인은 의기 양양하게 식당차를 빠져 나갔다.

제 5 장
스웨덴 여자의 증언

 부크는 허바드 부인이 남기고 간 단추를 여전히 만지작거리고 있었다.
 「이 단추, 난 정말 이해할 수가 없는데. 그렇다면 결국 피에르 미셸이 어떻게든 이 사건과 연관이 있다는 것이 아니겠소?」
 그는 포와로의 대답이 없자 재차 물었다.
「당신은 어떻게 생각하시오?」
「그 단추──가능성을 던져 주기는 하지요.」
 포와로는 깊이 생각에 잠기듯이 말을 이었다.
「지금까지 들은 증언들을 검토해 보기 전에 스웨덴 여자와 만나서 이야기해 보도록 합시다.」
 그는 앞에 쌓여 있는 여권더미 속을 뒤적거렸다.
「오! 여기 있군. 그레타 올슨, 나이는 49세라.」
 부크가 식당차 웨이터에게 지시했더니, 이내 노란빛이 감도는 회색 머리카락과, 길고 순하며 양처럼 생긴 얼굴을 가진 스웨덴 여자가 식당차로 안내되어 들어왔다. 그녀는 안경 너머로 포와로를 근시안처럼 쳐다보았으나 몹시 조용한 여자였다.

그녀는 프랑스 어를 알아듣기도 하고 말할 수도 있었기 때문에 대화는 프랑스 어로 진행되었다. 포와로는 자신이 이미 답을 알고 있는 질문들——그녀의 이름, 나이, 그리고 주소 따위를 물어보았다. 그리고 나서 그녀의 직업에 대해서 질문했다.

그녀는 이스탄불 근처에 있는 신학교의 간호부장이라고 했다. 그녀는 경험 많은 간호사였던 것이다.

「물론 어젯밤 발생한 사건에 관해서는 알고 계시겠지요, 부인?」

「예, 정말 끔찍한 일이에요. 미국인 부인이 내게 그 살인범이 자기의 침실에 들어왔었다고 이야기해 주었답니다.」

「부인, 내가 듣기로는 당신이 살아 있는 래체트 씨를 본 마지막 분이셨다던데요?」

「나는 잘 모르겠어요. 하지만, 그럴 수도 있겠죠. 나는 실수로 그의 방을 열었답니다. 무척이나 부끄러웠어요. 정말 난처하기 이를 데 없는 실수였지요.」

「부인은 정말로 그를 보았습니까?」

「예, 그는 책을 읽고 있었어요. 나는 얼른 사과하고 밖으로 나와 버렸습니다.」

「그가 당신에게 무슨 말을 했습니까?」

아름다운 여인의 볼이 약간 붉게 물들었다.

「그는 웃으면서 몇 마디 하더군요. 그러나 나는——나는 그 말을 이해할 수 없었어요.」

「그러면 그 일이 있은 뒤에 어떻게 하셨나요, 부인?」

포와로는 솜씨 좋게 화제를 바꾸어 물었다.

「허바드라고 하는 미국인 부인의 침실로 들어가서 아스피린 몇 알을 부탁했더니 금방 주더군요.」
 「허바드 부인이 당신에게 그녀의 침실과 래체트 씨 침실 사이의 문에 빗장이 채워져 있는지 봐 달라고 하던가요?」
 「예, 그랬어요.」
 「채워져 있었습니까?」
 「그래요.」
 「그 뒤에는요?」
 「그 뒤에는 곧장 내 침실로 돌아와서 아스피린을 먹고 자리에 누워 있었어요.」
 「그때가 몇 시경이었습니까?」
 「내가 침실에 들어갔을 때는 10시 55분이었습니다. 태엽을 감기 전에 시계를 보았기 때문에 알고 있어요.」
 「부인은 곧 잠이 드셨습니까?」
 「아니에요. 머리는 많이 개운해졌지만 잠이 오지 않아서 그냥 누워 있었어요.」
 「부인이 잠드시기 전에 기차가 정지했습니까?」
 「아니오. 막 잠들기 시작하는데 기차가 역에 멈춘 것 같았어요.」
 「그게 아마 빈코브치였을 겁니다. 자, 부인, 여기가 부인의 침실입니까?」
 「그래요, 맞아요.」
 「위층입니까, 아래층입니까?」
 「아래층 10번 침대예요.」
 「함께 침실을 사용하고 있는 분이 있습니까?」
 「예, 젊은 영국 처녀가 있어요. 매우 예의바르고 사랑스러운 여자지요. 그녀는 바그다드에서 왔다고 했어요.」
 「기차가 빈코브치를 떠난 뒤에, 그 여자는 침실을 떠난 적이 있었습니까?」
「아니오, 한 번도 떠나지 않았어요.」
「주무셨다면서 어떻게 그걸 확신하실 수 있습니까?」
「나는 잠을 깊이 못 자는 성격이에요. 무슨 조그만 소리만 들려도 잠에서 깨어나곤 한답니다. 그녀가 만일 위층 침대에서 내려왔다면 나는 분명히 깨어났을 거예요.」
「부인은 침실을 떠난 적이 있습니까?」
「오늘 아침까지는 나가지 않았어요.」
「혹시, 부인께서는 주홍색 비단 잠옷을 가지고 계시는지요?」
「오, 아니에요. 나는 모직으로 된 아주 편한 잠옷 한벌 밖에 없어요.」
「부인과 함께 있는 처녀――데베남 양은요? 그녀의 잠옷은 무슨 색입니까?」
「엷은 자주색 잠옷이에요. 흔히 동양에서 살 수 있는 그런 것이에요.」
포와로는 고개를 끄덕였다. 잠시 뒤에 그는 매우 다정한 목소리로 물었다.
「무슨 일로 여행중이신지요? 휴가입니까?」
「예, 휴가를 받아서 집으로 가는 중이에요. 그러나 먼저 로잔에 가서 일주일 정도 언니와 함께 있을 생각이에요.」
「부인 언니의 성함과 주소를 적어 주실 수 있겠습니까?」
「예, 그러지요.」
그녀는 포와로가 건네준 연필과 종이를 받아서 자기 언니의 이름과 주소를 적었다.
「미국에 가 보신 적이 있습니까, 부인?」
「아니오. 한 번 갈 뻔한 적은 있었죠. 몸이 좀 불편한 부인과 함께 그곳으로 여행할 계획이었는데, 그만 마지막 순간에 계획이 취소되고 말았지 뭐예요. 정말 지금도 서운한 생각이 듭니다. 미국 사람들은 참 좋아요. 그들은 학교나 병원을 세우는 데 많은 돈을 투자하거든요. 게다가 매우 실천적이지요.」

「부인께서는 암스트롱 집안의 어린이 유괴사건에 관하여 들으신 적이 있습니까?」

「아니오. 그게 무슨 일인데요?」

포와로가 설명해 주었다.

그레타 올슨은 몹시 격분했다. 그녀의 묶은 머리카락이 분노로 가볍게 떨리기까지 했다.

「그런 사악한 사람들이 이 세상에 있다니! 신앙심이 흔들릴 지경이로군요. 가엾은 어머니로군요──그분을 생각하니 가슴이 아픕니다.」

온화한 얼굴이 붉어지고 두 눈에는 눈물까지 글썽이면서, 그 자상한 스웨덴 여자는 식당차에서 나갔다.

포와로는 종이 위에 뭔가를 부지런히 적고 있었다.

「지금 무엇을 쓰고 있소?」

부크가 물었다.

「깨끗하게 정리하는 것이 내 습관이라오. 사건을 시간 순으로 차례대로 열거하는 겁니다.」

그는 다 쓴 뒤에 종이를 부크에게 건네주었다.

9시 15분──기차가 베오그라드를 출발.
9시 40분경──하인이 래체트 옆에 수면제를 놓고 그의 침실을 나왔다.
10시경──매퀸이 래체트의 침실에서 나왔다.

10시 40분경──그레타 올슨이 래체트를 보았다. (살아 있을 때의 마지막)

[추가] 그는 독서중이었다.

0시 10분──기차가 빈코브치를 출발. (예정보다 늦었다.)

0시 30분──기차가 눈 속에 파묻혔다.

0시 37분──래체트의 벨이 울렸다. 차장이 문을 두드리자, 래체트가 대답했다.

「아무 일도 아니오. 내가 실수로 눌렀소.」

1시 17분경──허바드 부인이 침실에 어떤 남자가 있다고 느껴져서 벨을 눌러 차장을 불렀다.

부크는 알았다는 듯이 고개를 끄덕이며 말했다.

「사건이 매우 분명해지는 것 같소.」

「이상하게 생각되는 것은 없습니까?」

「전혀 없는데요. 매우 분명하고도 사실적이오. 범죄가 1시 15분에 자행되었다는 것은 거의 확실하게 보이는군요. 시계도 그것을 말해 주고 있고, 또 허바드 부인의 이야기하고도 일치하지 않소? 내가 한번 살인범을 추측해 볼까요? 범인은 바로 덩치 큰 이탈리아 인이오. 그는 미국──시카고에서 왔고, 또 이탈리아 인들은 단검을 사용하지 않습니까? 그리고 그들은 대개 한 번 찌르고 마는 것이 아니라 몇 번이고 찌른답니다.」

「그건 사실이오.」

「의심할 바 없이 바로 그것이 이 사건의 열쇠요. 분명히 그와 래체트가 어린이 유괴사건의 공범이었을 거요. 그런데 래체트가 그를 배신한 겁니다. 그래서 그 이탈리아 인이 래체트를 쫓아다니며 협박 편지를 보내고서, 마침내는 잔인한 방법으로 복수한 것이 아니겠소? 정말 너무도 명백하군.」

포와로는 의심스럽다는 듯이 머리를 저으며 말했다.

「일이 그처럼 간단하지만은 않을 거요.」

「나는 그럴 것이라 확신합니다.」

부크는 자기의 추리에 점점 더 자신을 가지면서 말을 이었다.

「그러면, 그 이탈리아 인이 절대로 침실에서 나가지 않았다고 한 말은 어떻게 되는 걸까요?」

「그게 문제로구먼.」

포와로의 두 눈이 반짝였다.

「그래요, 그것이 문제입니다. 래체트의 하인이 치통을 앓았다는 사실이 당신의 추측에는 불행한 것이지만, 이탈리아 인 친구에게는 참으로 다행한 일이지요.」

「곧 설명이 되겠지.」

부크는 매우 확신에 차서 말했다.

포와로가 다시 머리를 저었다.

「아니오, 그렇게 쉽게 단정지을 수 없을 거요.」

그는 다시 혼자서 중얼거렸다.

제6장
러시아 공작 부인의 증언

「이 단추를 보고 피에르 미셸이 뭐라고 이야기하는지 들어 봅시다.」

포와로가 말했다.

침대차 차장이 불려왔다. 그는 의아해 하는 눈초리로 그들을 바라보았다.

부크가 목청을 가다듬고 말했다.

「미셸, 여기 자네의 제복에서 떨어진 단추가 있다네. 미국인 부인의 침실에서 발견된 거야. 이것에 대해서 뭐라고 설명하겠나?」

차장의 손이 무의식적으로 제복으로 갔다.

「저는 단추를 잃어버린 적이 없는데요. 뭔가 잘못된 것일 겁니다.」

「그것 참 이상한 노릇이로군.」

「저는 어떻게 된 건지 모르겠는데요.」

그는 조금 놀란 듯이 보였으나, 어느 구석에도 죄를 졌다든가 당황해 하는 기색은 보이지 않았다.

부크가 의미 심장하게 말했다.

「단추가 발견된 상황으로 보아, 이 단추는 어젯밤에 허바드 부인이 벨을 눌렀을 때 그 침실에 숨어 있던 괴한의 몸에서 떨어진 게 확실하네.」

「그러나 거기에는 아무도 없었습니다. 단지 그 부인께서 그렇게 상상하고 계셨을 뿐입니다.」

「그녀는 헛것을 본 게 아니야, 미셀. 래체트 씨의 살해범이 그곳을 통해 빠져 나가다가――이 단추를 떨어뜨린 것이라네.」

부크의 말뜻을 알아차린 피에르 미셀은 흥분해서 펄쩍 뛰며 소리를 질렀다.

「아닙니다. 그렇지 않습니다! 선생님은 저를 범인으로 생각하고 계시는군요. 전, 저는 정말 결백합니다. 정말이에요! 한 번도 만나 본 적이 없는 사람을 제가 왜 죽이겠습니까?」

「허바드 부인이 벨을 눌렀을 때 자네는 어디에 있었나?」

「아까 말씀드린 대로 옆 객차에서 동료와 이야기를 나누고 있었습니다.」

「그를 데려오게.」

「그렇게 하지요. 제발 그렇게 하게 해주십시오.」

옆 객차의 차장이 불려왔다. 그는 피에르 미셀의 말을 확인해 주었다. 그는 부쿠레슈티에서 온 열차의 차장도 함께 있었노라고 덧붙였다. 그들 세 사람은 눈 때문에 걱정이라고 이야기를 나누었다고 했다. 그들이 약 10분 정도 이야기를 하고 있는데 미셀이 벨소리를 들었다. 그가 객차 사이의 문을 열자, 그들 모두에게 벨소리가 여러 번 계속해서 들려왔다. 그래서 미셀은 급히 달려갔다고 했다.

「이제는 아시겠지요, 저는 죄가 없습니다.」

미셀이 걱정스럽게 소리쳤다.

「그럼, 차장의 제복에서 떨어진 이 단추에 대해서는 어떻게 설명하겠나?」

「모르겠습니다. 저는 전혀 모르는 일입니다. 제 단추는 모두 붙어 있는걸요.」

다른 두 명의 차장들도 모두 단추를 잃어버린 적이 없으며, 또한 허바드 부인의 침실에는 들어가지 않았노라고 대답했다.

「진정하게, 미셸—— 자네가 허바드 부인의 벨소리를 듣고 달려갔던 때를 곰곰이 생각해 보게. 자네, 혹시 통로에서 누군가를 보지 못했나?」

부크가 물었다.

「아니오, 보지 못했습니다.」

「통로 저쪽으로 도망치는 사람도 보지 못했단 말이지?」

「그렇습니다.」

「이상한 일이로구먼.」

그러자 포와로가 말했다.

「그렇게 이상할 것도 없습니다. 그건 시간상의 문제일 뿐이지요. 허바드 부인은 잠에서 깨어나 침실 안에 누군가가 있다는 걸 알았소. 그녀는 눈을 꼭 감고 무서워서 꼼짝못하고 잠시 동안 누워 있었습니다. 아마도 그 사이에 범인은 침실을 빠져 나가서 통로로 도망쳤을 수도 있지 않겠소? 그리고 나서야 허바드 부인이 벨을 눌렀다고 볼 수도 있죠. 그런데 차장은 이내 달려오지 않았소. 서너 번 벨이 울렸을 때에야 비로소 차장이 들었기 때문이지요. 그렇다면 범인이 도망칠 수 있는 시간이 충분히 있었던 것이 분명합니다.」

「어디로? 생각해 보시오. 기차 사방에는 눈이 두껍게 쌓여 있단 말이오!」

포와로가 천천히 말했다.

「범인이 도망칠 수 있는 길이 두 가지 있지요. 그는 두 군데의 화장실 중에서 어느 곳에라도 들어갈 수가 있었고——또 침실로 사라질 수도 있었소.」

「하지만, 침실에는 모두 승객들이 있지 않았습니까?」

「물론 그렇지요.」

「그럼, 당신은 범인이 자기의 침실로 도망쳤다는 뜻입니까?」

포와로는 고개를 끄덕였다.

부크가 중얼거리듯이 말했다.

「그럴 수도 있구먼——맞아. 차장이 자리에 없었던 그 10분 사이에 범인은 자기 방에서 나와 래체트의 침실로 들어가서 그를 죽인 다음, 문을 잠그고 안쪽에서 사슬로 묶은 다음에 허버드 부인의 침실을 통해서 차장이 도착하기 전에 유유히 자기 침실로 되돌아갔겠군.」

포와로도 중얼거리듯이 대꾸했다.

「하지만, 그렇게 간단하지만은 않을 거요. 의사 선생도 그렇게 생각하시는 것 같은데요?」

부크는 손짓으로 차장들에게 돌아가도 좋다고 지시했다.

그러자 포와로가 말했다.

「아직 만나 봐야 할 승객이 8명이나 남아 있소. 1등실에 있는 다섯 승객——드라고미로프 공작 부인, 안드레니 백작 부부, 애버스너트 대령, 그리고 하드맨——또, 2등실의 세 승객으로 데베남 양, 안토니오 파스카렐리, 그리고 하녀인 슈미트 양——.」

「먼저 누굴 만나고 싶소——이탈리아 인?」

「당신은 이탈리아 인에 대한 말을 자꾸 꺼내는군요! 나는 제일 높은 사람부터 시작할 겁니다. 공작 부인도 아마 시간을 내줄 거요. 그녀에게 내 말을 좀 전해 주시오, 미셸.」

「알겠습니다, 선생님.」

차장은 이렇게 말하면서 이내 식당차 밖으로 나갔다.
「부인께서 이리로 오시는 것이 수고스럽다면 우리가 그리로 가겠다고 전해 주게.」
부크가 뒤에서 소리쳤다.
그러나 드라고미로프 공작 부인은 기꺼이 응해 주었다. 그녀는 식당차에 들어와서 약간 머리를 숙여 인사한 다음에 포와로 맞은편에 와서 앉았다.
그녀의 작고 두꺼비 같은 얼굴은 요전날보다도 더욱 노랗게 보였다. 그녀는 확실히 추하게 생겼다. 그러나 두꺼비처럼 검고 위엄 있는 그녀의 눈동자는 한눈에 보아서도 잠재된 힘과 지적인 깊은 면을 말해 주고 있었다.
그녀의 목소리는 깊이가 있고 매우 분명했으나, 약간 짜증기가 섞여 있었다.
그녀는 부크가 미사여구를 써서 사과하는 말을 가로막았다.
「사과하실 필요는 없어요. 나는 살인사건이 발생한 걸 알고 있습니다. 당연히 여러분들은 승객 모두를 만나 보셔야지요. 힘이 미치는 한 도움이 된다면 기쁘겠습니다.」
「매우 감사합니다, 공작 부인.」
포와로가 말했다.
「천만에요. 일종의 의무인걸요. 무엇을 알고 싶으신지요?」
「부인의 세례명과 주소입니다. 여기에 적어 주실 수 있겠습니까?」
포와로가 연필과 종이를 내밀었으나, 공작 부인은 그것을 옆으로 치웠다.
「당신도 쓸 수 있을 겁니다. 어려울 게 없으니까요. 나탈리아 드라고미로프, 주소는 파리 클레베 거리 17번지.」
「콘스탄티노플에서 댁으로 돌아가시는 길입니까, 공작 부인?」

「그래요. 지금까지는 오스트리아 대사관에서 머무르고 있었습니다. 하녀와 함께 있지요.」
「어제 저녁식사 뒤부터 부인의 행적에 대하여 간단히 설명해 주시겠습니까?」
「그러죠. 식당차에 있을 동안 잠자리를 준비해 놓으라고 차장에게 일러 두었습니다. 식사가 끝난 뒤에 곧장 잠자리에 들었지요. 11시까지 책을 읽다가 불을 껐어요. 하지만, 류머티즘 때문에 쉽게 잠을 이룰 수가 없었어요. 12시 45분경에 벨을 눌러서 하녀를 불렀습니다. 그녀는 나를 안마해 주면서 내가 잠들 때까지 책을 읽어 주었지요. 하녀가 언제 나갔는지는 정확히 모르겠어요. 한 30분 뒤나 좀더 뒤겠지요.」
「그때 기차가 멈춰 있었나요?」
「그래요.」
「멈춰 있는 동안 무슨 이상한 소리를 듣지 못하셨습니까, 부인?」
「뭐 별다른 소리는 못 들었어요.」
「하녀의 이름은 어떻게 됩니까?」
「힐데가르데 슈미트.」
「그녀는 얼마동안 부인과 함께 생활했습니까?」
「15년 되었죠.」
「신뢰할 만한 사람입니까?」
「물론이죠. 그녀의 가족은 돌아가신 내 남편의 독일에 있는 영지 출신이랍니다.」
「미국에 가 보신 적이 있으신지요, 부인?」
갑작스럽게 화제가 바뀌자 노부인은 양미간을 찌푸렸다.
「몇 번 가 봤어요.」
「암스트롱 집안——비극이 있었던 집안이지요——그 집안과 교

제가 있으셨습니까?」

그녀는 목소리에 감정을 담아서 대답했다.

「내 친구들을 묻고 있는 건가요?」

「그럼, 암스트롱 대령과는 잘 아는 사이였군요?」

「그 사람에 대해서는 그리 많이 알지 못했지만, 그의 부인인 소니아 암스트롱은 내가 세례명을 지어 준 대녀(代女)였어요. 그녀의 어머니인 린다 아덴과 나는 절친한 사이였지요. 린다 아덴은 재능이 뛰어난, 세계에서 제일 가는 비극 여배우 중 한 사람이었지요. 맥베스 부인이나 마그다 역에서는 그녀에 비할 배우가 없었으니까요. 나는 그녀의 예술을 흠모할 뿐만 아니라, 개인적으로는 친구였어요.」

「그분은 죽었습니까?」

「오, 아닙니다. 살아 있어요. 하지만, 완전히 은퇴해 버렸지요. 몸이 아주 좋지 않아서 대부분의 시간을 침대에 누워서 지내야만 한답니다.」

「둘째 딸이 있다고 들었는데요?」

「예, 암스트롱 부인보다는 훨씬 어리지요.」

「그녀도 살아 있습니까?」

「물론이죠.」

「그녀는 지금 어디에 살고 있습니까?」

노부인은 날카로운 시선으로 그를 노려보았다.

「왜 이런 질문을 하는지 좀 물어봐야 되겠군요. 그런 것들이 현재 당면한 사건 —— 열차에서의 살인사건과 무슨 관계가 있죠?」

「아주 밀접하게 관련이 되어 있습니다, 부인. 살해당한 사람은 암스트롱 부인의 딸을 유괴해서 살해한 바로 그 남자였습니다.」

「아니!」

그녀는 인상을 찌푸렸다. 그러나 드라고미로프 공작 부인은 이내 자세를 똑바로 고쳐 앉았다.

「내 생각으로는, 이 살인사건이 매우 환영받을 만한 일이로군요! 당신은 나의 약간 편협된 견해를 용서해 주시리라 믿습니다.」

「물론입니다, 부인. 다시 그 문제로 되돌아가서, 부인은 아직 대답을 하지 않았습니다. 암스트롱 부인의 동생인 린다 아덴의 둘째 딸은 어디에 있습니까?」

「그것은 말씀드릴 수 없군요. 린다 아덴의 아래 세대들과는 접촉이 없었어요. 내 기억으로는, 그녀는 몇 해 전에 영국인과 결혼해서 영국으로 건너갔을 거예요. 그리고 이름도 생각이 나지 않는군요.」

그녀는 잠시 말을 멈췄다가 다시 입을 열었다.

「나에게 더 이상 물어볼 것이 있습니까, 신사분들?」

「한 가지만 더 묻죠. 약간은 사적인 질문을 하겠습니다, 부인. 부인의 잠옷 색깔은 무엇입니까?」

그녀는 가볍게 눈썹을 치켜 세웠다.

「당신이 그런 질문을 하는 데는 그만한 까닭이 있으리라 믿어요. 내 잠옷은 검은 공단이에요.」

「이제 다 되었습니다, 부인. 저의 질문에 기꺼이 대답을 해주셔서 대단히 고맙습니다.」

그녀는 반지를 많이 낀 손으로 가벼운 몸짓을 해 보였다. 그리고 나서 그녀가 자리에서 일어나자, 다른 사람들도 따라 일어났다. 그녀가 멈춰섰다.

「실례인 것 같습니다만, 당신의 이름은 어떻게 되지요? 얼굴이 조금은 눈에 익은 것 같은데.」

「부인, 제 이름은 에르큘 포와로라고 합니다. 좋으실 대로 불러 주십시오.」

그녀는 잠깐 동안 조용히 서 있다가 말했다.

「에르큘 포와로──아, 이제 생각이 나는군요. 모든 게 다 운명이로군요.」
 그녀는 약간 딱딱한 동작으로 똑바로 몸을 세우고 걸어 나갔다.
「참으로 훌륭한 부인이오. 당신은 저 부인을 어떻게 생각하시오?」
 공작 부인이 나간 뒤 부크가 물었다.
 에르큘 포와로는 고개를 갸웃거리면서 말했다.
「이상한데요. 그녀가 말한 운명이란 무슨 뜻일까요?」

제 7 장
안드레니 백작 부인의 증언

 안드레니 백작 부부가 다음 차례였다. 그러나 백작은 혼자서 식당차에 들어왔다.
 얼굴을 마주 대하고 보니 그는 훌륭한 용모를 지닌 남자였다. 키는 적어도 6피트(180cm가량)는 되어 보였고, 넓은 어깨에다가 허리에서 엉덩이에 이르는 선이 부드러웠다. 그는 몸에 아주 잘 어울리는 영국제 트위드 옷을 입고 있었다. 그리고 기다란 콧수염이나 광대뼈의 선 따위가 없었다면 아마 영국인으로 여겨졌을지도 모른다.
 「무슨 일입니까?」하고 그가 물었다.
 「이미 알고 있겠지만, 사건이 일어난 관계로 모든 승객들을 조사하지 않을 수 없게 되었습니다.」하고 포와로가 대답했다.
 「아, 그야 물론 완벽하게 처리해야겠죠.」
 백작은 계속 이어서 말했다.
 「당신의 입장은 충분히 이해가 갑니다. 그러나 내 아내와 나는 당신에게 큰 도움은 되지 못할 것 같군요. 우리는 자고 있었기 때문에 아무 소리도 듣지 못했으니까요.」

「살해된 사람이 누구인지 알고 있습니까?」

「인상이 좋지 않은 그 몸집이 큰 미국인이라고 알고 있습니다. 그는 식사 때 저쪽 식탁에 앉아 있지 않았습니까? 맞지요?」

그는 고갯짓으로 래체트와 매퀸이 앉아 있었던 식탁을 가리켰다.

「맞습니다. 내 말은――백작이 그 남자의 이름을 알고 있는가 하는 겁니다.」

「아니오, 모릅니다.」

백작은 포와로의 질문에 꽤나 당황한 것처럼 보였다.

「그의 이름을 알고 싶다면 여권을 보면 되지 않을까요?」

「여권에 있는 이름은 래체트입니다. 그러나, 그것은 본명이 아닙니다. 그는 미국의 유명한 어린이 유괴사건의 범인인 카세티라는 사람입니다.」

그는 이렇게 말하면서 백작을 자세히 살펴보았다. 그러나 백작은 조금도 동요하는 빛이 없었다. 그는 단지 눈을 조금 더 크게 떴을 뿐이었다.

「아! 그것은 사건의 중요한 실마리가 될 수 있겠군요. 미국은 참으로 특이한 나라니까요.」

「안드레니 백작, 당신은 미국에 가 보셨나요?」

「1년 동안 워싱턴에 가 있었습니다.」

「그럼, 암스트롱 가족을 알고 있겠군요..」

「암스트롱?――암스트롱――생각이 잘 나지 않는군요. 많은 사람을 만났으니까 말이오.」

그는 웃으면서 어깨를 으쓱하고는 말을 이었다.

「아무튼간에 그 사건으로 되돌아가서, 당신을 도와 드릴 일이라도?」

「언제 주무시러 갔습니까?」

포와로는 열차의 도면을 바라보며 물었다. 안드레니 백작 부부는 12호와 13호실을 쓰고 있었다.

「우리 부부는 식당차에 있는 동안 차장에게 한쪽 침실의 잠자리를 마련해 놓으라고 일러 두었습니다. 식당차에서 돌아와서는 다른 쪽 침실에 잠시 동안 함께 있었지요.」

「그게 몇 호실이었습니까?」

「13호실이었습니다. 아내와 함께 피켓(두 사람이 32장의 패로 게임하는 카드 놀이의 일종)을 했습니다. 한 11시경에 아내는 잠자리에 들었습니다. 차장이 내 침실의 잠자리도 봐줘서 나도 잠자리에 들었습니다. 아침까지 푹 잤지요.」

「기차가 멈춘 것을 알았습니까?」

「그 사실은 오늘 아침까지도 몰랐습니다.」

「부인께서는?」

백작은 웃음을 지으며 말했다.

「아내는 기차 여행을 할 때면 언제나 수면제를 먹지요. 어젯밤에도 언제나처럼 트리오날을 먹었습니다.」

백작은 말을 멈추었다가 다시 이었다.

「조금도 도움이 되어 드리지 못해서 죄송합니다.」

포와로는 종이와 펜을 백작에게 넘겨 주었다.

「감사합니다. 형식적인 것이지만, 이름과 주소 정도만 적어 주겠습니까?」

백작은 천천히 조심스럽게 썼다.

「내가 이것을 쓰는 게 당신에게도 편할 겁니다. 나의 영지의 철자법에 익숙지 못한 사람들에게는 조금 어렵거든요.」

백작이 유쾌하게 말했다. 그리고는 종이를 포와로에게 넘겨 주고 자리에서 일어났다.

「아내를 이리로 오게 할 필요는 없을 겁니다. 아내는 나 이상 더 할 말이 없을 겁니다.」

포와로의 눈에 빛이 약간 일었다.

「그렇고말고요. 그래도 부인에게 한 마디 물어보고 싶은 것이 있습니다.」

「그렇게 할 필요가 없다니까요.」

백작의 목소리는 다소 위엄 있게 울렸다.

그러나 포와로는 점잖게 눈을 껌뻑이며 말했다.

「단지 형식적인 것이지요. 그러나 백작도 아시다시피 내 보고서에는 필요한 것입니다.」

「좋으실 대로 하십시오.」

백작은 억지로 대답했다. 그는 외국식의 간단한 인사를 하고 식당차에서 나갔다.

포와로는 여권을 집어 들었다. 거기에는 백작의 이름과 작위가 적혀 있었다. 그는 내용을 읽어 나갔다. '아내 동반/세례명, 엘레나 마리아/혼전성명, 골든버그/나이, 20세' 부주의한 공무원의 실수 때문인지 그 위에 기름 한 방울이 떨어져 있었다.

「외교관 여권이로군. 부담을 주지 않도록 주의해 주어야겠소. 이 사람들은 살인사건과 관계가 있는 것 같지는 않아요.」

부크가 말했다.

「걱정 마시오. 요령 있게 할 테니까. 단지 형식적으로 하는 것뿐이오.」

안드레니 백작 부인이 식당차로 들어오자 포와로는 말을 그쳤다. 그녀는 조심스러우면서도 매우 매혹적이었다.

「선생님이 저를 만나겠다고 했습니까?」

「단지 형식적인 것입니다, 백작 부인.」
포와로는 공손하게 자리에서 일어나 맞은편 자리를 권했다.
「이 사건에 단서가 될 만한 것을 어젯밤에 보거나 들은 것이 있는지 묻고 싶을 따름입니다.」
「전혀 없어요. 저는 잠들어 있었거든요.」
「예를 들어, 옆방에서 떠들썩하거나 그런 기미도 없었습니까? 옆방에 있었던 미국인 부인이 발작을 일으켜서 차장을 부르는 벨을 눌렀었는데요.」
「아무것도 듣지 못했어요. 선생님도 아시겠지만, 저는 수면제를 먹었거든요.」
「아! 알겠습니다. 그럼, 더 물어볼 게 없겠군요.」 그녀가 얼른 자리에서 일어나자, 「잠깐만 기다리십시오. 여기에 있는 사항들——부인의 옛 이름, 나이 등의 기록이 정확합니까?」 하고 포와로가 물었다.
「정확한데요.」
「그렇다면 그런 의미에서 이 종이에 서명해 주시겠습니까?」
그녀는 우아한 필체로 빠르게 서명을 했다——엘레나 안드레니.
「백작과 함께 미국에 가 보신 적이 있습니까?」
「없어요.」
그녀는 웃으면서 얼굴을 약간 붉히면서 말을 이었다.
「그때는 결혼 전이었거든요. 우리는 결혼한 지 1년 정도밖에 안 되었어요.」
「아——예,·감사합니다, 부인. 그건 그렇고, 백작은 담배를 피웁니까?」
그녀는 돌아가려던 자세 그대로 서서 포와로를 쳐다보았다.
「예.」
「파이프 담배를 피웁니까?」

「아니오, 시가를 피웁니다.」
「예, 감사합니다.」
그녀는 우물쭈물 망설이더니, 호기심 있는 눈초리로 포와로를 쳐다보았다. 그녀의 새카만 아몬드형의 눈은 참으로 아름다웠고, 긴 속눈썹은 마치 그 새하얀 볼을 덮을 것만 같았다. 외국의 유행인지 붉게 칠해진 입술은 약간 벌어져 있었다. 그녀는 이국적이면서도 아름답게 보였다.
「무슨 이유로 그런 것을 물으시는지요?」
포와로는 쾌활하게 손을 내저으며 말했다.
「부인, 탐정은 온갖 종류의 질문을 다한답니다. 가령, 부인의 잠옷 색깔 같은 것에 대해서도 말이지요. 이야기해 주겠습니까?」
그녀는 그를 빤히 쳐다보더니 웃음을 터뜨리며 말했다.
「진노란색 시퐁인데요. 그것이 그렇게 중요한가요?」
「매우 중요합니다, 부인.」
그녀는 호기심이 있는 듯이 질문을 했다.
「그럼, 선생님은 정말 탐정인가요?」
「좋으실 대로 생각하십시오, 부인.」
「저는 유고슬라비아를 통과할 때는 이탈리아에 가기 전까지는 기차에 탐정이 없는 줄 알았어요.」
「부인, 나는 유고슬라비아 탐정이 아니고 국제 탐정입니다.」
「국제 연맹 소속이에요?」
「나는 세계에 속해 있습니다, 부인.」
포와로는 극적인 표정으로 말했다.
「나는 주로 런던에서 일합니다. 영어를 할 줄 아십니까?」하고 그가 영어로 말했다.
「예, 조금은요.」

그녀의 억양은 매력적이었다.
포와로는 한 번 더 인사를 했다.
「더 이상 지체하게는 않겠습니다. 귀찮지는 않으셨죠?」
그녀는 고개를 살짝 숙이며 미소를 지으면서 나갔다.
「귀여운 여성이로군요.」하고 부크가 감탄한 듯이 말했다. 그는 한숨을 쉬고 나서는 덧붙여 말했다.
「흠, 큰 도움이 될 것 같지는 않은데요.」
「그렇군요. 두 사람이 아무것도 보지도 듣지도 못했으니.」
「이제 그 이탈리아 인을 만나 봐야지요?」
포와로는 잠시 동안 대답을 않고 헝가리 외교관의 여권 위에 얼룩져 있던 기름 방울을 생각해 보았다.

제8장
애버스너트 대령의 증언

포와로는 가볍게 흠칫하더니 정신을 차렸다. 그의 눈이 부크의 눈과 마주쳤을 때 약간 빛을 띠었다.

「아! 나도 아마 소위 속물이라는 종류가 된 것 같군. 1등실 승객들 다음에 2등실 승객을 만나야 할 것 같소. 내 생각에는 우선 잘생긴 애버스너트 대령을 만나야 할 것 같은데―――.」

포와로는 대령의 프랑스 어 실력이 극히 제한된 묘사에만 국한된 것을 알고는 질문은 영어로 하기로 했다.

애버스너트의 이름, 나이, 주소, 군대에서의 정확한 직위가 밝혀졌다. 포와로는 계속해서 질문을 했다.

「휴가차 인도에서 집으로 귀국하시는 길이군요.」

애버스너트 대령은 한 주먹 정도밖에 안 되는 외국인이 하는 말에 별로 관심이 없다는 듯이 영국식으로 간단하게 대답했다.

「그렇소.」

「그런데 인도 동양 기선 회사의 배는 타지 않으셨군요, 그렇지요?」

「그렇소.」
「그 이유가 무엇인지요?」
「개인적인 이유로 육로를 택했을 뿐이오.」
 그의 말투는 마치 '그러는 당신도 육로로 가고 있지 않소? 부질없는 참견을 하는 이 풋내기 영감아!' 하는 듯이 보였다.
「인도에서 곧바로 오시는 길입니까?」
 대령은 귀찮다는 듯이 대답했다.
「칼디어의 우르를 보려고 하룻밤, 그리고 옛친구인 병참 장교와 함께 바그다드에서 사흘 동안 머물렀습니다.」
「바그다드에서 사흘 동안 계셨다고요? 내가 알기로는 그 젊은 영국 여자 데베남 양도 역시 바그다드에서 온 것 같은데, 거기서 그녀를 만났습니까?」
「아니오. 데베남 양은 키르쿠크에서 니시빈으로 가는 호송 열차를 탔을 때 처음 만났습니다.」
 포와로는 앞으로 몸을 기울였다. 대령의 말은 필요 이상으로 설득조였고, 어딘지 모르게 영국인답지 않았다.
「대령, 부탁이 있습니다. 기차에 영국인이라고는 대령과 데베남 양밖에 없는데, 상대방에 대한 서로의 이야기를 듣고 싶군요.」
「대단히 불쾌한 질문이군요.」 하고 대령은 냉담하게 말했다.
「그렇지 않습니다. 대령도 이 사건에서 이미 느끼셨겠지만, 아무래도 여자에 의한 범행 같습니다. 피해자는 열두 군데나 찔렸습니다. 차장까지도 '이건 여자의 범행입니다.' 하고 말할 정도인걸요. 그렇다면 내가 맨 먼저 할 일이 무엇이겠습니까? 이스탄불에서 칼레까지 가는 이 열차에 있는 모든 여자들을 미국인들의 표현대로 죽 한번 훑어보는 거 아닐까요? 그러나 영국 여자들은 판단하기가 어렵더군요. 너무 내성적이기 때문입니다. 그래서, 대령에게 정의의 승리를 위해 부탁드리는 겁니다. 데베남 양은 어떤 사람입니까? 그녀에 관해 알고 있는 것이 있습니까?」

「데베남 양은 얌전한 숙녀입니다.」하고 대령이 약간 부드럽게 말했다.

「오!」

포와로는 탄성을 지르고는 만족스럽다는 듯이 말을 이었다.

「그럼, 대령께서는 데베남 양이 이번 범죄와 관계가 없을 거라고 생각하는 모양이지요?」

「그거야 당연하지 않소? 죽은 남자와는 전혀 모르는 사이였습니다. 한 번도 그 남자를 본 적이 없었으니까요.」

「그녀가 그렇게 말하던가요?」

「그렇소. 그 남자의 약간은 불유쾌한 표정을 보고는 그렇게 말했습니다. 당신도 그렇게 생각하리라 믿지만, 내 생각에도 무슨 증거가 있어서 하는 말이 아니고 단순한 추측에 불과하지만 말이오――만일 여자가 관련되어 있다면 데베남 양은 아니라고 확신할 수 있습니다.」

「대령께서는 그 문제에 매우 열심이군요.」하고 포와로는 웃으면서 말했다.

대령은 차갑게 포와로를 쳐다보았다.

「무슨 뜻으로 그런 이야기를 하시오.」

대령의 눈빛이 포와로를 무안하게 만들었다. 포와로는 눈을 내리깔고 자기 앞의 서류를 뒤적거리는 체했다.

「지금까지 한 말은 모두 다음 이야기를 하기 위해서였습니다. 그럼, 실제적으로 사건으로 들어가지요. 이 범죄는 어떤 믿을 만한 근거로 보아 1시 15분이 지나서 일어났습니다. 그러므로 형식상 모든 승객들에게 그 시간에 무엇을 하고 있었는가를 묻고 있습니다.」

「좋아요. 1시 15분에 나는 그 젊은 미국인――살해당한 사람의 비서 말입니다——그 사람과 대화를 나누고 있었습니다.」
「오, 그래요? 당신이 그의 방에 있었습니까, 아니면 그가 당신의 방에 있었습니까?」
「내가 그의 방에 있었습니다.」
「그는 매퀸이라는 사람이 맞지요?」
「그렇소.」
「그는 당신의 친구입니까? 아니면 그저 아는 정도인가요?」
「아니오, 이번 여행을 하기 전에는 만난 적이 없습니다. 우리는 어제 우연히 대화를 나누면서 서로에게 흥미를 느끼게 되었습니다. 나는 대개의 경우 미국인을 좋아하지 않습니다——전혀 아무짝에도 쓸모가 없으니——.」

포와로는 매퀸이 영국인에 대해 혹평하던 것을 생각해 내고는 웃음을 지었다.

「그렇지만, 그 젊은 사람은 괜찮은 것 같습디다. 그는 인도의 정책에 대해서 바보스럽고도 어리석은 생각을 갖고 있더군요. 그것이 미국인들의 나쁜 점입니다——그들은 지나치게 감상적이고 이상주의적이니까요. 하지만, 그 사람은 내가 하는 이야기에 흥미를 가지더군요. 나는 인도에서 30년 가까이 있으면서 많은 경험을 했습니다. 그리고 나는 그가 미국의 금주법에 대해서 이야기하는 것을 재미있게 들었지요. 그런 뒤에 우리는 전반적인 세계 정치에 대해서도 이야기했습니다. 그러다가 시계를 보니 1시 45분이어서 무척 놀랐습니다.」
「이야기를 끝낸 것이 그 시간이었습니까?」
「그렇소.」
「그리고 나서는 무얼 했습니까?」
「내 방으로 돌아와서 잠자리에 들었습니다.」
「잠자리를 이미 보아 두었던가요?」

「그렇소.」

「그 방이——어디 보자——15호실——식당차에서 가장 먼 쪽 끝에서 두 번째 침실이군요.」

「그렇소.」

「당신이 방으로 갔을 때 차장은 어디에 있었습니까?」

「저쪽 끝의 작은 의자에 앉아 있었습니다. 사실은 내가 방으로 막 들어가려고 했을 때 매퀸 씨가 차장을 부르더군요.」

「그는 왜 차장을 불렀을까요?」

「내 생각에는 잠자리를 보아 달라고 그랬던 것 같습니다. 그의 방은 그때까지 잠자리를 마련해 두지 않았었으니까요.」

「자, 애버스너트 대령, 잘 생각해 보십시오. 대령이 매퀸 씨와 이야기하는 동안 문 밖의 통로를 지나간 사람은 없었습니까?」

「꽤 많은 사람이 지나갔습니다만 주의해서 보지 않았습니다.」

「아니, 내 이야기는——이야기를 하고 있던 마지막 한 시간 반 정도를 묻는 겁니다. 당신은 빈코브치에서 차 밖으로 내렸었지요?」

「그렇습니다. 그러나 잠깐 동안이었습니다. 눈보라가 치고 있었지요. 추위도 대단했습니다. 그래서 얼른 따뜻한 차 안으로 돌아와 한숨 돌렸습니다. 여느때 같았으면 이 열차의 난방은 너무 더워서 틀렸다고 생각했을 테지만.」

부크는 한숨을 쉬면서, 「모든 사람들을 만족시킨다는 것은 무척 힘든 일입니다. 영국사람들이 창문을 열어 놓으면——다른 사람들이 와서 모두 닫아 버리거든요. 정말 매우 어렵습니다.」 하고 말했다.

포와로나 애버스너트 대령은 그런 이야기에는 관심을 기울이지 않았다.

「자, 이제 다시 한 번 생각해 보십시오.」

포와로가 격려하듯이 말했다.

「밖은 추웠습니다. 당신은 기차 안으로 돌아왔습니다. 다시 자리에 앉아서 담배를 피웁니다──시가일 수도 있고, 파이프 담배일 수도 있습니다.」

포와로는 잠시 말을 멈췄다.

「나는 파이프를 피웠고, 매퀸 씨는 궐련을 피웠습니다.」

「기차가 다시 출발합니다. 대령은 파이프 담배를 피우고 있습니다. 두 분은 유럽의 정세──세계의 정세에 대해 토론합니다. 밤이 늦었습니다. 대부분의 사람들은 잠자리에 들었습니다. 그때 문 앞을 지나간 사람이 없었습니까? 생각해 보십시오.」

애버스너트 대령은 생각을 더듬느라고 양미간을 잔뜩 찌푸렸다.

「말하기가 어렵군요. 아까도 말했지만, 전혀 주의를 기울이지 않았습니다.」

「그러나 당신은 세밀한 것에 대한 군인의 직관적인 관찰력을 가지고 있을 겁니다. 무의식중에도 주의를 기울이는 것 말입니다. 자, 말해 보십시오.」

대령은 다시 생각해 보다가 머리를 저었다.

「모르겠습니다. 차장 이외에는 지나간 사람이 없었던 것 같습니다. 잠깐만──그러고 보니 여자 한 사람이 있었군요!」

「그 여자를 보았습니까? 그녀는 늙었나요──아니면 젊었나요?」

「보지는 못했습니다. 그쪽을 보고 있지 않았기 때문이지요. 단지 옷자락이 스치는 소리와 냄새가 났습니다.」

「냄새라고요? 좋은 냄새였습니까?」

「흠, 뭐 내가 말하는 뜻을 알리라 믿습니다만, 그것은 과일 냄새 같은 것이었습니다. 내 말은 100야드나 떨어져 있어도 맡을 수 있는 그런 냄새를 말합니다. 그것이 초저녁의 일인지도 모릅니다. 방금 당신이 이야기한 것처럼 무의식중에 본 것일 수도 있습니다. 그날 저녁 언제인지는 모르지만——여자 향기——꽤 강한 냄새인걸——하고 혼자 중얼거렸던 일이 있었거든요. 그러나 그것이 언제였는지는 잘 모르겠군요. 하지만——오, 빈코브치를 지나서인 것만은 확실합니다.」 하고 대령이 말했다.

「어째서 그렇게 생각하는 겁니까?」

「내가——냄새를 맡았던 것을 기억해 낸 것은 알겠지요? 그것은 내가 스탈린이 5개년 계획에 실패했다는 말을 하고 있을 바로 그때였습니다. 그 순간 여성이라는 생각이 떠오르며 러시아에서의 여성의 지위 문제가 연상된 것이 생각나는군요. 러시아에 관한 이야기는 대화가 거의 끝나갈 무렵이었던 것 같습니다.」

「그것보다 좀더 정확하게 말해 줄 수는 없습니까?」

「아마 마지막 30분 사이였을 겁니다.」

「기차가 멈추고 난 뒤였습니까?」

대령은 고개를 끄덕였다.

「그렇소, 그건 확실합니다.」

「그럼, 다음 이야기를 합시다. 당신은 미국에 가 보신 적이 있습니까?」

「없습니다. 가 보고 싶은 생각도 없고요.」

「암스트롱 대령을 압니까?」

「암스트롱——암스트롱——나는 암스트롱이라는 사람을 두세 명 정도 알고 있습니다. 60년대에 토미 암스트롱이라는 사람이 있지요. 설마 그를 말하는 것은 아니겠죠? 그리고 셀비 암스트롱——그는 솜므에서 전사했습니다.」

「내 이야기는 미국 여성과 결혼해서 하나밖에 없는 딸이 유괴 살해되었던 암스트롱을 말하는 겁니다.」

「아, 그래요——그 일에 관해서 읽었던 생각이 납니다——놀라운 사건이었지요. 그 암스트롱 대령을 직접 만난 일은 없지만, 물론 이야기는 많이 들었습니다. 토비 암스트롱이었습니다. 좋은 사람이었죠. 모든 사람이 그를 좋아했고, 뛰어난 활약을 해서 빅토리아 십자 훈장까지 받았지요.」

「어젯밤에 살해된 사람은 그 암스트롱 대령의 딸을 살해한 범인입니다.」

애버스너트 대령의 표정이 험악하게 변해 갔다.

「내 생각으로는 당연히 받아야 할 결과인 것 같군요. 정당하게 교수형이나——전기 의자에 앉아 죽는 것도 괜찮을 거라는 생각이 들기도 합니다만.」

「애버스너트 대령, 당신은 개인적인 복수보다는 법에 의한 판결과 처형을 바라고 있습니까?」

「음, 코르시카나 마피아처럼 피의 투쟁을 하거나 서로 죽이는 일은 옳지 않다고 봅니다. 역시 배심원에 의한 재판이 정당한 제도라고 생각합니다.」

포와로는 깊이 생각에 잠긴 채 대령을 잠시 바라보았다.

「당신의 의견이 옳은 것 같군요. 자, 애버스너트 대령, 더 이상 물어볼 게 없는 것 같습니다. 어젯밤 조금이라도 이상하다고 생각하신 것은 없습니까? 또는 이제 와서 생각해 보니 좀 이상하다고 느끼는 것은 없는지요?——의심나는 것을 생각해 보십시오.」

애버스너트 대령은 잠시 생각에 잠겼다.

「아무것도 없군요. 다만 한 가지——.」 하며 망설였다.

「한 가지라니, 어서 이야기해 보십시오, 부탁입니다.」

「흠, 아무것도 아니긴 하나——당신이 무엇이든지 이야기하라고 하니——.」

대령은 천천히 이야기했다.

「예, 이야기하십시오.」
「오! 정말 아무것도 아닙니다. 단지 하찮은 일이지요. 내가 방으로 돌아갈 때, 내 옆 침실의 문을 보았습니다——아시죠. 제일 끝 침실?」
「예, 16호실이지요.」
「그 침실의 문이 완전히 닫혀지지 않았더군요. 그리고 안에서 어떤 남자가 밖을 훔쳐보듯이 내다보고 있었습니다. 그리고 나서는 재빨리 문을 닫아 버리더군요. 물론 아무것도 아니라는 생각이 들지만——어딘지 이상하게 느껴졌습니다. 내 말은, 무엇을 보고 싶으면 문을 열고 얼굴을 내미는 것이 당연하지 않느냐는 겁니다. 내가 주의를 가진 것은 그 사람의 훔쳐보는 듯한 그 태도 때문이었습니다.」
「좋습니다.」
포와로가 미심쩍은 듯이 대답했다.
「정말 대수롭지 않은 일일 겁니다. 당신도 알겠지만——한밤중이고, 게다가 모든 것이 정적에 잠겨 있기에 추리소설 같은 불길한 느낌이 문득 들었던 겁니다. 다른 특별한 뜻은 없었습니다.」
애버스너트 대령은 변명하듯이 말했다.
그는 자리에서 일어서며, 「더 이상 물어볼 것이 없으면 나는 이만——.」하고 말했다.
「애버스너트 대령, 고마웠습니다. 다른 것은 없습니다.」
대령은 잠시 머뭇거렸다. 외국인에게 질문받는 것을 불쾌하게 여기던 처음의 그런 자세는 사라졌다.
그는 어색한 말투로, 「데베남 양이 결백한 것은 나를 통해서도 알 수 있습니다. 그녀는 푸카 사히브(pukka sahib)지요.」하고 말했다. 그는 얼굴을 붉히며 나갔다.
「'푸카 사히브'가 무슨 뜻이지요?」

콘스탄틴 의사가 흥미를 나타내며 물었다.
「그것은 데베남 양의 부모와 형제들이 애버스너트 대령과 마찬가지로 순수한 영국 혈통이라는 뜻입니다.」
「오, 이 사건과는 아무런 관계가 없는 말이군요?」
콘스탄틴 의사가 실망한 듯이 말했다.
「그렇습니다.」
포와로는 탁자를 가볍게 두드리면서 생각에 잠겼다. 그리고나서 그는 고개를 들었다.
「애버스너트 대령은 파이프 담배를 피운다――래체트의 방에서 우린 파이프 소제기를 발견했다――래체트는 시가만 피웠다――.」
「당신 생각에는――.」
「파이프 담배를 피운다는 사실이 밝혀진 것은 대령뿐이오. 그리고 그는 암스트롱 대령에 대해서 알고 있으면서도 시치미를 뗀 겁니다.」
「그러면 당신은 그가 했다고――.」
포와로는 크게 머리를 흔들었다.
「그런 일은 불가능합니다――절대 불가능하지요――그 고결하고 훌륭한 영국 신사가 사람을 칼로 12번씩이나 찌르다니! 그것은 정말 불가능한 일이지요.」
「심리학적인 말이군요.」
그는 말을 이었다.
「심리학에 관심을 기울여야 당연하겠지요. 이 범행에는 표식이 있소. 하지만 그것은 애버스너트 대령의 표식은 아닌 것 같군요. 자, 이제 다음 사람을 만나 봅시다.」
이번에 부크는 그 이탈리아 인을 언급하지 않았다. 그러나 그는 물론 생각은 하고 있었다.

제 9 장
하드맨의 증언

　1등실 승객 중 마지막 차례인 하드맨은 이탈리아 인과 하인과 함께 식탁에 앉아 있었던 그 몸집이 큰 미국인이었다.
　그는 커다란 체크 무늬 옷에 분홍색 셔츠, 그리고 번쩍이는 넥타이 핀을 꽂고, 입 안에서는 무엇인가를 씹으면서 식당차로 들어왔다. 그는 크고 살이 쪄서 천박스럽게 보이는 얼굴과는 반대로 상당한 유머 감각을 갖추고 있었다.
　「안녕하십니까? 내가 도와 드릴 일이라도 있습니까?」
　「하드맨 씨——이번 살인사건에 대해서 들었겠죠?」
　「그럼요.」
　그는 껌을 입속에서 굴리며 대답했다.
　「우리는 기차 안의 모든 승객들을 심문하고 있습니다.」
　「좋습니다. 사건을 해결하려면 그 길밖에 없다는 생각이 드는군요.」
　포와로는 그의 앞에 놓여 있는 여권을 집어 들었다.

「당신 이름은 사이러스 베드맨 하드맨, 미국인, 나이는 41세, 타이프라이터 리본 세일즈맨이군요?」
「그렇습니다.」
「이스탄불에서 파리로 여행중입니까?」
「맞았소.」
「목적은 무엇입니까?」
「장사 때문이지요.」
「하드맨 씨, 언제나 1등실로 여행합니까?」
「예, 그래요. 여행 비용은 회사에서 부담하지요.」
그는 윙크를 했다.
「자, 하드맨 씨, 이제 어젯밤에 일어난 살인사건으로 화제를 돌려 봅시다.」
그 미국인은 고개를 끄덕였다.
「이 사건에 대해서 이야기해 줄 것이 있습니까?」
「아무것도 없는데요.」
「아, 그거 안됐군요. 하드맨 씨, 어젯밤 저녁식사 후 당신이 한 일을 정확하게 말해 주겠습니까?」
처음으로 그 미국인은 단번에 대답하지 않았다. 조금 있다가 그는, 「실례입니다만, 여러분들은 누구십니까? 그것부터 말씀해 주겠습니까?」하고 말했다.
「이분은 이 침대차 회사 중역인 부크 씨, 이분은 시체를 조사하신 의사입니다.」
「당신은?」
「나는 에르퀼 포와로라고 합니다. 이번 사건의 조사를 맡았지요.」
「당신에 관해서는 들은 적이 있습니다.」
하드맨은 잠시 동안 생각에 잠겼다가 말했다.

「모두 밝혀 두는 것이 좋겠군요.」
「아시는 건 모두 이야기해 주십시오.」
「당신은 내가 무엇을 알고 있다고 생각하는 모양인데, 나는 아는 것이 하나도 없습니다. 아무것도 모릅니다——방금 말씀드린 것처럼. 그러나 나는 무엇인가를 알아야 할 입장에 있습니다. 그게 어려운 일이지요. 하지만 알아내야만 합니다.」
「하드맨 씨, 설명을 좀 해주겠습니까?」
 하드맨은 한숨을 쉬고는 껌을 뱉어서 주머니 속에 넣었다. 그와 동시에 그는 사람이 완전히 달라 보였다. 지금까지의 과장스럽던 태도는 사라지고 진지한 모습이 된 것이다. 코막힌 소리도 없어졌다.
「그 여권은 가짜입니다. 이것이 진짜이지요.」하고 그가 말했다.
 포와로는 그가 내놓은 명함을 받아 들고 들여다보았다. 부크가 어깨 너머로 건너다보았다.

사이러스 B. 하드맨

맥닐 탐정 사무소
뉴욕 시

 포와로는 맥닐 탐정 사무소가 뉴욕에서 제일 유명하고 신용이 있는 사무소 중 하나인 것을 알고 있었다.
「자, 하드맨 씨, 이게 어떻게 된 일인지 모두 말해 주겠습니까?」

「물론입니다. 일이 이렇게 될 줄이야! 나는 이번 사건과는 아무런 관계 없는 두 명의 범인을 뒤쫓아서 유럽으로 건너왔습니다. 결국 이스탄불에서 그들을 잡았지요. 본부로 전보를 쳤더니 돌아오라고 하더군요. 그래서 그리운 뉴욕으로 돌아가려고 하는데, 갑자기 이것을 받게 되었습니다.」

그는 편지를 한 장 내밀었다.

토카틀리안 호텔

나는 당신이 맥닐 탐정 사무소 직원인 것을 알고 있습니다. 오늘 오후 4시에 내 방으로 와 주시겠습니까?

S.E. 래체트

「오, 그래서요?」
「그 시간에 그의 방으로 갔지요. 그랬더니 래체트 씨가 자기의 사정 이야기를 내게 해주더군요. 그는 자기가 받은 편지 두 장을 보여 주었습니다.」
「그는 놀라고 있었겠군요?」
「겉으로는 그렇지 않은 체했지만, 무척 초조해 하는 것 같더군요. 그는 내게 제안을 해 왔습니다. 자기와 함께 기차를 타고 파리까지 경호해 달라고 하더군요. 그래서 같은 차로 여기까지 왔는데, 그만 누군가에게 살해되고 말았습니다. 이러니 일이 어렵게 된 거지요. 제대로 되는 게 하나도 없답니다.」
「그는 당신에게 어떤 부탁을 했습니까?」
「그는 상세하게 지시를 했습니다. 먼저, 내가 자기 침실의 바로 옆에 있는 침실에 있어야 한다고 했지요. 그러나 그것은 불가능했습니다. 나는 16호실밖에는 들 수가 없었거든요. 그 침실도 얻느라고 무척 애를 먹었습니다. 그 침실은 차장이 만일의 경우를 대비해서 남겨 두는 것이라고 하더군요. 그런 것은 어찌되었든, 아무튼 그 침실의 위치를 살펴보니 그런 대로 제법 쓸 만하다고 판단했지요.

이스탄불 침대차 앞에는 식당차밖에 없고, 플랫폼으로 나가는 양쪽 승강구는 밤에는 문을 잠그게 되어 있습니다. 그러니까, 범인은 플랫폼으로 내리는 뒤쪽 승강구가 아니면, 뒤쪽 열차로부터 들어올 수밖에 없는데, 그 어느쪽으로 오든간에 내 침실 앞을 지나가게 되어 있으니까요.」

「당신은 범인의 신상에 관해서는 아는 바가 없었을 텐데요.」

「나는 그가 어떻게 생겼는지는 알고 있었습니다. 래체트 씨가 설명해 주었거든요.」

「뭐라고요?」

세 사람은 놀라서 모두 몸을 앞으로 내밀었다.

하드맨은 계속 이야기해 나갔다.

「작은 키에 검은 머리카락——그리고 여자 같은 목소리를 가진 사람입니다. 래체트 씨가 이야기해 주었지요. 여행중 첫날밤에는 아마 나타나지 않을 것 같다고 했으며, 두 번째나 세 번째 밤에 나타날 것 같다고 말하더군요.」

「그는 알고 있었군.」하며 부크가 중얼거렸다.

「그는 분명히 비서에게 이야기한 것 이상으로 알고 있었소. 그 사람을 노리는 사람에 대해 다른 이야기는 들은 것이 없습니까? 가령, 무슨 이유 때문에 생명의 위험을 느끼고 있다든지 하는 것 말입니다.」하고 포와로가 조리 있게 물었다.

「아니, 없습니다. 그 부분에 대해서는 일체 입을 다물었습니다. 단지 그 녀석이 자기의 목숨을 빼앗기 위해 혈안이 되어 있다고만 하더군요.」
「키가 작고 검은 머리카락에──그리고 여자 같은 목소리라?」
포와로가 조심스럽게 되뇌었다. 그리고는 날카로운 눈초리로 하드맨을 쏘아보면서 물었다.
「물론 당신은 그가 누구인지 알고 있었을 테죠?」
「누구 말입니까?」
「래체트 말입니다. 당신은 그를 파악하고 있었나요?」
「무슨 말씀을 하는지 알 수가 없군요.」
「래체트는 카세티라는 인물, 즉 암스트롱 집안의 어린이 유괴 살인범이었습니다.」
하드맨은 기다란 휘파람을 불었다.
「놀라운 일이군요! 나는 전혀 몰랐습니다. 그 사건이 있었을 때, 나는 서부에 있었습니다. 신문에서 그 범인의 사진을 보기는 했지만, 신문에 나는 사진이라는 것은 자신의 어머니조차 분간할 수 없는 경우가 많으니까요. 카세티의 사진으로 그를 알아볼 사람은 별로 없을 거라는 생각이 드는군요.」
「당신은 암스트롱 집안의 사건과 관계되는 사람 중에서 래체트가 말한──키가 작고 검은 머리카락에 여자 같은 목소리를 가진 사람을 알고 있습니까?」
하드맨은 잠시 생각에 잠겼다.
「말씀드리기 어렵군요. 그 사건과 관계가 있었던 사람은 거의 다 죽었습니다.」
「창문에서 몸을 던져 자살한 처녀가 있었지요. 기억납니까?」
「그렇소. 그 처녀는 외국인이었지요. 이탈리아나 다른 유럽 쪽 이민이었을 겁니다. 그러나 암스트롱 집안의 사건 말고도 다른 사건들이 있었다는 것을 잊지 마십시오. 카세티는 그러한 유괴 사건을 여러 번 저질렀습니다. 그러니까 암스트롱 집안의 사건에만 몰두할 수는 없을 겁니다.」

「오, 하지만 우리는 이번 사건이 암스트롱 집안과 관계 있다는 증거를 가지고 있습니다.」

하드맨은 그 이유를 묻는 듯이 눈을 쳐들었다. 그러나 포와로가 대답하지 않자 미국인은 머리를 흔들었다.

「암스트롱 집안 사건과 관계되는 사람 중에 그런 모습을 한 사람은 생각이 나지를 않는군요. 게다가, 내가 다룬 사건이 아니라서 확실히는 모르겠습니다.」

「하드맨 씨, 계속 이야기해 보십시오.」

「말할 것이 거의 없는데요. 낮에는 잠을 자고, 밤이면 일어나 망을 보았습니다. 첫날밤에는 의심나는 점이 하나도 없었습니다. 어젯밤에도 내가 지켜본 한은 거의 마찬가지였습니다. 나는 방문을 조금 열어 놓고 망을 보았지요. 이상한 사람이 지나간 적은 없었다고 생각됩니다.」

「확신할 수 있습니까, 하드맨 씨?」

「확신할 수 있습니다. 밖에서 기차에 올라탄 사람도 없었을 뿐더러, 뒤쪽 열차에서 건너온 승객도 없었습니다. 그것은 맹세할 수 있습니다.」

「당신이 있던 자리에서는 차장을 볼 수 있습니까?」

「그럼요, 차장은 내 침실 문 바로 맞은편에 있는 작은 의자에 앉아 있었지요.」

「차장은 열차가 빈코브치에서 멈췄을 때 자리를 비웠습니까?」

「그것이 마지막 역이었지요? 아, 맞아요──벨소리가 두 번 울린 뒤였습니다──그것은 열차가 멈춘 바로 다음이었지요. 그리고 나서 그는 내 앞을 지나 바로 옆에 달린 열차로 갔습니다──거기에서 약 15분 정도 있다가 갑자기 벨이 미친 듯이 울려 대자 다시 돌아왔습니다. 나는 무슨 일인가 알아보려고 통로로 나가 보았습니다── 나는 신경이 날카로워서──그러나 그것은 미국인 부인이더군요. 그 여자는 이 사람 저 사람에게 야단법석을 떨고 있었어요. 나는 쓴웃음을 지었습니다. 그 뒤 차장은 또 다른 방으로 왔다갔다 했고, 그러다가 돌아와서는 누군가에게 갖다 주려고 하는지 탄산수 한 병을 가져왔습니다. 그 뒤에 그가 맨 끝 침실의 누군가에게 잠자리를 보아 주러 갈 때까지 그는 죽 그 의자에 앉아 있었습니다. 그 뒤로는 아침 5시경까지 자리를 뜨지 않은 것 같습니다.」

「그는 졸던가요?」

「그것은 잘 모르겠습니다. 졸았을지도 모르지요.」

포와로는 고개를 끄덕였다. 그리고는 자동적으로 그의 손은 탁자 위의 서류로 뻗쳤다. 그는 다시 한 번 여권을 집어 들었다.

「여기에 이름의 첫글자로 서명을 해주십시오.」

그는 부탁에 따랐다.

「내 생각으로는 당신의 신분을 증명해 줄 사람은 없는 것 같은데요, 하드맨 씨?」

「이 기차에서요? 글쎄요. 반드시 그런 것만은 아닙니다. 매퀸 씨가 나를 알지도 모르겠습니다. 나는 그를 잘 알고 있지요──뉴욕의 그 사람 아버지 사무실에서 만난 적이 있으니까요. 그러나 우리의 많은 직원들 중에서 나를 기억하고 있는지는 모르겠군요. 하지만 포와로 씨, 눈이 그친 다음에 뉴욕으로 전보를 쳐 보면 되지 않겠습니까? 염려 마십시오. 거짓말이 아니니까요. 그럼, 안녕히 계십시오, 여러분. 포와로 씨, 만나 뵈서 반갑습니다.」

포와로는 담배통을 내밀었다.

「파이프 담배를 피우는지 모르겠군요?」

「안 피웁니다.」

그는 담배를 피우면서 힘차게 식당차를 나갔다.

세 사람은 서로 얼굴을 쳐다보았다.

「그의 이야기가 사실이라고 생각합니까?」

콘스탄틴 의사가 물었다.

「예, 나는 저런 타입의 사람을 잘 알고 있지요. 만약에 거짓말이면 쉽게 판별할 수가 있습니다.」

「저 사람은 매우 흥미 있는 말을 했군요.」하고 부크가 말했다.

「흠, 그렇지요.」

「작은 키에——검은 머리카락——그리고 여자 같은 목소리를 갖고 있다.」

부크가 생각에 깊이 잠기면서 말했다.

「이 기차에는 그런 인상을 가진 사람은 아무도 없어요.」하고 포와로가 말했다.

제 10장
이탈리아 인의 증언

포와로는 눈을 반짝이면서 말했다.
「자, 이제는 부크 씨가 말하던 그 이탈리아 인을 만나 보도록 합시다.」
안토니오 파스카렐리는 날쌔고 고양이 같은 걸음걸이로 식당차로 들어왔다. 그는 웃음을 짓고 있었다. 그는 거무튀튀한 얼굴에 미소를 짓고 있는 전형적인 이탈리아 인이었다.
그는 가벼운 악센트가 섞이긴 했지만, 유창한 프랑스 어 실력을 갖고 있었다.
「당신의 이름이 안토니오 파스카렐리가 맞습니까?」
「그렇습니다.」
「미국으로 귀화를 했더군요?」
그 미국인은 미소를 지었다.
「그렇습니다. 사업상 유리해서요.」
「포드 자동차 회사의 중개상입니까?」

「그렇습니다. 아시다시피 ──.」
　그는 입심좋게 떠들어대기 시작했다. 그 열변이 끝났을 때 세 사람은 파스카렐리의 장사 수단, 그의 여행, 수입, 미국과 유럽의 여러 나라들에 대한 그의 견해 등 모르는 것이 없게 되었다. 그에게서는 정보를 얻어 내기 위해 애를 먹을 염려가 없었다. 아예 마구잡이로 떠들어대면서 쏟아 버리는 정도였으니까.
　그의 순진하고 어린애 같은 얼굴은 만족감으로 가득차서 미소를 짓고 있었고, 마지막 웅변적인 몸짓을 하고 난 뒤 말을 멈추고는 손수건으로 이마를 닦았다.
「말씀드린 대로 나는 꽤 큰 사업을 하고 있지요. 시대를 앞서 가고 있습니다. 그것이 바로 세일즈맨의 정신이죠!」
「그러면 최근 10년간은 미국에서 지냈었겠군요?」
「그렇습니다. 아, 처음으로 배를 탔던 일이 생각나는군요! 미국으로 가려고 말입니다. 어머니와 나이 어린 동생들과 ──.」
　포와로는 그의 기억이 흘러나오는 것을 가로막아 버렸다.
「미국에 있을 때, 피살자를 만난 적이 있습니까?」
「없습니다. 그러나 그러한 종류의 인간들은 알고 있습니다.」
　그는 의미 심장하게 손가락을 소리내어 꺾으면서 말을 이었다.
「매우 존경받을 만하고 훌륭한 옷을 입고 있지요. 그러나 모두 형편없는 족속들입니다. 내 경험에 비추어 볼 것 같으면, 그는 악당이었을 겁니다. 내 의견에는 그만한 가치가 있기에 드리는 말씀입니다.」
「당신의 의견은 상당히 정확합니다. 래체트는 어린이 유괴범 카세티였습니다.」
「내가 뭐라고 했습니까? 나는 매우 정확하게 배웠습니다 ── 얼굴을 판단하는 것을 말이지요. 내게는 그것이 필요하거든요. 단지 미국에서만은 올바르게 장사하는 방법을 가르쳐 주지요. 나는 ──.」

「암스트롱 집안의 사건을 기억합니까?」

「잘 생각은 나지 않지만, 이름은 들어 본 것 같습니다. 여자아이였지요. 어린애가 아니었던가요?」

「맞습니다. 대단히 비극적인 사건이었죠.」

이탈리아 인은 처음으로 포와로의 견해에 반대하는 것 같았다.

「아! 그러한 일들은 미국같이 거대한 문명에서는 자주 발생합니다만——.」

그는 철학적으로 말했다.

포와로는 그의 말을 가로막았다.

「당신은 암스트롱 집안의 누구라도 만난 적이 있습니까?」

「만난 적이 없는 것 같은데요. 말하기가 힘들군요. 당신에게 통계 숫자를 보여 드리죠. 작년 한 해 동안 내가 팔아 치운 것이——.」

「아니, 요점만 말해 주십시오.」

이탈리아 인은 그들에게 손을 내저으며 사과의 뜻을 표시했다.

「대단히 죄송합니다.」

「어젯밤 식사 뒤에 한 일에 대해 정확히 말해 주겠습니까?」

「예, 기꺼이 해드리지요. 어젯밤엔 될 수 있는 한 식당차에 머물러 있었습니다. 그게 훨씬 더 재미가 있거든요. 내 식탁에서 미국 신사와 이야기를 나누었습니다. 그는 타이프라이터 리본을 판다고 하더군요. 그런 뒤에 나는 침실로 돌아갔지요. 비어 있더군요. 침실을 같이 쓰고 있는 그 가련한 영국인은 자기 주인에게 불려가고 없었습니다. 얼마 뒤에 그가 돌아왔지요. 평소 때처럼 잔뜩 부은 얼굴을 하고서 말입니다. 그는 통 말을 하지 않아요——예, 아니오만 말합니다. 영국인이란 참 불쌍한 족속입니다——인정이 없어요. 한쪽 구석에 뻣뻣하게 앉아서는 책을 읽는 겁니다. 그러고 있는데 차장이 와서 잠자리를 보아 주었지요.」

「4번과 5번 침대이지요?」

포와로가 중얼거리듯이 물었다.

「맞습니다. 맨 끝 침실입니다. 내 침대는 위에 있습니다. 그 위로 올라가서 담배도 피우고 책도 읽었지요. 그런데, 그 영국인은 치통이 있었나 봅니다. 그는 독한 냄새가 나는 약병을 꺼내서는 침대에 누워 끙끙 앓고 있더군요. 그러는 중에 잠이 들었습니다. 나는 잠을 깰 때마다 그가 끙끙 앓는 소리를 들었습니다.」

「밤에 그가 밖으로 나가지는 않았습니까?」

「그렇지는 않은 것 같은데요. 그것은 소리로 알 수 있답니다. 나는 통로에서 불빛이 들어오면 국경의 세관에서 조사나온 줄 알고 자동적으로 잠에서 깨어나게 되거든요.」

「그 영국인이 자기 주인에 대해서 이야기하던가요? 주인의 욕이라도 했습니까?」

「그는 말이 없다고 말씀드렸지 않습니까? 그는 도대체 인정이라곤 조금도 없다고요. 마치 물고기 같습니다.」

「담배를 피운다고 했는데——파이프 담배입니까, 궐련입니까? 아니면 시가입니까?」

「궐련만 피웁니다.」

포와로가 담배를 내밀자 그는 한 개비 받았다.

「시카고에 머문 적이 있습니까?」

부크가 물었다.

「아, 예——좋은 도시이지요——그러나 나는 뉴욕, 클리블랜드, 디트로이트 등을 더 잘 알고 있습니다. 당신은 미국에 가 보신 적이 있습니까? 없으시군요. 가 보시기 바랍니다. 그곳은——.」

포와로는 그 사람 앞에다 종이 한 장을 내밀었다.

「여기에 서명을 하시고 본적을 적어 주십시오.」

이탈리아 인은 장식체로 썼다. 그리고는 여전히 싱글벙글 하면서 자리에서 일어났다.

「이것이 전부입니까? 더 이상 물어볼 말이 없습니까? 여러분, 안녕히 계십시오. 눈보라 속에서 빨리 빠져 나가길 바랍니다. 밀라노에서 약속이 있는데 큰일이군요.」

그는 걱정스러운 듯이 머리를 흔들었다.

「잘못하면 모든 거래처를 잃게 될지도 모르겠군요.」하며 그는 나갔다.

포와로는 그의 친구를 돌아다보았다. 부크가 말했다.

「저 사람은 미국에 오랫동안 있었군요. 그렇지만 이탈리아 인이오. 이탈리아 인들은 단도를 잘 쓰지요. 게다가, 그들은 굉장한 거짓말쟁이랍니다. 나는 이탈리아 인들을 좋아하지 않아요.」

「이제 곧 알게 되겠지요. 당신 말이 옳을지도 모르지만, 이 점만은 이야기해 두지요. 저 사람에게 용의점은 하나도 없답니다.」

「심리학적인 측면에서는 어떤가요? 이탈리아 인들은 칼로 찌르지 않습니까?」

「물론 찌르기도 하지요. 특히 말다툼이 과열되는 경우에는 더욱 그렇습니다. 그러나 이것은――정말로 까다로운 범죄랍니다. 이 범행은 매우 철저한 계획 아래 진행되었다는 생각이 드는군요. 미리 앞을 내다보고, 뛰어난 두뇌를 가지고 저지른 것이지요. 그것은 뭐라고 표현할까――라틴 민족의 범행이 아닙니다. 냉정하고 철두철미하며 뛰어난 두뇌의 소유자――내 생각에는 앵글로 색슨계 사람의 범죄 같소.」

그는 마지막 두 장의 여권을 집어 들었다.

「이제, 메리 데베남 양을 만나 봅시다.」

제11장
데베남 양의 증언

 메리 데베남 양이 식당차에 들어올 때 포와로는 전에 그녀에게서 받은 인상이 더욱 굳어졌다. 그녀는 검은 블라우스에 프랑스제 회색 셔츠를 매우 단정하게 차려 입고 있었고, 부드럽게 빗은 검은 머리카락도 깔끔하고 흐트러짐이 없었다. 그녀의 태도 역시 단정한 머리카락처럼 조용했다.
 그녀는 포와로와 부크의 맞은편에 앉아서 미심쩍은 듯이 그들을 쳐다보았다.
「이름은 메리 데베남이고, 나이는 26세입니까?」
 포와로가 물었다.
「예.」
「영국인입니까?」
「그렇습니다.」
「이 종이 위에 당신의 본적을 적어 주겠소?」
 그녀는 순순히 따랐다. 그녀의 필적은 깨끗하고 아담했다.

「그리고 어젯밤의 사건에 관해 이야기해 줄 것이 있습니까?」
「죄송하지만, 드릴 말씀이 별로 없습니다. 저는 잠자리에 들었거든요.」
「기차 안에서 범행이 저질러져서 상당히 귀찮겠습니다?」
그 질문은 상당히 뜻밖이었다. 그녀의 회색 눈이 커졌다.
「무슨 말씀이신지 잘 모르겠는데요?」
「상당히 간단한 질문이었습니다. 다시 말하죠. 기차 안에서 범행이 일어났기 때문에 대단히 귀찮지 않습니까?」
「절대 그렇게 생각해 본 적이 없어요. 귀찮다고 말씀드릴 수는 없어요.」
「범행——그것이 일상의 생활에서 늘 일어난다고 하는 겁니까?」
「그런 사건이 일어난다는 것은 당연히 불쾌하지요.」하고 메리 데베남은 조용히 말했다.
「당신은 진짜 앵글로 색슨이군요. 감정을 표현하지 않습니다.」
그녀는 약간 웃음을 지었다.
「감정을 나타낼 만큼 히스테릭하지는 않아요. 결국 사람은 모두 죽으니까요.」
「물론 누구나 죽습니다. 그러나 살인이라는 것은 웬만해서는 보기 힘든 일이지요.」
「예, 물론이에요.」
「당신은 살해된 사람과는 친분이 없었나요?」
「어제 점심을 먹을 때 그를 처음 보았을 뿐인데요.」
「당신에게는 그가 어떻게 보이던가요?」
「저는 거의 그를 보지 않았어요.」
「악한 사람같이 느껴지지는 않았소?」
그녀는 가볍게 어깨를 움츠렸다.

「꼭 그렇게는 생각하지 않았어요.」

포와로는 그녀를 날카롭게 쏘아보았다.

「데베남 양, 당신은 나의 이런 질문을 약간 경멸하고 있는 것 같군요. 영국에서 질문하는 방식은 이것과 상당히 다른 모양이지요? 영국인들은 모든 일에 간단하고 확실하게 ──사실을 중요시하고── 참으로 질서가 있고 사무적입니다. 그러나 나는 내 나름대로 독창적인 방법이 있습니다.

나는 우선 목격자를 만나 보고, 그의 인격을 파악한 다음에 거기에 따라서 질문을 합니다. 조금 전에 이곳에 왔던 신사분은 내가 묻지도 않은 온갖 일에까지 자기의 견해를 밝히려고 하더군요. 그래서 나는 요점만 말하라고 그에게 주의를 주었습니다. 나는 그에게 예, 아니오 ──혹은 이거냐 저거냐 하는 것만 대답하라고 했습니다. 그리고 나서 당신이 온 겁니다. 나는 한눈에 당신이 논리적이고 꼼꼼한 사람임을 알았습니다. 당신은 꼭 필요한 문제에만 자신을 국한시키지요. 당신의 대답은 간단하고 요점만 말하는 것이었습니다. 타고난 성격이기도 하겠습니다만, 이번에는 약간 다른 질문을 드리지요. 당신이 느낀 것이나, 생각하고 있는 것에 대해서 물어보겠습니다. 이 질문이 마음에 들지 않습니까?」

「실례가 되겠지만, 그것은 시간 낭비일지도 모른다는 생각이 드는군요. 래체트 씨의 얼굴이 좋더냐, 싫더냐 하는 것은 그를 죽인 범인을 찾는 데 도움을 줄 것 같지가 않은데요.」

「당신은 래체트가 진짜로 누구인지 압니까?」

그녀는 고개를 끄덕였다.

「허바드 부인이 모든 사람들에게 이야기했어요.」

「그럼, 암스트롱 집안의 사건에 대해서는 어떻게 생각합니까?」

「대단히 끔찍한 사건이었지요.」

그녀는 간략하게 말했다.
포와로는 생각에 잠긴 듯이 그녀를 바라보았다.
「데베남 양, 내가 알기로는 바그다드에서 오는 길이라고요?」
「맞아요.」
「런던으로 가는 길입니까?」
「예.」
「바그다드에서는 무슨 일을 했습니까?」
「두 아이의 가정교사로 일했어요.」
「휴가가 끝나면 다시 그곳으로 돌아갈 겁니까?」
「잘 모르겠어요.」
「그 이유는 무엇입니까?」
「바그다드는 불편해요. 적합한 일이 생기면 런던에서 살 생각이에요.」
「알겠소. 나는 당신이 결혼을 하려는 줄 알았습니다.」
데베남 양은 대답하지 않았다. 그녀는 눈을 들어 포와로의 얼굴을 똑바로 바라보았다. 그 눈빛은 분명히 말했다.
'당신은 무례하군요.'
「당신과 방을 같이 쓰는 여자——올슨 양——에 대해서는 어떻게 생각하는지요?」
「그녀는 낙천적이고 솔직한 사람처럼 보여요.」
「그녀의 잠옷 색깔은 어떻습니까?」
메리 데베남은 깜짝 놀랐다.
「갈색으로 된——자연모인데요.」
「그렇습니까? 실례인 것 같습니다만, 알레포에서 이스탄불까지 오는 동안 당신의 잠옷을 본 적이 있는데, 엷은 자주색이라고 생각이 되는데요?」

「예, 맞아요.」
「다른 잠옷은 없습니까? 예를 들면 주홍색 잠옷 같은 것 말입니다.」
「아니오. 그것은 제 것이 아니에요.」
 포와로는 몸을 앞으로 내밀었다. 그는 쥐를 노리고 있는 고양이 같았다.
「그럼 누구의 잠옷입니까?」
 그녀는 놀라면서 약간 뒤로 물러났다.
「모르겠어요. 무슨 말씀을 하시는 거예요?」
「당신은 '아니오, 그런 것은 없어요.' 하고 말하지 않고 '그것은 제 것이 아니에요.' 하고 말했습니다. 그 말은 다른 누군가가 그런 것을 가지고 있다는 뜻일 텐데요?」
 그녀는 고개를 끄덕였다.
「기차 안에 있는 다른 사람 겁니까?」
「예.」
「누구 것이지요?」
「방금 말씀드렸잖아요, 모르겠다고. 저는 오늘 새벽 5시경에 기차가 너무 오랫동안 서 있구나 하고 생각하면서 일어났습니다. 우리가 역에 있다는 생각을 하면서 문을 열고 통로를 내다보았어요. 그랬더니 통로 저쪽에 주홍색 잠옷을 입은 여자가 서 있더군요.」
「그런데 그게 누군지는 모르겠다는 말이군요? 그 여자는 금발이었나요? 아니면 검은 머리, 혹은 회색 머리였습니까?」
「말씀드릴 수가 없군요. 그 여자는 실내모를 쓰고 있었고, 나는 단지 뒷모습만을 보았으니까요.」
「그럼, 체격은 어땠습니까?」
「키가 크고 말랐다고 생각하지만, 확실하지는 않아요. 잠옷에는 용이 수놓아져 있었어요.」
「예, 맞아요——용입니다.」
그는 잠시 조용히 있었다. 그러다가 혼잣말로 중얼거렸다.
'이해할 수가 없어. 무슨 영문인지 모르겠군.'
그리고 나서 고개를 들면서 말했다.
「더 이상 여기에 있을 필요가 없겠군요.」
「예?」
그녀는 놀란 것 같았으나, 이내 자리에서 일어났다.
그러나 문 앞에서 잠시 망설이더니 돌아섰다.
「그 스웨덴 여자——올슨 양 말예요——걱정을 하고 있는 것 같아요. 선생님이 죽은 사람을 마지막으로 본 것이 자기라고 했다고 하면서요. 제 생각으로는, 그 이유 때문에 선생님이 그녀를 의심하고 있다고 생각하는 것 같아요. 제가 그녀에게 오해하고 있다고 말해 주면 안 될까요? 사실 당신도 아시는 것처럼, 그녀는 파리 한 마리도 해치지 못하는 그런 사람이에요.」
데베남 양은 웃으면서 말했다.
「그녀가 허바드 부인에게 아스피린을 얻으러 간 게 대략 몇 시였습니까?」
「10시 반 조금 지나서였어요.」
「얼마 동안이나 가 있었습니까?」
「약 5분 정도.」
「밤새 또 방을 나간 적이 있었습니까?」
「없었어요.」
포와로는 의사에게로 돌아섰다.
「래체트가 그렇게 일찍 살해될 수 있습니까?」
의사는 고개를 가로저었다.

「그렇다면, 부인을 안심시켜 드려도 될 것 같습니다.」
「감사합니다.」
그녀는 갑자기 동정심이 깃든 웃음을 머금었다.
「그 여자는 양과 같은 분이에요. 걱정이 지나쳐서 넋두리까지 하더군요.」
그녀는 돌아서서 나갔다.

제 12 장
독일인 하녀의 증언

부크는 이상하다는 듯이 포와로를 쳐다보았다.
「이보시오, 도대체 당신은 이해할 수가 없구먼. 무엇을 하겠다는 거요?」
「나는 지금 틈을 찾고 있소.」
「틈이라니?」
「음——젊은 여성의 철두철미한 갑옷 속에 있는 그 틈 말이오. 그녀의 냉정함을 흔들어 놓고 싶었지요. 성공했는지 모르겠지만, 이것만은 확실하오. 그녀는 내가 이런 식으로 대하리라고는 예상 못 했을 겁니다.」
「그녀를 의심하는 겁니까? 그렇다면, 그 이유가 뭡니까? 그녀는 상당히 매력적으로 보이던데——이러한 종류의 사건과는 관계가 될 것 같지 않던데 말이오.」
부크가 천천히 이야기했다.
「나도 동감입니다. 그녀는 성격이 냉정하더군요. 감정적이지 않습니다. 아마 사람을 찌르는 짓은 못할 겁니다──그보다는 법정에 소송을 제기하는 쪽을 택할 거요.」

콘스탄틴 의사가 말했다.

포와로는 한숨을 쉬었다.

「두 분 모두 이 사건이 즉흥적이거나 돌발적이라는 생각에서 벗어나야만 합니다. 내가 데베남 양을 의심하는 이유는 두 가지가 있소. 하나는 아직 두 분께서는 모르고 있겠지만 내가 엿들은 이야기 때문이오.」

포와로는 두 사람에게 알레포에서 오는 도중에 우연히 엿들게 된 이상한 대화에 대해서 이야기해 주었다.

「그거 분명히 이상한 일이군. 설명을 들어 봐야겠군요. 당신이 의심하는 것도 일리가 있어요. 그렇다면 그들 두 사람──그녀와 그 뻣뻣한 영국인──둘 다 이 사건에 관련이 있다는 말이오?」

부크가 물었다.

포와로는 고개를 끄덕이며 말했다.

「그렇지만, 그 사실로도 설명이 안 되는 것이 있지요. 당신이 말한 것처럼 그들이 함께 이 사건에 관련되어 있다면 어떤 실마리를 찾을 수 있겠소? 그들은 서로 다른 사람의 알리바이를 증명해 주려고 했을 거요. 그런데 그렇게 되었던가요? 아니지요──그렇지가 않았소. 데베남 양의 알리바이는 그전에는 만나 본 적도 없는 스웨덴 여자가 증명해 주었고, 애버스넛 대령의 알리바이는 살해된 사람의 비서인 매퀸에 의해서 증명이 되었지요. 이 수수께끼를 해결하려면 무척 어려울 것 같습니다.」

「당신이 그녀를 의심하는 또 하나의 이유가 있다고 했잖소?」하고 부크가 포와로에게 물었다.

포와로는 웃었다.

「아! 하지만, 그것은 심리적인 것이지요. 데베남 양이 이 범죄를 계획했을 수 있을까 하고 혼자 생각해 보았지요. 이 사건 뒤에는 냉정하고도 지적이며, 뛰어난 두뇌가 숨어 있다고 확신합니다. 데베남 양이 여기에 어울린다고 생각지 않소?」

부크는 머리를 흔들었다.

「아무래도 이번에는 당신이 잘못 생각하고 있는 것 같소. 나는 저 젊은 영국 여자가 범인으로 생각되지는 않는군요.」

「아──그럼, 우리 명단의 마지막 이름인 힐데가르데 슈미트를 만나 보도록 합시다.」

포와로가 마지막 남은 여권을 집어 들었다.

차장이 힐데가르데 슈미트를 식당차로 데리고 오자, 그녀는 공손하게 서서 기다렸다.

포와로는 그녀에게 앉으라고 권했다.

그녀는 질문을 받을 때까지 공손하게 두 손을 무릎 위에 모은 채로 기다렸다. 그녀는 공손하고──상당히 품위가 있어 보였지만 과히 지적으로 보이지는 않았다.

힐데가르데 슈미트에 대한 포와로의 태도는 메리 데베남에 대한 것과는 완전히 대조적이었다.

그는 매우 친절하고 부드러운 태도로 그 여자를 안심시켜 둔 뒤에 이름과 주소를 쓰게 하고는 조용히 질문을 했다.

질문은 독일어로 했다.

「우리는 어젯밤에 일어난 사건에 대해서 가능한 한 많이 알고 싶습니다. 범행 자체에 대해서는 당신이 그렇게 많이 아는 것 같지는 않군요. 그러나 무엇을 듣거나 본 것이 있을 수도 있습니다. 당신에게는 보잘것없는 일일지라도 우리에게는 가치 있는 것이 될 수도 있습니다. 무슨 뜻인지 알겠습니까?」

그녀는 무슨 말인지 모르는 것 같았다. 그녀의 넓고 친절하게 보이는 얼굴은 공손했지만, 역시 우둔해 보였다.

「저는 아무것도 모르는데요.」

「흠, 그럼 예를 들어 당신 주인이 어젯밤에 당신을 부르러 보냈지요?」

「그렇습니다.」

「그 시간이 생각납니까?」

「모르겠어요. 차장이 부르러 왔을 때 저는 자고 있었거든요.」

「그렇군요. 그런 식으로 당신을 부르러 오는 일이 자주 있었나요?」

「예, 가끔 있었습니다. 너그러우신 마님은 밤에 가끔씩 저를 부르십니다. 마님은 잠을 잘 주무시지 못하거든요.」

「그래요? 당신은 그래서 자리에서 일어났군요. 잠옷을 입고 갔었나요?」

「아닙니다. 옷을 거의 다 입었어요. 마님한테 잠옷 차림으로 가고 싶지는 않았거든요.」

「고급 잠옷이겠죠?——주홍색이 아닙니까?」

그녀는 그를 쳐다보았다.

「짙은 청색의 플란넬 잠옷인데요.」

「계속 이야기하세요. 그냥 장난으로 해 본 소리입니다. 그래서 곧장 공작 부인에게 갔군요. 거기에서 당신은 무엇을 했습니까?」

「마사지를 해드리고, 책을 읽어 드렸어요. 저는 큰소리로 책을 잘 읽지 못합니다. 그러나 마님께서는 그것이 좋다고 하시더군요. 그것이 잠을 자기에 더 좋다고 했습니다. 마님이 잠이 들려고 할 때 저에게 가라고 하셔서 책을 덮고 제 방으로 돌아왔지요.」

「그때의 시간을 알고 있습니까?」

「아니오, 모르겠는데요.」

「그럼, 당신은 공작 부인의 방에 얼마 동안 있었습니까?」
「약 30분 정도 있었어요.」
「좋습니다. 계속 이야기하세요.」
「먼저 저는 제 방에서 담요 한 장을 꺼내 마님 방으로 가져갔습니다. 난방이 되어 있는데도 매우 추웠거든요. 제가 마님에게 담요를 덮어 드렸더니 마님은 저에게 잘 자라고 하셨어요. 그래서 탄산수를 조금 따라 드리고 나서 불을 끄고는 방에서 나왔어요.」
「그리고 나서는요?」
「더 이상은 없어요. 제 방으로 돌아와서 잤어요.」
「통로에서 만난 사람은 없습니까?」
「없습니다.」
「가령, 용을 수놓은 주홍색 잠옷을 입은 여자를 못 보았는지요?」
그녀의 부드러운 눈이 크게 떠졌다.
「아니오. 차장 이외에는 아무도 못 봤어요. 모두가 잠들어 있었어요.」
「차장을 보았다고요?」
「예.」
「그는 무엇을 하고 있었나요?」
「어떤 침실에서 나오고 있었어요.」
「뭐라고?」
부크가 몸을 앞으로 내밀었다.
「어느 침실이었나요?」
힐데가르데 슈미트는 다시 놀란 것 같았다. 포와로는 책망하는 눈길로 부크를 쳐다보며 물었다.
「당연한 일입니다. 차장은 밤중에도 벨이 울리면 아무때나 달려가야 하니까요. 어느 침실이었는지 혹시 생각이 납니까?」

「열차의 중간쯤인 것 같았어요. 마님의 침실에서 두 번째인가 세 번째였어요.」

「흠, 그곳이 정확하게 어디였고, 또 무슨 일이 있었는지 말해 봐요.」

「차장은 하마터면 저와 부딪칠 뻔했어요. 저는 담요를 가지고 마님 침실로 다시 가려고 했거든요.」

「차장이 침실에서 나오다가 당신과 충돌할 뻔했단 말이지요? 차장은 어느쪽으로 가고 있었나요?」

「제가 있는 쪽으로 오고 있었어요. 그는 제게 사과를 하고는 식당차 쪽으로 갔어요. 그때 벨이 울리기 시작했는데도 그는 모른 체하고 가더군요.」

그녀는 숨을 멈추었다가 다시 말했다.

「이해할 수가 없어요. 어째서 그가 ──.」

포와로는 그녀를 안심시키려는 듯이 말했다.

「시간이 없었나 보지요. 늘 그렇잖습니까? 그 차장은 어젯밤에 매우 바빴던 모양이지요. 먼저 당신을 깨워야 했고 또 벨소리에도 대답해야 했으니까요.」

「아니에요, 저를 깨운 차장과는 다른 사람이었어요. 다른 차장이었다고요.」

「다른 사람이라니! 전에 그를 본 적이 있었습니까?」

「아니오.」

「그럼 ── 지금 그를 만난다면 알아볼 수 있겠소?」

「예, 알 수 있을 것 같아요.」

포와로는 부크의 귀에 대고 뭐라고 속삭였다. 부크는 문 쪽으로 가서 뭐라고 지시를 내리는 것 같았다.

포와로는 느긋한 태도로 질문을 계속했다.

제 12장 독일인 하녀의 증언 183

「슈미트 양, 미국에 가 본 적이 있습니까?」
「없습니다. 훌륭한 나라겠지요.」
「살해당한 사람이 누구인지는 들었겠죠?——어린아이를 죽인 범인이라는 것 말입니다.」
「예, 들었어요. 너무나 끔찍하고 잔인한 범죄예요. 하나님이 용서하지 않을 거예요. 독일에서는 그렇게 잔인한 일은 없어요.」
힐데가르데 슈미트의 눈에 눈물이 괴었다. 그녀의 강한 모성애가 발동한 것이리라.
「정말 끔찍한 사건이었지요.」
포와로도 침통하게 말했다.
그는 주머니에서 하얀 모시 손수건을 꺼내서는 그녀에게 건네주며 물었다.
「이것이 당신 손수건입니까, 슈미트 양?」
그 여자가 손수건을 살펴보는 동안 침묵이 흘렀다. 그녀는 잠시 들여다보더니 얼굴이 약간 상기되어서 말했다.
「아니에요. 제 것이 아니에요.」
「보시다시피 H라는 글자가 있어서 당신 것인 줄 알았지요.」
「오! 그건 귀부인의 손수건인데요. 매우 값비싼 것이군요. 손으로 수를 놓았어요. 파리에서나 살 수 있을 거예요.」
「이것이 당신 것이 아니라면, 누구 손수건인지 모르겠습니까?」
「제가요? 모, 모르겠는데요.」
세 사람이 함께 듣고 있었지만 포와로만이 그 대답 속에 미묘한 망설임이 섞여 있다는 것을 느낄 수 있었다.
부크가 포와로의 귀에다 대고 속삭였다. 포와로는 고개를 끄덕이고 그 여자에게 말했다.
「세 명의 침대차 차장이 옵니다. 당신이 어젯밤 담요를 들고 공작 부인의 침실로 가다가 만난 차장을 이야기해 주기 바랍니다.」

　세 사람이 들어왔다. 피에르 미셸과 아테네――파리행의 덩치 크고 금발인 차장, 그리고 부쿠레슈티 열차의 뚱뚱하고 건장한 차장이었다.

　힐데가르데 슈미트는 그들을 보더니 금방 머리를 저었다.

「없습니다. 제가 어젯밤에 만난 차장은 이 사람들 중에는 없어요.」

「하지만 기차에는 이 세 사람의 차장밖에 없습니다. 착각을 하고 있는 모양이지요?」

「저는 확실합니다, 선생님. 이분들은 모두 키가 크고 몸집이 큽니다. 제가 보았던 차장은 키가 작고, 머리가 검은 사람이었어요. 그리고, 콧수염도 조금 길렀어요. 그가 '미안합니다.' 하고 말할 때, 그의 목소리는 조그맣고 여자 목소리 같았어요. 저는 분명히 기억하고 있답니다, 선생님.」

제 13장
증언의 요약

「작고 검은 머리카락을 하고 여자 같은 목소리를 가진 사람이라.」
부크가 중얼거리듯이 말했다.
 이미 세 차장과 힐데가르데 슈미트는 밖으로 나간 뒤였다.
 부크는 절망적인 몸짓을 하며 말했다.
「나는 도대체 하나도 모르겠소. 정말이지 이 사건에 관해서는 하나도 모르겠단 말이오! 래체트가 말했다던 그 사나이가 정말 그때 기차에 타고 있었단 말인가? 그렇다면 그는 지금 어디에 있지요? 공기 중으로 사라져 버리기라도 했단 말인가요? 지금 내 머리는 빙빙 돌고 있는 것 같습니다. 자, 이보시오, 제발 말해 보시오. 불가능한 일이 어떻게 해서 가능한 일로 될 수 있는지 설명 좀 해주지 않겠소?」
「그건 아주 좋은 말이오 —— 불가능한 일은 결코 생겨날 수가 없지요. 따라서, 불가능한 일은 겉으로 보기에는 그렇더라도 실상은 가능해야만 하지요.」
 포와로가 말했다.

「그렇다면, 어젯밤 기차에서 일어났던 일을 어서 나한테 설명해 주지 않겠소?」

「아니, 나는 마술사가 아니오. 나도 당신처럼 매우 머리가 혼란하답니다. 하지만 이 사건은 매우 기묘한 방법이긴 하나 진전되고 있지요.」

「내가 보기엔 조금도 진전되지 않았소. 제자리에 머물러 있을 뿐이잖소?」

포와로는 머리를 흔들었다.

「아닙니다. 그렇지 않아요. 우리는 이 사건에서 많은 진전을 보았습니다. 우리는 몇 가지 사실들을 알아냈고, 승객들의 증언들도 들어 보았으니까요.」

「도대체 우리가 무엇을 알아냈단 말입니까? 아무것도 없잖소!」

「아니, 나는 그렇게 보지 않소.」

「내가 너무 과장하고 있는지 모르겠지만 말이오——그 미국인 하드맨 씨와 독일인 하녀는——분명히 우리들에게 뭔가를 알려 주기는 했지요. 하지만 그들의 증언을 듣고 난 지금은 오히려 전보다 더 이해할 수 없게 되어 버렸단 말이오.」

「아니오, 그렇지가 않아요.」

포와로는 달래듯이 말했다. 하지만, 부크가 그에게 대들듯이 말했다.

「어서 말해 보시오. 에르큘 포와로의 지혜를 우리에게 들려 달라는 말입니다.」

「나도 당신과 마찬가지로 매우 혼란스럽다고 하지 않았소? 그러나 최소한 우리는 이 문제를 정확히 파악하게 되었소. 즉 우리가 알고 있는 사실들을 순서대로 정리해 볼 수 있게 되었단 말이지요.」

「계속 말씀해 보십시오.」

콘스탄틴 의사가 말했다.
 포와로는 목청을 가다듬고 압지 한 장을 펴들었다.
「지금까지 알아낸 것을 검토해 보기로 하지요. 먼저 몇 가지 왈가왈부할 여지가 없는 사실이 있습니다. 이 래체트, 즉 카세티라는 남자는 어젯밤에 12군데를 칼에 찔린 채 살해되었소. 그것이 첫번째 사실이지요.」
「그건 인정합니다. 인정하고말고——.」
 부크는 비꼬는 듯한 몸짓을 하면서 말했다.
 에르큘 포와로는 그런 것에는 조금도 신경쓰지 않고 침착하게 계속 말을 이었다.
「지금은 시체의 좀 특이한 상처에 관해서는 언급하지 않겠소. 그것에 대해서는 콘스탄틴 의사 선생과 내가 이미 함께 검토해 보았기 때문이오. 하지만 곧 그 문제에 대해서 이야기하리다. 다음으로 가장 중요한 사실 중의 하나는, 내가 보기에는 사건의 시간입니다.」
 부크가 못마땅한 듯이 말했다.
「그것도 역시 우리가 알고 있는 몇 가지 사실 중의 하나가 아니오? 아니오! 범죄는 오늘 새벽 1시 15분에 발생했소. 모든 것들이 그 사실을 증명해 주고 있으니까 말이오.」
「아니, 모든 것은 아니지요. 당신은 지금 좀 과장해서 말하는 것 같습니다. 물론 그렇게 가정을 내릴 수 있도록 해주는 증거가 꽤 많이 있긴 하지만 말이오.」
「최소한 그것만이라도 인정해 주니 고맙소.」
 포와로는 부크의 비꼬는 말투에는 전혀 개의치 않고 계속 말을 이어 나갔다.
「우리는 세 가지 가능성을 생각해 볼 수가 있지요.
 첫번째는 당신이 말한 대로 범행이 1시 15분에 발생했다고 볼 수 있소. 이것은 시계의 증거, 허바드 부인, 그리고 독일 여자인 힐데가르데 슈미트의 증언에 의하여 입증되지요. 또한, 이 시간은 콘스탄틴 의사의 증언과도 일치하고 있다오.

두 번째는 그 시간 이후에 발생했다고 볼 수도 있지요. 이것은 부서진 시계가 우리를 속이기 위해서 조작되었다고 가정할 때 가능한 것입니다.

세 번째는 그 시간 이전에 발생했을 수도 있습니다. 이것 또한 위와 같은 이유로 시계가 조작되었다고 가정을 했을 때 가능한 추리이지요.

만일 우리가 첫번째 가능성을 가장 유력하다고 보고, 또 그러한 증언도 많이 있어서 그대로 받아들인다면, 우리는 거기에서 파생되는 여러 사실들을 받아들여야만 하지요. 즉 범행이 1시 15분에 발생했다면, 살인자는 이 기차에서 도망칠 수가 없었을 거요. 그러면 당연히 다음과 같은 문제가 발생하지요. 그는 지금 어디에 있는가? 그리고 그는 과연 누구인가?──바로 이와 같은 의문점 말이오.

먼저 승객들의 증언을 자세히 검토해 봅시다. 우리는 하드맨에게서 '키가 작고 검은 머리카락에 여자 같은 목소리를 가진 사나이'의 존재에 대해서 들었소. 그는 래체트가 그 사나이의 모습에 관해 말해 주었으며, 바로 그 사나이를 감시하기 위하여 자신을 고용했었노라고 말했소. 하지만 이런 사실을 입증해 줄 증거는 하나도 없소. 우리는 하드맨의 진술만으로 그렇게 믿는 것뿐이지요. 이제 다음 문제를 검토해 봅시다. 하드맨이란 사람은 과연 자기 말처럼 뉴욕 탐정 사무소의 탐정일까요?

이 사건에서 흥미 있는 점은 경찰에게 주어지는 특권이 우리에게는 전혀 없다는 거요. 우리는 승객들의 진실성을 시험해 볼 수가 없죠. 우리는 전적으로 추론에 의지할 수밖에 없다는 말이오. 그것이 나에게는 이 문제를 더욱더 흥미롭게 만드는 점이지요. 일상적인 수사 활동은 전혀 필요가 없게 되었소. 따라서 지성에 의지할 수밖에 없지요. 나는 내 자신에게 이렇게 물어보았소——하드맨이 자기 신분에 대해 진술한 것을 그대로 받아들여도 좋은가? 여러 가지로 검토한 끝에 결국 나의 대답은 '예스'였소. 하드맨의 신분을 믿어 보기로 한 겁니다.」

「당신은 영감에 의존하는 겁니까? 미국인들이 말하는 소위 예감이라는 것에 말입니다.」

콘스탄틴 의사가 물었다.

「천만에요. 나는 여러 가지 가능성을 생각해 보았지요. 하드맨은 지금 가짜 여권으로 여행하고 있는 중입니다——그것만으로도 그는 즉시 혐의의 대상이 될 수 있지요. 만일 경찰이 이곳에 왔다면 그들은 제일 먼저 하드맨을 구류해 놓고 그의 진술이 사실인지 확인해 보기 위하여 전보를 쳤을 것입니다. 승객들의 수가 많을 경우에는 일일이 그들의 진위를 가리기가 힘들지요. 대부분의 경우 그런 방법은 사용되지 않습니다. 특히, 그들에게 전혀 혐의가 없는 듯이 보이는 경우에는 더욱 그렇지요. 그러나 하드맨의 경우에는 문제가 간단합니다. 그는 자기가 말한 대로 사립 탐정이든지, 혹은 아니든지 그 둘 중의 하나일 테니까요. 따라서 모든 것이 나중에라도 명백해지리라고 생각합니다.」

「당신은 그를 전혀 의심하지 않는군요..」

「천만에요. 당신은 내 말을 오해하고 있습니다. 모르긴 해도, 미국의 탐정이라면 누구나 래체트를 죽이고 싶은 나름대로의 이유를 갖고 있을 겁니다. 바로 그것입니다. 내가 말한 것은 하드맨이 자신의 신분에 대해 진술한 것을 우리가 받아들일 수 있다는 것뿐입니다. 그렇다면 하드맨이 말한 대로 래체트가 그를 고용했다는 말도 있을 법한 일입니다. 물론 절대적으로 진실은 아니라 할지라도 어느 정도는 사실일 수가 있지요. 만일 우리가 그것을 사실로 받아들인다면, 그것을 증명할 만한 것이 있는지 알아봐야만 합니다. 그런데, 우리는 전혀 뜻밖의 사람한테서──즉, 힐데가르데 슈미트의 증언에서 그것을 발견했습니다. 그녀가 보았다는 차장의 인상은 하드맨이 말한 인상과 정확히 일치합니다. 그렇다면 이 두 가지 증언을 뒷받침해 줄 만한 증거가 있을까요? 물론 있습니다. 허바드 부인이 자기 침실에서 발견했다는 단추가 바로 그것입니다. 그리고 선생께서는 눈치채지 못했을지도 모릅니다만, 또 하나 그것을 확인해 주는 증언이 있습니다.」

「그게 무엇입니까?」

「애버스너트 대령과 헥터 매퀸이 자기 침실 앞을 지나가는 차장을 보았다고 말한 사실입니다. 그들은 그 사실을 별반 중요하지 않게 생각했을지도 모릅니다만, 피에르 미셸은 특별한 경우를 제외하고는 자리를 떠난 일이 없었노라고 하지 않았습니까? 그리고 특별한 경우라 해도 미셸은 애버스너트와 매퀸이 앉아 있었던 침실을 지나 열차의 맨끝으로까지 가지는 않았을 겁니다. 그러므로 이 이야기──즉 키가 작고 검은 머리카락에 여자 같은 목소리를 가진 사나이에 관한 이야기는 직접적이든 간접적이든 무려 네 명이나 되는 목격자의 증언에 의하여 입증되고 있는 거지요.」

「하지만 문제가 하나 있습니다. 만일 힐데가르데 슈미트의 말이 사실이라면, 허바드 부인의 벨소리를 듣고 진짜 차장이 달려왔을 때 그는 하녀를 보았다고 하지 않았는데, 그것은 도대체 어떻게 된 것이지요?」

콘스탄틴 의사가 물었다.

「그것은 간단히 설명이 된다고 생각합니다. 그가 허바드 부인의 벨소리를 듣고 달려왔을 때 하녀는 여주인 침실 안에 있었습니다. 또,

하녀가 일을 마치고 자기의 침실로 돌아갈 때 차장은 허바드 부인과 함께 침실 안에 있었기 때문이지요.」
　부크는 포와로와 의사가 이야기를 마칠 때까지 조바심을 내며 기다리고 있었다.
　「맞아요, 바로 그거요, 포와로 씨!」
　그는 더 이상 참지 못하겠다는 듯이 포와로에게 이야기했다.
　「당신의 주의력과 차근차근한 접근 방법은 존경하지만, 당신은 아직 문제의 핵심에는 접근하지 못했다는 사실을 밝혀 두고 싶소. 우리 모두는 그런 사나이가 존재했다는 사실에는 동의하고 있어요. 그렇다면 문제는 바로 '그는 도대체 어디로 사라져 버렸을까?'──이것이 아니겠소?」
　포와로는 훈계라도 하는 듯이 머리를 가로저었다.
　「당신은 지금 잘못 알고 있는 거요. 당신은 마치 본말을 전도하려는 것 같소. 나는 내 자신에게 '그는 어디로 사라져 버렸을까?' 하고 묻기 전에, 이렇게 물어보겠소──'그와 같은 남자가 정말로 있었을까?' 하고 말이오. 왜냐하면, 당신도 알겠지만 만일 그 차장이 만들어진 사람──즉 가공의 인물이라면 그런 사람을 사라지게 하는 것쯤이야 누워서 식은 죽 먹기가 아니겠소! 따라서, 나는 정말로 그가 실존 인물이었는지를 확인하기 위해서 애쓰고 있는 중이랍니다.」
　「만일 그가 실존 인물이었다는 결론에 도달한다면, 도대체 그는 지금 어디에 있을까요?」
　「거기에는 두 가지의 해답이 있을 수 있소. 그는 아직도 이 기차 안의 우리가 생각해 낼 수 없는 기발한 장소에 숨어 있든지, 아니면 일인 이역을 하고 있는 것이지요. 다시 말하면, 그는 래체트가 두려워했던 바로 그 장본인으로서, 래체트가 도저히 식별하지도 못할 정도로 훌륭하게 변장을 하고 이 기차에 탄 승객이란 말이오.」

「그것 참 좋은 생각이군.」

부크는 얼굴빛이 밝아지면서 말했다. 그러나 이내 다시 표정이 어두워졌다.

「그러나 그것에도 역시 한 가지 문제가 있소———.」

포와로가 부크의 말을 가로막았다.

「그 남자의 키에 관한 것 말이오? 아시다시피, 래체트의 하인을 제외하고는 남자 승객들———이탈리아 인, 애버스너트 대령, 헥터 매퀸, 안드레니 백작 등———모두가 덩치가 큰 사람들입니다. 그렇다면 결국 하인만 남는 셈인데———그가 범인이라고는 도저히 믿겨지지 않는군요. 그러나 가능성이 또 하나 있소. '여자 같은 목소리'를 기억해 보시오. 그것도 우리는 두 가지를 추리해 낼 수 있소. 즉, 그 남자는 여자로 가장했거나, 반대로 그 남자는 실제로 여자였을 수도 있다는 말이오. 키가 큰 여자라도 남자 옷을 입으면 실제보다 작게 보이지 않습니까?」

「그렇지만 래체트는 그런 것 정도는 대충 알고 있었을 텐데———.」

「물론 알고 있었을지도 모르지요. 어쩌면 이 여자가 더욱 성공적으로 목적을 달성하기 위하여 남장을 한 채 래체트의 목숨을 노렸을지도 모릅니다. 래체트는 그녀가 다시 같은 수법을 사용하리라고 추측하고는 하드맨에게 그런 남자를 찾으라고 말했을 거요. 그래서 잊지 않고 그는 '여자 같은 목소리'에 대해서도 언급했던 거지요.」

「그럴 수도 있겠군요. 하지만———.」

「부크 씨, 이제부터 콘스탄틴 의사가 지적한 몇 가지 모순점들에 대해서 말해 주겠소.」

포와로는 피살자의 시체에 있는 상처의 특징과, 자기와 콘스탄틴 의사가 조사한 결론을 말해 주었다. 부크는 가끔 신음소리를 내기도 하고, 머리를 감싸기도 했다.

포와로가 위로하듯이 말했다.
「당신 기분을 압니다. 지금 당신이 어떻게 느끼고 있는지 잘 압니다. 머릿속이 말할 수 없이 복잡하겠지요?」
「도무지 믿어지지 않소!」
부크가 소리쳤다.
「나도 마찬가지요. 이것은 허황하고, 불가능하며――도저히 있을 성싶지도 않은 일입니다. 내 자신도 믿어지지가 않소. 하지만 사건은 이렇게 엄연히 존재하고 있지 않소? 이 사실은 아무도 부인할 수 없는 겁니다.」
「이건 모두 미친 짓이오!」
「나도 그렇게 생각하오. 부크 씨, 나는 이 사건이 너무도 터무니없는 것이기 때문에 실제로는 지극히 단순할지도 모른다는 생각에 사로잡히곤 합니다――. 하지만 이것은 나의 '별볼일 없는 추리'라는 것을 잘 알고 있소.」
「두 명의 살인자라니.」
부크가 신음소리를 내며 말을 이었다.
「그것도 바로 이 오리엔트 특급 열차에서――.」
부크는 거의 울음을 터뜨릴 지경이 되었다.
「자, 이제 이 환상적인 사건을 더욱 환상적으로 만들어 봅시다.」
포와로는 다시 유쾌하게 말했다.
「어젯밤 이 기차에는 두 명의 신비롭고 낯선 손님이 찾아왔소. 한 명은 하드맨의 증언과 일치하며, 힐데가르데 슈미트와 애버스너트 대령, 그리고 매퀸에 의하여 목격된 침대차 차장입니다. 다른 한 명은 키가 크고 호리호리한 몸에 주홍색 잠옷을 입은 여자였소――피에르 미셸, 데베남 양, 매퀸, 그리고 내가 목격했지요. (애버스너트 대령은 그녀의 냄새를 맡았다고 했소.) 그 여자는 과연 누구였을까요? 이 기차에 탄 승객들은 아무도 주홍색 잠옷을 가지고 있지 않다고 했습니다. 그렇다면 그 여자도 역시 어디론가 증발해 버린 거요. 그녀는 가짜 침대차 차장과 동일한 인물이었을까요? 아니면, 서로 다른 사람들이었을까요? 도대체 이들 두 사람은 지금 어디에 있는 것일까요? 그리고 침대차 차장의 제복과, 사람들이 보았다는 그 주홍색 잠옷은 어디에 있는 걸까요?」

「아! 그렇다면, 범위가 한정된 것이구먼. 승객들의 짐을 수색해 봅시다. 그러면 뭔가 발견될 거요.」

부크가 벌떡 일어서면서 소리쳤다.

포와로도 자리에서 일어났다.

「내가 한 가지 예언을 하겠소.」

「그것들이 어디에 있는지 알고 있다는 말인가요?」

부크가 물었다.

「대충 짐작이 가는 데가 있소.」

「그게 어디요?」

「주홍색 잠옷은 남자 승객의 짐에서 발견될 테고, 침대차 차장 제복은 힐데가르데 슈미트의 짐에서 발견될 겁니다.」

「힐데가르데 슈미트라고? 그럼 당신은 ──.」

「하지만, 당신이 생각하는 것과는 다르오. 나는 이렇게 생각합니다. 만일 힐데가르데 슈미트에게 죄가 있다면, 그녀의 짐 속에서 제복이 발견될 수도 있습니다. 그러나 그녀가 결백하다면, 분명히 제복은 그녀의 짐 속에서 발견될 거요.」

「그렇지만 어떻게 ──.」

부크는 무슨 말을 하려다가 멈추었다.

「이 소리는 뭐지? 점점 가까이 들려오는데 ──.」

그는 소리쳤다.

「마치 기관차가 움직이는 소리 같군.」

그 소리는 점점 가까워졌다. 그것은 어떤 여자의 날카로운 외침 소리와 항변이었다. 식당차 끝의 문이 활짝 열리더니 허바드 부인이 급히 뛰어들어왔다.

「너무 끔찍스런 일이에요! 너무너무 끔찍한 일이에요! 내 세면 가방 속에서——내 세면 가방 속에서 피묻은 칼이 나왔어요!」

제14장
흉기의 출현

 부크는 기절한 허바드 부인의 머리를 조금 거칠게 식탁 위에 내려놓았다. 콘스탄틴 의사가 큰소리로 식당차 웨이터를 불렀다. 웨이터가 급히 뛰어들어왔다.
 「부인의 머리는 그대로 두게. 정신을 차리거든 꼬냑을 조금 주게. 알아듣겠나?」
 그리고 나서 그는 서둘러서 포와로와 부크를 뒤쫓아갔다. 그의 관심은 온통 사건에 매달려 있었기 때문에, 기절한 중년 부인은 전혀 관심 밖이었다.
 이런 처방 때문인지는 모르지만, 그녀는 꽤 빨리 정신을 차렸다. 불과 몇 분 뒤에 깨어나 앉아서 웨이터가 갖다 준 꼬냑을 홀짝홀짝 마시더니 떠들어대기 시작했다.
 「너무나 끔찍스러운 일이어서 말할 수조차 없어요! 아무도 내 기분을 이해하지 못할 거예요. 나는 어렸을 때부터 정말 감수성이 예민했다고요. 그런데 그 피묻은 칼이——어머나! 정말 생각만 해도 몸서리가 쳐져요.」

 웨이터는 술을 잔에 채워서 다시 가지고 왔다.

「한 잔 더 하시겠습니까, 부인?」

「그렇게 하는 것이 좋겠지요? 나는 지금까지 금주주의자였답니다. 나는 한 번도 술이나 포도주 따위에 입을 대본 적이 없어요. 우리 가족들도 모두 금주가예요. 하지만, 이건 의사의 처방이기 때문에 어쩔 수 없이──.」

 그녀는 한 잔을 더 마셨다.

 한편, 포와로와 부크, 그리고 그 뒤를 바짝 쫓아간 콘스탄틴 의사는 식당차 밖으로 나간 뒤, 통로를 지나서 허바드 부인의 침실로 향했다.

 승객 모두가 그 침실 문 앞에 모여 있는 것 같았다. 차장은 승객들이 들어가지 못하도록 막느라고 몹시 애를 쓰고 있었다.

「여러분, 여긴 구경할 만한 것이 없습니다.」하고 여러 가지 외국어로 되풀이해서 외치고 있었다.

「좀 지나갑시다.」

 부크가 말했다.

 부크는 뚱뚱한 몸으로 복잡한 승객들 사이를 비집고 나아가서 가까스로 허바드 부인의 침실에 들어섰다. 포와로도 그의 뒤에 바짝 붙어서 침실 안으로 들어갔다.

「와 주셔서 정말 기쁩니다.」

 차장은 안도의 숨을 내쉬면서 말했다.

「승객들이 막 들어오려 하고 있었습니다. 그 미국인 부인께서 비명을 질렀기 때문에, 저는 그분이 살해당한 줄 알았습니다. 그래서 급히 달려와 보니 그 부인은 마치 미친 사람처럼 비명을 지르고 있더군요. 그 부인은 꼭 선생님을 모셔 와야 한다고 소리질렀답니다. 그리고는 고래고래 비명을 지르면서 밖으로 뛰어나가더니, 만나는 승객마다 붙

잡고서 어떤 일이 발생했는지 떠들었습니다.」

그는 손가락으로 가리키며 덧붙여 말했다.

「저기에 있습니다, 선생님. 전 손도 대지 않았습니다.」

옆 침실로 통하는 문 손잡이에 커다란 줄무늬의 고무 세면 가방이 걸려 있었다. 바로 그 아래의 바닥에는 단검 한 자루가 떨어져 있었다. 단검은 값싼 동양식 칼이었는데, 자루에는 양각 무늬가 새겨져 있었고 뾰족한 칼날이 붙어 있었다. 칼날은 녹슨 것처럼 보이는 핏자국으로 더럽혀져 있었다.

포와로는 조심스럽게 단검을 집어 들었다.

「맞아. 틀림없어. 바로 이게 우리가 찾고 있던 흉기야——어때, 맞지요. 의사 선생?」

콘스탄틴 의사는 조심스럽게 그것을 살펴보았다.

「그렇게 주의해서 다루실 필요는 없습니다. 거기엔 허바드 부인의 지문밖에 없을 테니까요.」

콘스탄틴 의사는 그리 오래 걸리지 않아 조사를 마쳤다.

「맞습니다. 바로 이 흉기입니다. 어떤 상처라도 이것이라면 설명될 수가 있을 것 같습니다.」

「제발 그런 식으로는 말하지 마십시오.」

의사는 꽤 놀란 듯이 보였다.

「이미 우린 우연의 일치를 너무 많이 보았습니다. 어젯밤에 두 명의 사람이 래체트를 칼로 찔러 죽이기로 결심했다고 가정합시다. 하지만 두 사람이 같은 흉기를 선택했다는 것은 너무 지나친 억측이 아닐까요?」

「하지만 이 우연의 일치는 결코 대단한 일은 아닙니다. 왜냐하면 이와 똑같은 수천 개의 진짜 동양식 단검이 만들어져서 콘스탄티노플 시장으로 수송되고 있으니까요.」

의사가 말했다.
「그 말을 들으니 좀 위안이 되는군요. 하지만 조금뿐입니다.」하고 포와로가 말했다.
그는 깊이 생각에 잠기면서 옆방으로 통하는 문을 뚫어지게 바라보았다. 그러다가 세면 가방을 들어낸 다음 손잡이를 움직여 보았다. 문은 전혀 움직이지 않았다. 손잡이 위로 1피트(약 30cm)쯤 되는 곳에 빗장이 있었다. 포와로는 빗장을 뺀 다음 다시 한 번 손잡이를 움직여 보았다. 하지만 여전히 문은 꼼짝도 하지 않았다.
「잘 아시겠지만, 저쪽 침실에서 잠가 놓았습니다.」
의사가 말했다.
「알고 있습니다.」
포와로는 건성으로 대답했다. 그는 다른 무엇인가에 대해 생각하고 있는 것처럼 보였다. 생각이 몹시 복잡해진 듯이 그의 이마에는 온통 주름이 잡혔다.
부크가 말했다.
「뭐 별로 특별한 점은 없는 것 같군요. 범인은 이 침실을 통해서 빠져 나간 겁니다. 그가 이 문을 닫았을 때 세면 가방이 손에 닿았던 거지요. 그때 문득 어떤 생각이 떠올라서 그는 피묻은 단검을 그 속에다 쑤셔 넣은 겁니다. 그리고는 허바드 부인이 깬 줄도 모르고 통로 문을 통해서 바깥으로 살며시 나간 거지요..」
「당신이 말한 대로——분명히 그런 식으로 범인은 행동했을 겁니다.」
포와로는 중얼거렸다.
하지만 여전히 그의 얼굴에는 의심스러워하는 표정이 남아 있었다.
「그런데 뭔가 이상한 것이라도 있소? 아직도 마음에 들지 않는 것이 있다는 표정이군요..」

부크가 물었다.

포와로는 힐끗 그를 바라보았다.

「내가 무엇을 생각하고 있는지 모르겠소? 하긴 모르는 게 당연하지. 별로 대단한 일이 아니니까.」

차장이 침실 안을 기웃거리면서 말했다.

「허바드 부인이 돌아오고 있습니다.」

콘스탄틴 의사는 약간 어색한 표정을 지었다. 허바드 부인을 좀더 성실하게 대해 줄 걸 하고 후회하는 듯했다. 그러나 그녀는 그를 조금도 비난하지 않았다. 그녀는 다른 문제에 온통 정신이 팔려 있었기 때문이었다.

「지금 분명히 말해 둘 것이 있어요.」

그녀는 침실 문을 들어서더니 숨을 헐떡이면서 말했다.

「나는 앞으로는 이 침실에 있지 않겠어요! 누가 100만 달러를 준다고 해도 오늘밤 여기에서는 잘 수가 없어요.」

「그러나 부인——.」

「무슨 말씀을 하려는지 알고 있어요. 하지만 나는 그럴 수 없어요! 오, 차라리 통로에 앉아서 밤을 지새우는 게 나을 거예요.」

그녀는 울먹이기 시작했다.

「아, 내 딸아이가 이걸 안다면——그 애가 지금 내 모습을 본다면——.」

포와로는 단호하게 그녀의 말을 가로막았다.

「잘못 알고 계시는군요, 부인. 부인의 요구는 지극히 당연한 것입니다. 부인의 짐을 곧 다른 침실로 옮겨 놓겠습니다.」

허바드 부인은 손수건을 눈에서 뗀 다음 말했다.

「정말이에요! 당장 기분이 좀 나아진 것 같은데요. 하지만 남자분들에게 무슨 일이 없다면 빈 침실이 있을 수 없잖아요?」

부크가 대답했다.
「부인의 짐을 모두 이 열차에서 옮기겠습니다. 베오그라드에서 연결된 옆 열차의 침실에 계시는 것이 어떨까요?」
「오, 아주 좋아요. 나는 뭐 특별히 신경질적인 여자는 아니지만, 피살자의 바로 옆 방에서 잔다면――.」 하고 그녀는 몸을 떨면서 말을 이었다.
「진짜 미쳐 버릴 거예요!」
「미셸!」
부크는 차장을 불렀다.
「이 짐을 아테네――파리행 열차에 있는 빈 침실로 옮겨 놓게.」
「알겠습니다. 이 침실과 같은 3호실에 갖다 놓을까요?」
「아니오.」
부크가 대답하기 전에 재빨리 포와로가 대답했다.
「다른 번호의 침실이 나을 것 같소. 예를 들어, 흠――12호실이 좋겠소.」
「알겠습니다, 선생님.」
차장은 허바드 부인의 짐을 챙겨 들었다. 그녀는 포와로에게 몸을 돌려서 매우 공손하게 말했다.
「당신은 참으로 친절하고 자상하신 분이로군요. 정말 고맙습니다.」
「천만에요, 부인. 가서 편히 쉴 만한 곳인지 살펴봅시다.」
허바드 부인은 3명의 남자들의 호위를 받으면서 새 침실로 갔다.
「훌륭한 방이에요.」
「마음에 듭니까, 부인? 아시겠지만, 지금까지 묵으셨던 침실과 똑같은 방이랍니다.」
「정말 그렇군요――방향이 조금 다르긴 하지만, 그건 문제가 되지 않아요. 왜냐하면, 열차는 때에 따라서는 앞으로 가기도 하고 뒤로

가기도 하니까요. 나는 내 딸에게 이렇게 말했답니다. '난 기관차 쪽을 향해 있는 침실에 들고 싶단다.'라고 말이에요. 그랬더니 그 애는 이렇게 대답하더군요. '어머, 엄마. 그건 아무 소용이 없어요. 엄마가 어떤 방향으로 누워서 주무셨다고 해도, 깨어나 보면 기차는 반대 방향으로 달리고 있을 테니까 말이에요.'라고요. 그런데, 정말 그 애의 말이 맞았어요. 글쎄, 어젯밤 기차가 베오그라드에 도착했을 때는 출발할 때와 방향이 정반대로 되어 있었으니까요.」

「아무튼, 부인, 이제는 좀 기분이 나아지셨는지요?」

「글쎄요. 꼭 그렇다고 말할 수는 없겠군요. 기차는 아직도 눈더미 속에 파묻혀 있고, 또 아무도 그것에 관해 대책을 세우지 않고 있으니까 말이에요. 게다가 모레면 내가 타야 할 배가 출발한답니다.」

「부인—— 우린 모두 똑같은 입장입니다——승객 모두가 말이에요.」

부크가 말했다.

「그건 알고 있어요. 그러나 한밤중에 자기 침실을 범인이 통과해 간 것을 경험한 사람은 없을 거예요.」

포와로가 의심스럽다는 듯이 말을 꺼냈다.

「아직도 도무지 알 수 없는 것은—— 부인이 말씀하신 대로, 옆 침실과 통하는 문의 빗장이 잠겨져 있었다면 어떻게 범인이 부인의 침실로 들어갈 수 있었느냐 하는 것입니다. 분명히 빗장이 걸려 있었다고 확신합니까, 부인?」

「오, 물론이지요. 스웨덴 여자가 내가 보는 앞에서 확인해 주었으니까요.」

「잠깐 그 장면을 재연해 보겠습니다. 부인은 침대에 누워 계셨고 ——이렇게요——그래서 빗장을 보실 수가 없었지요. 맞습니까?」

「아니에요. 세면 가방이 걸려 있었기 때문에 보지 못한 거예요. 오,

참! 빨리 새 세면 가방을 사야겠군요. 그걸 보기만 해도 소름이 끼쳐요.」

포와로는 세면 가방을 집어 들고서 그것을 옆 침실과 통하는 손잡이에 걸어 놓았다.

「그렇군요. 빗장이 손잡이 바로 밑에 있기 때문에 세면 가방에 가려지는군요. 그렇다면, 부인이 누워 있었던 곳에서는 빗장이 잠겨 있는지 어쩐지 확인해 볼 수가 없었겠군요?」

「그래요. 지금까지 선생님한테 설명한 것이 바로 그거예요.」

「그런데, 스웨덴 여인, 즉 올슨 양은 이렇게 부인과 문 사이에 서 있었겠지요. 그녀는 빗장을 확인해 본 다음 잠겨 있다고 말했습니까?」

「그래요.」

「그런데, 부인, 올슨 양이 실수를 했을지도 모르잖습니까? 내 말의 의미를 알겠습니까?」

포와로는 어떻게 해서든지 자신의 이야기를 이해시키기 위해서 애를 쓰고 있었다.

「빗장은 단순히 쇠가 튀어나온 것입니다. 오른쪽으로 밀면 문이 잠기게 되고, 반대로 왼쪽으로 밀면 열리게 되지요. 그녀는 단지 한번 문을 밀어 보고, 반대편 침실에서 잠겨 있는 줄도 모르고, 부인 문의 빗장이 잠겨 있다고 생각했을 가능성도 있다는 말입니다.」

「글쎄요. 만일 그랬다면 그녀는 좀 어리석은 사람이군요.」

「부인, 세상에서 가장 친절하고 사랑스러운 사람이 최고로 현명하지는 않답니다.」

「물론 그건 그래요.」

「그런데 부인, 당신은 죽 기차로 스미르나를 여행하셨습니까?」

「아니에요. 나는 이스탄불까지 곧장 배로 왔었어요. 그리고 내 딸의 친구인 존슨 씨――아주 좋은 남자예요. 당신에게 그를 소개해 주고 싶군요――그가 나를 마중나와서 이스탄불을 구경시켜 주었답니다. 하지만 나는 실망했어요――회교 사원과 신발 위에다 크고 이상한 것을 신는 것에 대하여――참, 내가 아까 어디까지 말씀드렸지요?」

「존슨 씨가 부인을 마중나왔다는 데까지 말씀하셨습니다.」

「그래요. 또 그의 전송을 받으며 프랑스 배편으로 스미르나로 갔어요. 거기에선 사위가 부두에서 나를 기다리고 있었습니다. 그가 이 소식을 들으면 무슨 말을 할는지! 내 딸은 기차 여행이 제일 안전하고 편할 거라고 말했거든요. 그 앤 이렇게 말했답니다. '엄마는 침실에 앉아 계시기만 하면 돼요. 그러면 곧 패러스에 도착할 테고, 거기엔 미국 급행 열차가 기다리고 있을 거예요.'라고 말이에요. 그런데 아, 배 예약표를 어떻게 취소하지요? 알려 줘야 하는데, 지금은 도저히 불가능하겠지요? 이건 너무나 끔찍한 일이라서――.」

허바드 부인의 눈에는 금방이라도 흘러내릴 듯이 눈물이 괴어 있었다. 아까부터 틈이 나길 기다리고 있었던 포와로는 이 기회를 놓치지 않았다.

「정말 큰 충격을 받으셨겠습니다, 부인. 식당차 웨이터를 시켜서 부인께 차와 비스킷을 좀 가져다 드리도록 하겠습니다.」

「차를 마셔도 좋을지 모르겠어요.」

눈에 눈물이 가득한 채 허바드 부인이 덧붙여 말했다.

「그건 영국인의 습관 같아요.」

「그렇다면, 커피를 드십시오, 부인. 부인은 뭔가 좀 자극성이 있는 음식을 드셔야 합니다.」

「그 꼬냑이라는 술을 마셨더니 머리가 좀 이상해지는 것 같아요. 커피를 조금 마셨으면 좋겠군요.」

「좋습니다. 아무튼 부인께서는 기운을 회복하셔야 합니다.」
「오, 참 별난 표현이네요!」
「그런데, 형식적인 절차이지만, 우리가 부인의 짐을 조사해 보아도 괜찮겠습니까?」
「어머, 왜요?」
「우리는 모든 승객들의 짐을 조사해 볼 생각입니다. 물론 부인에게 불쾌했던 경험을 떠올리게 하고 싶지는 않지만, 세면 가방 문제도 있고 해서 말이지요.」
「좋아요. 그렇게 하세요. 다시는 그런 일을 겪어 보고 싶지 않으니까요.」
조사는 금방 끝났다. 허바드 부인은 짐을 몹시 조금만 가지고 여행하고 있었다── 모자 상자, 값싼 여행용 옷가방, 그리고 좀 커다란 여행 가방 하나가 전부였다. 이 세 가지 속에 든 내용물도 간단했고 수상한 것은 없었다. 허바드 부인이 딸과 꽤나 못생긴 아이들의 사진을 보여 주면서 '내 딸의 아이들이랍니다. 귀엽죠?'라고 말하면서 설명을 늘어놓지만 않았더라면 짐 조사는 2분도 걸리지 않았을 것이다.

제15장
승객들의 짐수색

 여러 가지 공손한 말로 커피를 가져오도록 이르겠다고 말하고 나서야, 겨우 포와로는 그의 두 친구와 함께 허바드 부인의 침실을 빠져 나올 수가 있었다.
 「맙소사, 시작부터 실패로군. 다음엔 누구와 맞붙어야 하죠?」
 부크가 물었다.
 「그냥 죽 앞으로 나아가면서 한 칸 한 칸 살펴보기로 합시다. 자, 우선 16호실부터 들어갑시다. 그 사랑스런 하드맨부터 말이오.」
 하드맨은 시가를 피우고 있다가 그들을 기분좋게 맞이했다.
 「어서들 들어오십시오. 조금 널찍하면 참 좋을 텐데요. 파티를 열기에는 너무 비좁거든요.」
 부크가 방문의 목적을 설명하자, 덩치 큰 탐정은 고개를 끄덕였다.
 「물론 되고말고요. 사실대로 말씀드리자면, 나는 왜 당신들이 좀더 빨리 이 일을 시작하지 않나 궁금하게 여기고 있던 중입니다. 여기에 열쇠가 있습니다. 주머니를 뒤지고 싶다면 뒤져보셔도 괜찮습니다.

여행 가방을 내려 드릴까요?」
「그 일은 차장이 할 겁니다. 미셸!」
하드맨의 두 여행 가방에 든 내용물은 곧 면밀히 조사되었다. 그런데 그의 가방 속에는 부적당한 양의 술병이 들어 있었다. 하드맨은 눈을 찡긋해 보였다.
「국경에서도 가방을 수색당하는 일은 드물지요——더구나 차장을 매수해 놓으면 말이에요. 그들에게 터키 지폐 몇 장을 쥐어 주었기 때문에 지금까지 아무런 말썽이 없었답니다.」
「파리에서는요?」
하드맨은 다시 눈을 찡긋했다.
「파리에 도착할 즈음엔 남은 술을 헤어 로션 딱지가 붙은 병에 넣어 버리면 되죠.」
「당신은 금주법의 신봉자가 아니로군요, 하드맨 씨?」
부크가 웃으면서 말했다.
「글쎄요—— 하치만 금주법 때문에 걱정한 적은 없었지요.」
「오! 주류 밀매점이라도 다니면서 마시는 모양이지요?」
부크가 조심스럽게 음미하듯이 말했다.
「당신네 미국 말은 참 재미있고, 표현이 풍부해요. 나는 정말 미국에 한 번 가 보고 싶어요.」
포와로가 말했다.
「미국에 가면 당신은 몇 가지 진보된 방법을 배울 수 있을 겁니다. 유럽은 이제 깨어나야 해요. 마치 절반쯤 잠이 든 듯하거든요.」
하드맨이 맞장구를 쳤다.
「미국이 진보된 나라라는 사실은 인정합니다. 나는 미국 사람들에게서 본받을 점이 많다고 봅니다. 다만, 나는——내가 구식이라서 그런지——미국 여자들은 우리 나라 여자들보다 덜 매력적인 것 같아요. 프랑스나 벨기에 여자들은 참 매력있고 애교가 넘쳐 흐르지요 ──아마 그만한 여자들은 어느 나라에도 없을 겁니다.」

하드맨은 몸을 돌려서 잠시 동안 바깥에 쌓인 눈을 바라보았다.

「당신 말이 맞을지도 모르지만, 포와로 씨──그러나 어느 나라 사람이든 자기 나라의 여자를 제일 좋아하는 것 같습니다.」

그는 눈 때문에 눈이 부신 듯이 눈을 깜박거렸다.

「현기증이 나는 것 같지 않습니까? 이번 일이, 말하자면 내 신경을 점점 건드리는군요. 살인사건, 그리고 눈사태 등등이 말입니다. 아무 것도 할 수가 없어요. 그저 어슬렁거리면서 시간을 보낼 수밖에 없어요. 나는 차라리 누군가, 아니면 뭔가를 따라다니면서 바빴으면 좋겠어요.」

「그게 바로 부지런한 서부의 정신이겠군요.」하고 포와로가 웃으면서 말했다.

차장이 가방을 제자리에 갖다 놓자, 그들은 다음 침실로 자리를 옮겼다. 애버스너트 대령은 한쪽 구석에 앉아서 파이프 담배를 피우며 잡지를 읽고 있었다.

포와로는 용건을 설명했다. 대령은 아무런 이의 없이 쾌히 승낙했다. 그는 무거운 가죽 옷가방 두 개를 갖고 있었다.

「나머지 물건들은 선박편으로 보냈습니다.」

대부분의 군인들처럼 대령도 정연하게 짐을 꾸려 갖고 다니는 사람이었다. 그의 짐을 조사하는 데는 불과 몇 분밖에 걸리지 않았다. 포와로는 파이프 소제기를 유심히 살펴보았다.

「당신은 항상 같은 종류의 파이프 소제기를 사용합니까?」

「대개 그렇습니다. 구할 수만 있다면요.」

「오, 그렇습니까?」

포와로는 고개를 끄덕거렸다. 그 파이프 소제기는 그가 피살자의 침실 바닥에서 발견한 것과 똑같은 것이었다.
그들이 통로로 나왔을 때, 콘스탄틴 의사도 같은 사실을 지적하며 말했다.
「똑같은 거예요.」
포와로는 중얼거렸다.
「도저히 믿을 수가 없군요. 그런 짓은 그의 성격을 볼 때 도무지 어울리지가 않습니다. 사람은 한 가지만 보아도 그의 전부를 알 수 있답니다.」
다음 침실의 문은 닫혀 있었다. 그 침실은 드라고미로프 공작 부인이 사용하고 있었다. 그들이 노크를 하자 공작 부인의 위엄 있는 목소리가 들려왔다.
「들어와요!」
부크가 정중하고 예의바르게 그들의 용건을 설명했다.
공작 부인은 조그만 두꺼비 같은 얼굴에 표정 하나 나타내지 않은 채 아무 말 없이 듣고 있었다.
그가 말을 마치자 그녀는 조용히 말했다.
「필요하다면 별수없지요. 열쇠는 하녀가 갖고 있답니다. 그녀가 당신들에게 짐을 보여 줄 거예요.」
「하녀가 항상 열쇠를 갖고 있습니까?」
포와로가 물었다.
「물론이지요.」
「그럼 밤에 국경 지대에서 세관원이 부인의 짐을 보여 주십사 요청하면 어떻게 하십니까?」
노부인은 어깨를 으쓱했다.
「그런 일은 거의 없답니다. 하지만 그런 경우가 생기면 차장이 하녀를 데려오겠지요.」

「그렇게까지 하녀를 믿고 계십니까, 부인?」

「그것에 대해서는 이미 말씀드린 걸로 알고 있는데요.」

공작 부인은 조용히 말을 이었다.

「나는 내가 믿지 못할 사람은 고용하지도 않습니다.」

「그러시겠지요. 믿음이란 정말 중요한 것이지요. 잘생긴 하녀 —— 예를 들어, 멋진 프랑스 여자들 —— 보다는 가정적인 여자를 고용하는 게 좋겠지요.」

포와로는 깊이 생각하면서 말했다.

그는 검고 지적인 눈동자가 서서히 움직이더니 자기의 얼굴 위에 고정되는 것을 느꼈다.

「도대체 그건 무엇을 의미하는 말이죠, 포와로 씨?」

「아무것도 아닙니다, 부인. 정말 아무 의미도 없습니다.」

「아니에요, 뭔가 있어요. 당신은 내가 몸단장을 도와줄 멋진 프랑스 하녀라도 데리고 있어야 한다고 생각하는 게 아닙니까? 그렇지 않나요?」

「대개는 그렇지 않습니까, 부인?」

그녀는 머리를 저었다.

「슈미트는 내게 무척 헌신적이에요.」

그녀의 목소리는 주저하듯이 조금 더듬거리며 이어졌다.

「헌신 —— 그건 돈으로 살 수 없는 것이지요.」

독일인 하녀가 열쇠를 가지고 들어왔다. 공작 부인은 독일어로 그녀에게 여행 가방을 열어서 그들이 조사하는 것을 도와주라고 지시를 했다.

공작 부인은 통로에 서서 바깥에 쌓인 눈을 바라보고 있었다. 포와로는 짐을 조사하는 일을 부크에게 맡기고 그녀 곁으로 다가갔다.

그녀는 야릇한 미소를 지으면서 그를 응시했다.

「당신은 내 가방 속에 무엇이 들어 있는지 알고 싶지 않으세요?」
그는 머리를 저었다.
「부인, 이건 형식적인 일에 불과합니다. 아무런 의미가 없는 거지요.」
「정말이에요?」
「부인의 경우에는 그렇습니다.」
「그러나 나는 소니아 암스트롱을 알고 있었고, 또 그녀를 사랑했었어요. 이것을 어떻게 생각하세요? 당신은 내가 내 손을 더럽히지 않고서도 카세티 같은 악당을 죽여 없앨 수 있다고 생각하지 않나요? 하긴, 그럴지도 모르죠.」
그녀는 잠시 침묵을 지키다가 다시 말했다.
「내가 그 남자를 어떻게 하고 싶었는지 아세요? 나는 하인들을 불러서 이렇게 명령하고 싶었어요. '이 남자를 채찍질하여 죽여 버린 뒤, 쓰레기더미에 내다 버려라.' 하고 말예요. 내가 젊었다면 분명히 그렇게 했을 거예요.」
여전히 포와로는 아무 말 하지 않고 그녀의 말을 주의 깊게 듣고만 있었다.
그녀는 갑자기 맹렬하게 그를 노려보았다.
「아무 말씀도 하지 않는군요, 포와로 씨. 도대체 당신이 무슨 생각을 하고 있는지 무척 궁금하군요.」
포와로는 그녀를 똑바로 쳐다보며 말했다.
「부인, 나는 부인의 힘은 팔이 아니라 의지에 있는 것 같다고 생각했습니다.」
그녀는 몇 개의 반지를 낀 새발톱처럼 생긴 노란 손에 이어진 검은 점토로 된 듯한 가느다란 팔뚝을 내려다보았다.
「맞아요. 나는 팔에 힘이 없답니다——전혀 없어요. 그게 다행인지 불행인지는 모르지만요.」

그 말을 마치자 그녀는 갑작스럽게 하녀가 부지런히 짐을 챙겨 넣고 있는 침실 쪽으로 몸을 돌려 걸어갔다.

공작 부인이 부크의 말을 가로막았다.

「사과하실 필요는 없어요. 살인사건이 일어났으니 어쩔 수 없는 일이겠지요. 부득이한 일이라고 생각합니다.」

「대단히 친절하시군요, 부인.」

그들과 헤어지면서 그녀는 머리를 약간 숙여 인사했다.

다음의 두 침실 문은 잠겨 있었다. 부크는 멈춰서서 머리를 긁적거렸다.

「야단났군! 이거 좀 난처하게 됐소. 여기 있는 사람들은 외교관 여권을 갖고 있어서 말이지요. 그들의 짐은 면세 특권이 있기 때문에 조사할 수가 없습니다.」

「세관 조사로부터는 면제겠지만, 살인사건은 경우가 다르지 않소?」

「그건 그렇지요. 하지만 어쨌든——문제를 일으키고 싶지는 않소.」

「부크 씨, 그런 걱정은 하지 마시오. 백작 부부는 분별력이 있는 사람들일 테니까요. 드라고미로프 공작 부인도 기꺼이 조사에 응해 주지 않았소?」

「공작 부인이 응해 준 것은 정말 놀라운 일입니다. 이들 두 사람도 같은 계급에 속하긴 하지만, 백작은 아무래도 성격이 거칠고 잔혹한 것 같소. 그는 당신이 그의 부인에 대하여 질문하려고 할 때 몹시 화를 냈습니다. 그런데 짐을 조사하겠다고 해서 과연 순순히 응해 줄 것 같소? 잘 생각해 보시오. 그들 침실은 빼놓고 합시다. 어차피 그들은 이 사건과 아무런 관련이 없을 테니까 문제는 없을 겁니다. 일부러 불필요한 소란을 피울 필요는 없지 않소?」

「나는 그렇게 생각하지 않소. 안드레니 백작은 분별 있는 사람일 거요. 어떻든 일단 시도나 해 봅시다.」

포와로가 말했다.

부크가 미처 대답하기도 전에 포와로는 13호실 문을 날카롭게 두드렸다.

안에서 소리가 들렸다.

「들어와요!」

백작은 문 가까운 구석에 앉아서 신문을 읽고 있었다. 백작 부인은 창 가까이에 있는 맞은편 구석에 몸을 구부리고 누워 있었다. 머리 뒤에 베개가 있는 걸로 보아, 그녀는 자고 있었던 것 같았다.

「죄송합니다, 백작.」

포와로가 말문을 열었다.

「이렇게 들어온 것을 용서해 주시오. 우리는 지금 모든 승객의 짐을 조사하고 있는 중입니다. 대부분의 경우에는 극히 형식적인 것이지요. 그러나 일단 조사는 해 봐야 한답니다. 부크 씨는 백작이 외교관 여권을 갖고 있기 때문에 우리들의 조사를 거부할지도 모른다고 했습니다만 ──.」

백작은 잠시 생각하더니 말했다.

「고맙소. 하지만 내가 특별한 예외가 되는 것은 원치 않습니다. 나도 다른 승객들과 마찬가지로 짐을 보여 드리지요.」

그는 아내 쪽으로 몸을 돌려서 말했다.

「엘레나, 당신도 반대하지는 않겠지?」

「물론이지요.」

백작 부인은 주저하지 않고 대답했다.

재빠르고도 약간은 형식적인 조사가 시작되었다. 포와로는 거북스러운 분위기를 감추기 위하여 이런 저런 의미도 없는 말을 계속 늘어 놓았다.

「옷가방에 붙어 있는 수하물표가 젖었군요, 부인.」

포와로가 이름의 머리글자와 보관(보석으로 장식한 관)이 붙어 있는 푸른색 모로코 산 여행용 옷가방을 내려놓으면서 말했다.

백작 부인은 이 말에 대답하지 않았다. 그녀는 이런 절차에 싫증이 난 듯, 옆방에서 남자들이 그녀의 짐을 조사하는 동안에 구석에서 몸을 구부리고 앉은 채 꿈을 꾸듯이 창 밖만을 내다보고 있었다.

포와로는 세면대 위의 작은 창문을 열고서 그 속에 든 것들——스폰지, 얼굴에 바르는 크림, 가루분과 트리오날이라는 딱지가 붙어 있는 작은 병——을 대충 훑어보고서는 조사를 마쳤다.

그리고 나서 백작 부부에게 공손히 인사를 하고 나서 침실을 빠져 나왔다.

허바드 부인의 침실과 살해된 남자의 침실, 그리고 포와로의 침실이 죽 이어져 있었다.

그들은 2등실로 건너갔다. 첫번째가 10호실과 11호실이었는데, 그곳은 메리 데베남과 그레타 올슨이 사용하고 있었다. 데베남은 책을 읽고 있었으며, 그레타 올슨은 잠자고 있다가 그들이 방으로 들어서자 깜짝 놀라서 깨어났다.

포와로는 틀에 박힌 말을 되풀이했다. 스웨덴 여자는 조금 동요하는 것처럼 보였으나, 메리 데베남은 침착하고도 무관심한 표정이었다. 그는 스웨덴 여자에게 말했다.

「괜찮다면 부인의 짐부터 먼저 조사하고 싶습니다. 그리고 나서, 부인은 허바드 부인이 지금 어떻게 지내고 있는지 좀 살펴봐 주셨으면 좋겠군요. 그녀를 옆 열차의 침실로 옮겨 주었지만, 몹시 당황하고 있을 겁니다. 웨이터에게 커피를 보내라고 시켰습니다만, 지금은 무엇보다도 이야기할 상대가 필요하다고 생각합니다.」
 착한 스웨덴 여자는 곧 동정심으로 가득찬 목소리로 말했다.
「곧 가 보겠어요. 허바드 부인은 정말 커다란 충격을 받았을 거예요. 더구나 그녀는 딸에게서 떠나온 것 때문에 몹시 기분이 언짢았거든요. 오, 물론 곧 가 봐야지요. 내 가방은 잠겨 있지 않아요. 소금을 좀 가지고 가야겠어요.」
 그녀는 곧 서둘러 나갔다. 그녀의 짐은 정말 빈약할 정도로 적었기 때문에 조사는 금방 끝났다. 그녀는 모자 상자에서 철사가 빠져 나간 것을 아직 눈치채지 못한 게 분명했다.
 데베남 양은 읽고 있던 책을 내려놓고서 포와로를 쳐다보았다. 그가 가방을 보여 달라고 부탁하자, 그녀는 열쇠를 그에게 건네주었다. 그가 가방을 내려서 열 때 그녀가 입을 열었다.
「왜 스웨덴 여자를 밖으로 내보냈죠, 포와로 선생님?」
「예? 아——미국인 부인을 좀 돌봐 주라고 그랬지요.」
「아주 훌륭한 구실이로군요——하지만 그것은 결국 구실에 지나지 않아요.」
「이해할 수가 없군요, 아가씨.」
「제 말뜻을 아실 텐데요.」
 그녀는 웃었다.
「저를 혼자 남겨 두고 싶으셨던 거 아니에요?」
「당신은 내 입 속으로 말을 쑤셔 넣고 있는 것 같습니다, 데베남 양.」
「그리고 생각을 당신의 머릿속으로 밀어넣는단 말씀이시죠? 아뇨, 저는 그렇게 생각지 않아요. 생각은 이미 선생님 머릿속에 있는걸요. 제 말이 맞지 않나요?」
「데베남 양, 이런 속담이 있습니다——.」

「'변명은 자유다'──이 말을 하려는 거 아니에요? 포와로 선생님, 제게도 어느 정도의 관찰력과 상식이 있다는 것을 인정하셔야 해요. 무슨 이유로 선생님은 제가 이 끔찍한 사건──전에 한 번도 본 적이 없는 사람이 피살된 것에 관해서 뭔가 알고 있다고 생각하시는 거지요?」

「그것은 당신의 상상일 뿐이오, 데베남 양.」

「아니에요, 저는 절대로 지나치게 상상하는 여자가 아니에요. 괜히 쓸데없는 이야기로 시간만 낭비하는 것 같군요──일부러 진실을 이리저리 피해 가면서 말씀하시는 것처럼 보인단 말이에요.」

「데베남 양은 시간 낭비를 좋아하지 않는 게로군요. 요점에 바로 들어가길 좋아하는 모양이지요? 다시 말해서, 직접적인 방법 말입니다. 그렇다면 간접적인 방법을 드리도록 하지요. 시리아에서 오는 여행중에 엿듣게 된 당신의 말에 관해서 묻겠습니다. 나는 코냐 역에서 영국인들이 말하는 소위 '다리 뻗기'를 해 볼까 해서 기차에서 내렸소. 그런데 어둠 속에서 당신의 목소리와 애버스너트 대령의 목소리가 들렸소. 당신은 그에게 이렇게 말했지요. '지금은 안 돼요. 안 돼요. 모든 일이 끝나면, 모든 일이 지나가면 그때…….' 그 말은 대체 무슨 뜻이었죠?」

「선생님은 제가 살인을 의미했다고 생각하세요?」

그녀는 조용히 물었다.

「지금 묻고 있는 사람은 나입니다, 데베남 양.」

그녀는 한숨을 내쉬더니 잠시 생각에 잠겼다. 그리고 나서 어조를 바꾸어서 말했다.

「그 말에 어떤 의미가 있었던 건 사실이지만, 선생님께 뭐라고 말씀드릴 성질의 것은 아니에요. 하여튼 이 기차에 타기 전에는 결코 래체트라는 남자를 만난 적이 없다고 제 명예를 걸고 말씀드릴 수가 있습니다.」
「그렇다면 내 물음에는 대답을 해주지 않겠다는 말입니까?」
「그래요. 선생님께서 그런 식으로 말씀하신다면──거절하겠어요. 그 일과 관계된 말은 제가 시작했던 것뿐이에요.」
「그 일이 지금은 끝나지 않았나요?」
「무슨 말씀이세요?」
「그 일이 완료되지 않았느냐고 묻는 겁니다.」
「왜 그렇게 생각하시죠?」
「들어 봐요, 아가씨. 어떤 일을 기억시켜 주겠소. 우리가 이스탄불에 도착할 예정이었던 날 기차가 연착했소. 그때 당신은 안절부절못하고 당황했습니다. 당신처럼 침착하고 자제력이 강한 분이 왜 그랬을까요?」
「저는 연결 열차를 놓치고 싶지 않았어요.」
「그건 알고 있소. 그러나, 데베남 양, 오리엔트 특급 열차는 매일 이스탄불을 출발한답니다. 설령 그때 당신이 연결 열차를 놓쳤다고 해도, 그것은 24시간의 연착밖에는 되지 않았을 겁니다.」
데베남은 처음으로 자제력을 상실한 듯이 보였다.
「선생님은 런던에서 친구들이 제 도착을 기다리고 있으며, 24시간의 연착 때문에 모든 계획이 틀어지고 친구들에게 많은 폐를 주리라는 것을 미처 깨닫지 못하신 모양이군요?」
「아, 그렇습니까? 친구들이 당신의 도착을 기다리고 있습니까? 그렇다면 당신은 친구들에게 불편을 주고 싶지 않겠군요?」
「당연하죠.」
「그렇다면──정말 이상하군요──.」
「뭐가 이상하세요?」
「지금 우리는 또 연착하고 있소. 그리고 이번 연착은 훨씬 더 심각한 겁니다. 왜냐하면 당신의 친구들에게 전보를 칠 수도 없고 또 장──장──.」
「장거리(distance call)요? 전화를 말씀하시는 건가요?」
「아, 맞아요. 영국에서는 포트맨토 콜(portmanteau call)이라고 하지요?」
메리 데베남은 자신도 모르게 조금 웃었다.
「아니, 트렁크 콜(trunk call)이라고 해요.」
그녀는 고쳐 말했다.
「선생님이 말씀하신 대로, 전화로든 전보로든 소식을 전할 수 없다는 것은 정말 화나는 일이에요.」
「그러나, 데베남 양, 이번에는 당신의 태도가 무척 다릅니다. 당신은 말처럼 그렇게 초조해 하지 않았소. 평소와 똑같이 냉정하고 침착하단 말이오.」
메리 데베남은 얼굴을 붉히더니 입술을 깨물었다. 그녀는 더 이상 웃지 않았다.
「대답을 하지 않는군요, 아가씨.」
「죄송해요. 하지만 무슨 대답을 하라는 건지 모르겠군요.」
「당신의 태도가 왜 그렇게 변했는지 이유를 묻는 겁니다.」
「아무것도 아닌 일에 지나치게 신경을 쓰고 있다고 생각지 않으세요, 포와로 선생님?」
포와로는 사과하는 몸짓으로 두 손을 벌려 보였다.
「그게 우리 탐정들의 결점이지요. 우리는 항상 다른 사람들에게 일관성 있는 행동을 기대한답니다. 우리는 태도의 변화를 용납하지 않으니까요.」
메리 데베남은 대답하지 않았다.
「애버스너트 대령을 잘 알고 있지요, 데베남 양?」

그는 화제가 바뀌면 데베남의 기분이 좀 달라지리라 생각했다.
「아니에요. 이번 여행에서 처음 만났어요.」
「당신은 그가 전에 래체트라는 사람을 알았을지도 모른다고 생각지 않소?」
그녀는 단호하게 머리를 저었다.
「그렇게 생각하지 않아요.」
「왜 그렇죠?」
「그분이 말씀하시는 투로 보아서 그렇게 확신했어요.」
「그러나, 데베남 양, 우린 피살자의 침실 바닥에서 파이프 소제기 하나를 발견했소. 그런데 이 기차에서 파이프 담배를 피우는 사람은 오직 애버스너트 대령뿐이랍니다.」
그는 그녀를 똑바로 바라보았다. 그러나 그녀는 전혀 놀라거나 당황하지 않고 이렇게만 말할 뿐이었다.
「당치도 않아요. 그건 어리석은 생각이에요. 애버스너트 대령님은 결코 범죄에 휩쓸릴 분이 아니에요——특히 이번처럼 연극 같은 범죄에는 말이에요.」
그것은 포와로가 생각했던 것과 똑같았기 때문에 그는 하마터면 그녀의 말에 맞장구를 칠 뻔했다. 그는 대신 이렇게 말했다.
「당신은 애버스너트 대령을 이번 여행에서 처음 만났다고 했습니다, 데베남 양?」
그녀는 어깨를 으쓱했다.
「저는 그런 유형의 사람에 대해서 아주 잘 알고 있거든요.」
포와로는 매우 부드럽게 이야기했다.
「'모든 일이 끝나면'이라는 말의 의미를 아직도 말해 주지 않으시겠소?」
그녀는 쌀쌀하게 대답했다.

「저는 더 이상 할 말이 없어요.」
「뭐 괜찮습니다. 내가 알아보지요.」
에류큘 포와로가 말했다.
그는 인사를 한 다음 문을 닫고 밖으로 나왔다.
「아무래도 당신이 잘못한 것 같소. 당신은 그녀가 경계하도록 만들었소——그리고 그녀를 통해서 대령도 단단히 경계를 하도록 만든 셈이오.」
부크가 말했다.
「부크 씨, 토끼를 잡고 싶으면 토끼집 속으로 족제비를 넣어야 합니다. 만일 그 안에 토끼가 있다면, 밖으로 뛰쳐나오겠지요. 나는 바로 이것을 노리는 거요.」
그는 힐데가르데 슈미트의 침실로 들어갔다.
그 여자는 준비를 다하고서 기다리고 있었다. 그녀의 얼굴은 공손하기는 했으나, 표정이라곤 하나도 없었다.
포와로는 의자에 있는 작은 옷가방의 내용물을 재빨리 훑어보았다. 그리고 나서 그는 차장에게 선반 위의 좀 커다란 여행 가방을 내려놓으라고 손가락으로 가리켰다.
「열쇠는요?」
「잠겨 있지 않습니다.」
포와로는 고리를 열더니 눈이 휘둥그래졌다.
「아니!」
그는 소리치고는 부크에게 몸을 돌리면서 말했다.
「내가 한 말을 기억합니까? 잠깐 여기를 보시오!」
여행 가방 맨 위에는 급하게 갠 갈색 차장 제복이 놓여 있었다.
무표정한 독일 여자의 얼굴이 갑자기 변했다.
그녀는 소리쳤다.

「어머나! 그건 제 것이 아니에요. 전 그걸 거기에 둔 적이 없어요. 전 이스탄불을 떠난 이후에 그 가방을 열어 본 적도 없는걸요. 정말, 정말이에요!」

그녀는 애원하듯이 침실 안의 남자들을 번갈아 바라보면서 말했다. 포와로는 부드럽게 그녀의 팔을 잡고서 위로해 주었다.

「아닙니다, 괜찮아요. 우린 당신을 믿습니다. 걱정하지 말아요. 나는 당신이 요리를 잘한다는 것을 믿듯이, 당신이 거기에 제복을 숨겨 놓지 않았다는 것을 확신합니다. 당신은 정말 훌륭한 요리사지요. 그렇지 않나요?」

그녀는 어리둥절해진 채 자기도 모르게 그만 미소를 지었다.

「그래요, 그건 사실이에요. 제가 모신 마님들은 모두 그렇게 말씀하셨답니다. 전——.」

그러다가 그녀는 입을 벌린 채 말을 멈추고는 다시 겁에 질린 표정을 지었다.

「아, 됐어요. 괜찮습니다. 이 일이 어떻게 된 건지 설명해 주지요. 당신이 본 차장 제복을 입었던 사람은 피살자의 방에서 나오다가 당신과 마주쳤습니다. 운이 나빴던 거지요. 그는 아무와도 마주치지 않기를 바랐을 테니까요. 그때 그는 제복을 어디에다 처리해야 할까 망설이고 있었습니다. 그것은 이제 보호물이 아니라 위험한 물건이 되었으니까요.」

그는 귀가 쫑긋하여 듣고 있는 부크와 콘스탄틴 의사를 힐끗 바라보았다.

「아시겠지만, 밖은 온통 눈으로 덮여 있답니다. 눈이 그의 모든 계획을 망쳐 버린 것이지요. 그렇다면 그는 이 옷을 어디다 숨길 수 있었을까요? 침실에는 사람들이 모두 차 있었습니다. 그때, 그는 문이 열려 있고 아무도 없는 어떤 침실을 지나가게 되었습니다. 그 침실은 그가 통로에서 마주쳤던 여자의 침실이 분명하겠지요? 그는 안으로 들어가 제복을 벗은 다음, 서둘러 저 선반 위의 옷가방 속에 대충 쑤셔 넣은 겁니다. 발견되려면 좀 시간이 걸릴 것이라고 생각하면서 말입니다.」

「그리고 나서는?」

부크가 궁금하다는 듯이 물었다.

「다음은 우리가 검토해야 할 일입니다.」

포와로가 경계하는 눈초리로 말했다.

그는 제복을 집어 들었다. 아래에서 세 번째 단추가 없었다. 포와로는 제복 주머니에 손을 넣어서 승객 침실 문을 여는 데 사용하는 차장의 빗장 열쇠들을 꺼냈다.

부크가 얼른 말했다.

「범인이 어떻게 잠겨진 문을 통과할 수 있었는지 여기 그 해답이 있구먼. 허바드 부인에게 물었던 것이 소용없게 되었군요. 문이 잠겨 있건, 잠겨 있지 않건 범인은 쉽게 통과할 수 있었으니까 말이오. 차장 제복도 가졌는데 차장 열쇠를 갖지 못할 이유가 없잖겠습니까?」

포와로가 부크의 말을 되받았다.

「물론 그렇고말고요. 사실, 좀더 빨리 알 수도 있었는데. 미셀의 말이 기억납니까? 그가 벨소리를 듣고 달려왔을 때 허바드 부인의 침실 문은 잠겨져 있었다고 말했습니다.」

「그렇습니다. 그래서 저는 그 부인이 꿈을 꾸고 있었던 것이 아닌가 하고 생각했습니다.」 하고 차장이 말했다.

「그러나 이제 모든 게 다 밝혀졌소.」

부크가 계속 말을 이었다.

「의심할 바 없이 범인은 옆 침실과 통하는 문마저도 잠가 놓을 생각이었을 거요. 그러나 침대에서 뭔가 움직이는 소릴 듣자 그만 놀라서 그대로 도망가 버린 것이 분명합니다.」
「그렇다면 —— 이제 주홍색 잠옷만 찾아내면 되겠군요..」
포와로가 말했다.
「그렇지요. 그러나 남아 있는 침실은 모두 남자들이 있는걸요.」
「물론 그래도 조사해 봐야지요.」
「오, 물론이지요. 게다가 당신이 했던 말이 생각나는군요.」
헥터 매퀸은 기꺼이 그들의 조사를 받아들였다.
「어서 조사해 보십시오.」그는 씁쓰레하게 웃으며 말을 이었다.
「저는 제가 이 기차에서 가장 의심받을 만한 사람이라는 것을 알고 있습니다. 그 노인이 제게 그의 전 재산을 물려준다는 유언장만 발견되면, 아마도 모든 일이 해결될 텐데 말입니다.」
부크는 의심스러운 눈초리로 그를 쳐다보았다.
매퀸은 서둘러서 덧붙여 말했다.
「농담입니다. 그는 솔직히 제게는 단돈 한푼도 물려주지 않았을 겁니다. 저는 그저 그의 고용인에 불과했으니까요——언어라든가, 기타 다른 일들로 말입니다. 아시겠지만, 외국 여행을 하면서 영어밖에 하지 못한다면 곤경에 빠지기 십상이거든요. 저는 뭐 언어학자는 아니지만, 쇼핑이나 호텔 예약에 필요한 것 정도는 프랑스 어, 독일어, 그리고 이탈리아 어로 이야기할 수 있답니다.」
그의 목소리는 평소보다 약간 컸다. 그는 겉으로는 무척 태연하게 보이려고 애썼지만, 이 조사에 약간 당황하고 있다는 것이 역력히 나타났다.
포와로가 다가오면서 말했다.
「아무것도 없어요. 유언장도 없는걸요.」
매퀸이 한숨을 내쉬었다.
「휴, 이제야 안심이 되는데요.」

그는 장난기 있게 이야기했다.

그들은 마지막 침실로 갔다. 덩치 큰 이탈리아 인과 래체트 하인의 짐에서도 아무런 소득이 없었다.

세 사람은 열차의 맨 끝에 서서 서로의 얼굴만 바라보았다.

「다음엔 뭘 할 거요?」

부크가 물었다.

「식당차로 돌아갑시다.」하고 포와로가 말했다.

포와로는 덧붙여 설명했다.

「이제 알아낼 수 있는 건 다 알아냈소. 승객들의 증언도 들었고, 짐 조사도 끝났고——우리의 눈으로 직접 확인까지 했으니——이제 더 이상의 도움을 기대할 수가 없소. 이제는 머리를 쓰는 일밖엔 남지 않았습니다.」

그는 담배 케이스를 찾으려고 주머니를 더듬거렸다. 케이스는 비어 있었다.

「곧 뒤따라가겠소. 담배가 떨어져서요. 이건 정말 어렵고도 매우 복잡한 사건입니다. 그 주홍색 잠옷을 입은 사람은 누구이며, 또 그는 지금 어디에 있을까요? 이 사건에는 분명히 무엇인가가 있는데——어떤 요소 같은 것 말이오——도대체 그게 무엇인지 알 수가 없단 말입니다! 이 사건은 처음부터 아주 어렵게 조작된 것임에 틀림없소. 어떻든, 그것에 관해서 즉시 검토해 보기로 합시다. 잠깐만 실례하겠소.」

여행용 손가방들 중의 하나에 담배를 넣어 두었다.

그는 그 손가방을 내려서 자물쇠를 찰칵 하고 열었다. 순간 그는 흠칫 놀라며 뒤로 물러서서 가방을 응시했다.

가방의 맨 위에 용이 수놓아진 얇은 주홍색 잠옷이 깨끗하게 개어져 놓여 있는 것이었다.

「그렇다면 ──.」 포와로는 중얼거렸다.
「일이 그렇게 된 거로군. 이건 도전이야. 좋아, 그럼 받아들여야지.」

제3편 포와로, 앉아서 생각하다

제 1 장
범인은 누구인가?

포와로가 식당차에 들어갔을 때 부크와 콘스탄틴 의사는 이야기를 나누고 있었다. 부크는 실망한 듯한 표정을 짓고 있었다.

「이쪽으로 오시오.」

그는 포와로가 들어가자 이렇게 말했다. 그리고 포와로가 자리에 앉자마자 이렇게 덧붙였다.

「당신이 이 사건을 해결한다면, 난 이 세상에 기적이 있다는 걸 믿겠소.」

「그렇게도 염려스럽습니까?」

「물론이지요. 도무지 걱정이 되어서 원. 뭐가 뭔지 통 알 수가 있어야지요.」

「나도 동감입니다.」

콘스탄틴 의사는 포와로를 흥미로운 눈으로 바라보며 말했다.

「솔직히 말씀드리자면, 나는 다음에 당신이 무슨 일을 할지조차도 모르겠소.」

「모르겠다고요?」
포와로는 생각에 잠기면서 말했다.
그는 담배 케이스를 열어 담배 한 개비를 꺼내어 불을 붙였다. 그의 눈은 마치 꿈 속을 헤매는 것처럼 보였다. 그가 말을 이었다.
「그래서 내가 이 사건에 흥미를 느끼는 겁니다. 이제는 평범한 수사 방법을 사용할 수는 없소. 우리가 증언을 들었던 승객들은 과연 진실을 말했을까요? 아니면 거짓말을 했을까요? 우린 그것을 알아낼 방법이 없습니다——다만, 우리 스스로가 방법을 만들어 사용해야 하지요. 즉, 우리의 바로 이 두뇌를 운동시켜야 한다는 말이오.」
「참 좋은 생각이로군. 하지만 무언가 근거를 둘 만한 것은 있어야 하지 않겠소?」
부크가 말했다.
「방금 내가 말하지 않았소? 우리는 승객들의 증언과, 짐을 조사해서 얻은 증거들을 가지고 있다고…….」
「훌륭한 증거로군요——승객들의 증언 말입니다! 하지만 그것은 우리에게 아무것도 알려 주지 못했잖소.」
포와로는 고개를 저었다.
「그렇지가 않아요. 승객들의 증언은 나에게 몇 가지 흥미있는 사실을 제시해 주었소.」
「솔직히 말해서—— 나는 그런 말을 들은 적이 없는데——.」
부크가 의심스럽다는 듯이 말했다.
「그건 당신이 주의를 기울여서 듣지 않았기 때문이오.」
「그렇다면 어서 말해 보시오. 대체 내가 알아듣지 못한 말이 무엇입니까?」
「한 가지 예를 들어 보기로 합시다——우리가 맨 처음 들었던 매퀸의 증언을 생각해 보시오. 그때 그는 매우 의미 심장한 말을 했습니다.」

「편지에 관해서 말이오?」

「아니오. 편지에 관해서가 아닙니다. 내가 기억하는 것으로써는, 그의 말은 다음과 같았소. '우리는 여기저기를 여행했습니다. 래체트 씨는 세계 여행을 하고 싶어했지요. 그러나 그분은 영어밖에 몰랐기 때문에 무척 곤란을 겪으셨답니다. 그러니까 저는 비서라기보다는 여행 안내원으로서 일해 왔던 셈이지요.'」

포와로는 의사와 부크의 얼굴을 번갈아 바라보았다.

「아직도 모르겠습니까? 그렇다면 곤란한데 —— 우리는 방금 전에 그가 이렇게 말하는 걸 들었잖습니까? '외국 여행을 하면서 영어밖에 하지 못한다면 곤경에 빠지기 십상이지요.'라는 말 말입니다.」

「무슨 말인지 통 모르겠군.」

부크는 여전히 의아스러운 표정이었다.

「오, 그렇다면, 설명을 해줘야겠군. 바로 이런 이야기입니다. 래체트는 프랑스 어를 전혀 하지 못한다는 겁니다. 그런데 어젯밤 차장이 벨소리를 듣고 달려갔을 때, 프랑스 어로 '아무 일도 아니오. 내가 실수로 눌렀소.' 하고 말하는 목소리가 들렸다고 했소. 더군다나, 그 말은 프랑스 어를 단지 몇 마디밖에 할 줄 모르는 사람의 말이 아니라 매우 유창한 표현이었습니다. '아무 일도 아니오. 내가 실수로 눌렀소.'라는 표현 말이오.」

「맞아요!」

콘스탄틴 의사는 흥분해서 소리치고는 설명했다.

「진작 그 사실을 알았어야 했는데! 그래서 당신은 그것을 말할 때마다 힘을 주었던 게로군요. 이제 당신이 왜 부서진 시계의 시간을 믿지 않으려고 했는지 이해가 됩니다. 이미 12시 37분에 래체트는 죽어 있었을 테니까요.」

「결국 그것은 범인이 말했던 것이로군요!」
부크는 감동한 듯이 이야기했다.
포와로는 반대의 표시로 손을 흔들었다.
「그렇게 성급하게 판단하지 마시오. 우리가 실제로 아는 것 이상으로 추리는 하지 말도록 합시다. 내가 생각하기에는 그 시간——즉 12시 37분에 누군가가 래체트의 침실에 있었고, 그는 프랑스 인이거나 아니면 프랑스 어를 매우 유창하게 구사할 줄 아는 사람이었다고 말하는 것이 더 적합할 것 같소.」
「포와로 씨, 정말 대단하십니다.」
「아니, 이런 때일수록 차근차근 생각해야 합니다. 그 시간에 래체트가 죽어 있었다는 증거도 없지 않소?」
「당신은 비명 소리에 깨어났다고 했지요, 포와로 씨?」
「예, 그렇소.」
「하지만——.」
부크는 생각에 잠긴 듯이 말을 이었다.
「이 발견은 다른 사실들에 별로 영향을 주지 못하겠군요. 당신은 옆방에서 누군가가 움직이는 소리를 들었소. 그런데 그것은 래체트가 아니라 다른 사람이었던 거지요. 분명히 그는 손에 묻은 피를 닦아내고, 범행의 뒤처리를 하면서 단서가 될 만한 편지들을 불에 태워 버렸던 거요. 그런 다음 그는 모든 것이 조용해지길 기다렸겠지요. 주위가 안전하고 조용해졌다고 생각했을 때, 그는 래체트의 침실 안쪽에서 문을 잠그고 빗장을 건 다음, 허바드 부인의 침실로 통하는 문을 열고 들어가서 통로로 도망쳐 버린 겁니다. 사실상, 이건 우리가 생각했던 것과 다를 바가 없는 거요. 다만 다른 점이라면 래체트는 약 30분 전에 이미 죽어 있었고, 1시 15분을 가리키고 있던 시계는 어떤 알리바이를 만들어 내기 위한 조작이었다는 것뿐입니다.」

「그렇게 훌륭한 알리바이는 아니군요. 시계 바늘이 가리키고 있던 1시 15분이 범인이 사건 현장을 빠져 나간 정확한 시간이라는 것은 말이오.」

「그럴까요? 그렇다면 그 시계가 말해 주는 것은 무엇일까요?」

부크는 약간 혼란스러운 듯이 물었다.

「만일, 누가 시계 바늘을 돌려놓은 것이라면──이것은 가정이지만──시계 바늘이 고정되어 있는 그 시간은 반드시 어떤 의미를 가지고 있을 겁니다. 즉, 1시 15분에 확실한 알리바이를 갖고 있는 사람을 의심해 볼 필요가 있다는 거요.」

「그래, 맞아요. 아주 훌륭한 추리입니다.」

의사가 말했다.

포와로는 설명을 계속했다.

「우리는 또 범인이 래체트의 침실에 들어간 시간에 대해서도 주의를 기울여 볼 필요가 있소. 그는 언제 침실로 들어갈 기회를 갖게 되었을까요? 만일 진짜 차장이 공모하지 않았다고 하면, 살인범은 오직 한 번──즉 기차가 빈코브치에 정차해 있었던 때밖에는 그럴 기회가 없었을 거요. 기차가 빈코브치를 출발한 뒤로는 차장은 줄곧 복도를 향해서 앉아 있었으니까요. 그리고 승객들은 차장에 대하여 별로 신경을 쓰지 않았겠지만, 진짜 차장만은 가장한 차장을 알아차릴 수 있는 법이오. 그런데 빈코브치에서 정차했을 때, 차장은 플랫폼으로 나가 있었습니다. 바로 그때야말로 범인에게는 절호의 기회였지요.」

「그런데 우리는 지금까지 범인은 승객들 중에 있을 거라고 생각하지 않았소?」하고 부크가 말하고는 이렇게 덧붙였다.

「이제 다시 원점으로 돌아가게 되었군요. 도대체 누구일까요?」

포와로는 미소지었다.

「여기 표를 만들어 보았습니다. 이걸 보면 기억이 새로워질 거요.」

의사와 부크는 그것을 자세히 들여다보았다. 그것은 그들이 만나 본 승객들에 대해서 차례대로 아주 솜씨 있고도 깨끗하게 기록해 놓은 것이었다.

헥터 매퀸. 미국인. 6호실. 2등실.
    동기――피살자와의 관계에서부터 발생할 가능성이 있음.
    알리바이――자정에서 밤 2시까지. (자정에서 1시 30분까지는 애버스너트 대령에 의하여, 1시 15분에서 2시까지는 차장에 의하여 각각 증명됨.)
    불리한 증거――없음.
    의심스러운 상황――없음.
피에르 미셸. 차장. 프랑스 인.
    동기――없음.
    알리바이――자정에서 2시까지. (12시 37분 래체트의 침실에서 목소리가 들렸을 때, 통로에서 에르퀼 포와로가 목격. 1시에서 1시 16분까지는 다른 두 차장에 의하여 증명됨.)
    불리한 증거――없음.
    의심――차장 제복은 범인이 차장에게 범행을 뒤집어씌우려고 한 것처럼 보이므로, 오히려 그것이 차장에게 유리한 점이 됨.
에드워드 매스터맨. 영국인. 4호실. 2등실.
    동기――피살자의 하인이었기 때문에 그와의 관계에서 동기가 발생할 가능성이 있음.
    알리바이――자정에서 2시까지. (안토니오 파스카렐리에 의하여 증명됨.)
    불리한 증거나 의심스러운 상황――없음. 다만 그가 침대차 차장의 제복을 입었다고 한다면, 키와 몸집이 비슷한 유일한 남자임. 그러나 그가 프랑스 어를 잘한다고 여겨지지는 않음.

허바드 부인. 미국인. 3호실. 1등실.

  동기——없음.

  알리바이——자정에서 2시까지 없음.

  불리한 증거나 의심스러운 상황——그녀의 침실에 남자가 있었다는 것은 하드맨과 슈미트의 증언에 의하여 인정됨.

그레타 올슨. 스웨덴 인. 10호실. 2등실.

  동기——없음.

  알리바이——자정에서 2시까지. (데베남에 의하여 증명됨.)

  추가——래체트를 마지막으로 본 사람.

드라고미로프 공작 부인. 귀화한 프랑스 인. 14호실. 1등실.

  동기——암스트롱 집안과 친분 관계가 있었으며, 소니아 암스트롱의 대모(代母)임.

  알리바이——자정에서 2시까지. (차장과 하녀에 의하여 증명됨.)

  불리한 증거나 의심스러운 상황——없음.

안드레니 백작. 헝가리 인. 외교관 여권 소유. 13호실. 1등실.

  동기——없음.

  알리바이——자정에서 2시까지. (차장에 의하여 증명됨. 이 증명은 1시에서 1시 15분 사이가 포함되지 않은 것임.)

안드레니 백작 부인. 위와 동일함. 12호실. 1등실.

  동기——없음.

  알리바이——자정에서 2시까지 트리오날을 복용하고 잠들었음. (그녀의 남편에 의하여 증명되었음. 찬장에 수면제 트리오날 딱지가 붙은 병이 있었음.)

애버스너트 대령. 영국인. 15호실. 1등실.

제1장 범인은 누구인가? 235

동기――없음.

알리바이――자정에서 2시까지. 1시 30분까지 매퀸과 이야기를 나누었음. 그 뒤, 그의 침실로 들어가서 나오지 않았음. (매퀸과 차장에 의하여 인정됨.)

불리한 증거나 의심스러운 상황――파이프 소제기.

사이러스 하드맨. 미국인. 16호실. 1등실.

동기――알려진 것이 없음.

알리바이――자정에서 2시까지 침실을 떠나지 않았음. (1시에서 1시 15분까지를 제외하고는 차장에 의하여 입증됨.)

불리한 증거나 의심스러운 상황――없음.

안토니오 파스카렐리. 미국인(이탈리아 태생). 5호실. 2등실.

동기――알려진 것이 없음.

알리바이――자정에서 2시까지. (에드워드 매스터맨에 의하여 증명됨.)

불리한 증거나 의심스러운 상황――없음. 단, 범행에 사용된 무기가 그의 기질에 어울림. (부크의 주장)

메리 데베남. 영국인. 11호실. 2등실.

동기――없음.

알리바이――자정에서 2시까지. (그레타 올슨에 의하여 증명됨.)

불리한 증거나 의심스러운 상황――에르큘 포와로가 우연히 들은 대화에 대하여 설명하기를 거부함.

힐데가르데 슈미트. 독일인. 8호실. 2등실.

동기――없음.

알리바이――자정에서 2시까지. (차장과 드라고미로프 공작 부인에 의하여 증명됨.) 잠자리에 들었다가 12시 38분경에 차장이 깨워서 일어나 드라고미로프 공작 부인에게 감.

추가──이 승객들의 중언은 자정에서 1시 정각 사이(그때 차장은 옆 열차에 갔었다.)와 1시 15분에서 2시 정각 사이에 래체트의 침실에 출입한 사람이 없다고 진술한 차장의 중언에 의하여 입증되었음.

「당신도 알겠지만──. 이 기록은 승객들의 중언들을 편리한 방법으로 정리해 놓은 것에 불과합니다.」
포와로가 말했다.
부크는 얼굴을 찡그리며 그것을 되돌려주며 말했다.
「이것은 사건 해결에 별로 도움이 되지 않겠군요.」
「하지만 이것은 당신의 구미를 당길 거요.」
포와로는 부크에게 두 번째 종이를 건네주면서 살짝 웃으며 이렇게 말했다.

제2장
10가지 의문점

두 번째 종이에는 다음과 같이 적혀 있었다.

설명이 필요한 사항들

1. H라고 새겨져 있는 손수건은 누구의 것일까?
2. 파이프 소제기는 애버스너트 대령이 떨어뜨린 것인가, 아니면 다른 사람이 떨어뜨린 것인가?
3. 주홍색 잠옷을 입은 여자는 누구일까?
4. 침대차 차장 제복을 입었던 남자, 또는 여자는 과연 누구일까?
5. 왜 시계 바늘은 1시 15분을 가리키고 있을까?
6. 살인은 바로 그 시간에 일어났을까?
7. 그전에 일어났을까?
8. 그 뒤에 일어났을까?
9. 래체트는 한 사람 이상에 의해서 칼에 찔린 것일까?

10. 그의 상처에 대해서 다른 해석을 할 수 있을까?

「자, 이제부터 우리가 할 수 있는 게 무엇인지 살펴봅시다.」
 부크는 그의 지혜를 짜내야 할 일이 생기자 조금 생기를 되찾으면서 말했다.
「먼저 손수건부터 생각해 봅시다. 여기에 적힌 순서대로 질서 정연하게 처리해 나가는 것이 좋겠지요?」
「물론이지요.」
 포와로는 말하면서 만족스럽다는 듯이 머리를 끄덕거렸다.
 부크는 연설하는 듯한 투로 말을 계속했다.
「손수건에 새겨진 H와는 세 사람이 관련되어 있소——허바드 부인, 데베남 양, 그리고 하녀 힐데가르데 슈미트. 데베남 양은 가운데 이름이 헤미온이기 때문이지요.」
「오! 그 세 사람들 중에서 누구일까요?」
「글쎄, 정말 어려운 문제로군요. 그러나 나는 데베남 양에게 표를 던지겠소. 그녀는 첫번째 이름이 아니라 두 번째 이름으로 불렸을지도 모르기 때문이지요. 게다가 그녀에게는 뭔가 미심쩍은 것이 있습니다. 포와로 씨가 우연히 들었다는 그 이야기도 좀 이상하고, 또 그녀가 그것에 대해서 설명하기를 거부했다는 것도 이상하지 않소?」
 콘스탄틴 의사가 끼여들어 말했다.
「나는 그 미국인 부인에게 표를 던지겠습니다. 그건 매우 값비싼 손수건이랍니다. 뭐 잘 알고 계시겠지만, 미국인들은 물건값이 얼마가 되든 상관하지 않고 지불하거든요.」
「그럼, 하녀에게는 아무런 혐의가 없는 거죠?」
 포와로가 물었다.
「그녀도 말했듯이, 그것은 상류 계급의 사람들이 사용하는 고급 손수건이거든요.」
 「그럼 두 번째로 파이프 소제기에 대해 알아봅시다. 애버스너트 대령이 그걸 떨어뜨렸을까요, 아니면 다른 사람이 떨어뜨렸을까요?」
 「그건 더 어렵군. 영국인들은 칼로 사람을 찌르지는 않소. 그 점에서는 당신 말이 맞다고 봅니다. 따라서 나는 다른 누군가가 파이프 소제기를 떨어뜨렸다고 생각하고 싶소. 다리가 긴 그 영국인에게 죄를 뒤집어 씌우기 위해서 그렇게 한 거라고 말입니다.」
 「당신이 말한 대로, 포와로 씨━━.」
 이번에는 의사가 말을 이었다.
 「두 개의 단서는 범인의 부주의라고 하기에는 너무 지나친데요. 나는 부크 씨의 말에 동의합니다. 손수건은 정말 실수로 떨어뜨렸을지도 모릅니다━━그래서 여자 승객들이 아무도 자기의 것이라고 인정하지 않는 겁니다. 그런데 파이프 소제기는 누군가가 조작한 가짜 단서입니다. 이런 추측을 뒷받침하는 것은, 애버스너트 대령이 전혀 당황하지 않고 파이프 담배를 피우고 있으며, 또 그와 똑같은 소제기를 사용한다고 선뜻 인정한 사실입니다.」
 「훌륭한 추리로군요.」
 포와로가 말했다.
 「세 번째 문제━━주홍색 잠옷을 입은 사람은 과연 누구일까? 이 문제에 관해서는 정말 모르겠군. 이것에 대해 뭔가 생각나는 것이 없습니까, 콘스탄틴 선생?」
 부크가 물었다.
 「전혀 없는데요.」
 「그러면 이 문제는 일단 뒤로 미룹시다. 다음 문제는 어느 정도 가능성이 있어요. 차장 제복을 입었던 남자, 또는 여자는 누구일까? 음, 먼저 그럴 가능성이 없는 사람들부터 생각해 봅시다. 하드맨, 애버스너트 대령, 파스카렐리, 안드레니 백작, 그리고 헥터 매퀸은 너무 키가 큽니다. 허바드 부인과 힐데가르데 슈미트, 그리고 그레타 올슨은 또 너무 몸이 뚱뚱해요. 그렇게 되면 매스터맨과 데베남 양, 그리고 드라고미로프 공작 부인과 안드레니 백작 부인이 남게 되는데──그 누구도 그랬을 것 같지 않아요! 그레타 올슨과 안토니오 파스카렐리는 각각 데베남 양과 매스터맨이 침실에서 나가지 않았다고 맹세했습니다. 힐데가르데 슈미트는 공작 부인이 자기 침실에 있었다고 주장했고, 안드레니 백작은 자기 아내가 수면제를 먹고 잠들었다고 했습니다. 따라서 누구도 제복을 입지 않았다는 결론이 나옵니다──정말 이상한 일이로군요!」

「마치 우리의 친구인 유클리드가 말했듯이──.」

포와로가 중얼거렸다.

「분명 그 네 명 중의 하나가 틀림없어요. 만일 범인이 외부에서 들어와서 지금 어딘가에 숨어 있지 않다면 말입니다──하지만 그런 일은 절대로 가능할 수가 없어요.」

콘스탄틴 의사가 말했다.

부크는 다음 문제로 넘어갔다.

「다섯 번째 문제──왜 시계 바늘은 1시 15분을 가리키고 있을까? 이것에 대해서는 두 가지 설명을 할 수 있소. 먼저 범인이 알리바이를 성립시키기 위하여 시계를 조작해 놓고 침실을 빠져 나가려고 할 때, 밖에서 사람들이 움직이는 소리를 듣고서 잠시 머물러 있었던 겁니다. 두 번째는──잠깐만──지금 막 어떤 생각이 떠오르고 있는 중이니까요──.」

두 사람은 부크가 머리를 짜내느라 애쓰는 동안 잠자코 기다리고 있었다.

「이제 생각났소. 시계 바늘을 돌려놓은 것은 차장 제복을 입은 범인이 아닙니다! 그건 바로 우리가 제2의 범인이라고 하는 사람이오——왼손잡이 말이오——바꿔 말하면 주홍색 잠옷을 입었던 바로 그 여자입니다. 그 여자는 뒤늦게 도착했기 때문에 자기에게 필요한 알리바이를 만들기 위하여 시계 바늘을 돌려놓은 게 분명합니다.」

「브라보! 정말 훌륭한 추리입니다.」

콘스탄틴 의사가 소리쳤다.

포와로가 의사의 말을 받았다.

「사실—— 당신 추리에 의한다면, 그 여자는 어둠 속에서 래체트가 이미 죽었다는 것을 모르고 마구 칼로 찔렀다는 말이 되겠군요. 그렇다면 어떻게 그의 잠옷 주머니에 시계가 있다는 걸 알고 그것을 꺼내어 시간을 돌려놓았을까요?」

부크는 그를 쌀쌀맞게 쳐다보았다.

「그럼, 당신에게 뭐 더 좋은 생각이라도 있단 말이오?」

「현재로서는——없습니다.」

포와로가 고개를 저으며 말했다. 그는 말을 이었다.

「당신들 두 분 다 시계에 대한 가장 중요한 점을 파악하지 못하고 있는 것만은 확실합니다.」

「여섯 번째 문제가 그것과 관련이 있습니까?」

의사가 묻고는 자신이 대답했다.

「그 문제——즉, 살인은 1시 15분에 일어났는가?——에 대해서 내 대답은 '노'입니다.」

「그건 나도 마찬가지요.」

부크도 동의하고는 말을 이었다.

「다음 문제는 살인이 그 이전에 일어났을까 하는 것인데——내 대답은 '예스'입니다! 의사 선생도 마찬가지겠지요?」

의사는 고개를 끄덕였다.

「예, 하지만 사건이 그 뒤에 벌어졌을지도 모른다는 문제에도 찬성입니다. 부크 씨, 나는 당신의 의견에 찬성합니다. 또, 포와로 씨도 뭐 강요하는 것은 아니지만, 찬성하리라고 생각합니다. 첫번째 살인자는 1시 15분 이전에 래체트의 침실에 왔고, 두 번째 살인자는 1시 15분 이후에 왔던 겁니다. 그리고 왼손잡이에 관한 것 말인데요, 우리는 먼저 승객들 중에 누가 왼손잡이인지 확실히 해 둬야 하지 않을까요?」

「나도 그 점에 대해서는 줄곧 주의 깊게 살펴보았소.」

포와로가 말했다.

「두 분은 내가 일일이 승객들에게 이름과 주소를 적도록 한 것을 알고 있지요? 하지만 그것이 결정적인 것은 아닙니다. 왜냐하면 사람에 따라서 어떤 일은 오른손으로 하기도 하고, 또 어떤일은 왼손으로 하기도 하니까요. 글씨를 썼소.――다만, 드라고미로프 공작 부인만이 쓰지 않았소.」

「드라고미로프 공작 부인이――? 하지만 그 부인은 아닙니다. 그 여자에게는 그 왼손잡이가 낸 상처를 입힐 만한 힘이 없다고 생각합니다.」 하고 부크가 말했다.

콘스탄틴 의사는 의심스럽다는 듯이 말했다.

「그런 특별한 상처를 내려면 상당한 힘이 필요하거든요.」

「여자로서는 불가능한 정도의 힘입니까?」

「아니, 그렇지는 않습니다. 그러나 나이 든 여자로서는 불가능한 것이며, 더구나 드라고미로프 공작 부인의 건강 상태가 그리 좋은 편이 못 되기 때문이지요.」

「하지만 강한 정신력으로 체력을 넘어선 힘을 낼 수도 있소. 드라고미로프 공작 부인은 위대한 인격과 강한 의지력을 가지고 있습니다. 아무튼 이 문제에 대해서는 잠시 미뤄 두기로 합시다.」

포와로가 말했다.

「다음은 아홉 번째와 열 번째 문제입니까? 래체트는 한 사람 이상의 살인자에 의하여 칼에 찔린 것일까, 그리고 그 상처에 대해서 다른 해석을 내릴 수 있을까? 내 생각으로는, 의학적으로 말하자면, 그 상처들에 대해서 달리 설명할 방법이 없다고 봅니다. 한 사람이 래체트를 약하게 찌른 다음, 왼손으로 찌르고, 다시 한 30분쯤 쉬었다가 다시 시체에 상처를 낸다는 것은 말도 안되는 억측입니다.」

「맞습니다. 그런 일은 있을 수가 없지요. 그렇다면 살인범이 두 명이라면 이야기가 성립되나요?」하고 포와로가 물었다.

「잘 아시겠지만, 그것 말고 달리 설명할 도리가 있겠습니까?」

포와로는 앞을 똑바로 응시했다.

「그것이 바로 내 자신에게 묻고 있는 것이지요. 지금도 나는 쉬지 않고 내 자신에게 그 질문을 던지고 있소.」

그는 의자 뒤로 몸을 기댔다.「문제는 모두 여기에 있습니다.」포와로는 자기 이마를 툭 치며 말을 이었다.

「우리는 모든 것을 철저히 조사했소. 그리고 그 사실들은 모두 우리의 앞에 놓여 있습니다——질서 정연하고도 깨끗하게 말이오. 승객들은 바로 여기에 한 명씩 앉아서 증언을 했습니다. 우리는 외부에서부터 알 수 있는 것은 모두 알아냈습니다…….」

그는 부크를 향해서 매우 다정하게 웃어 보였다.

「사건에서 멀리 떨어져 앉아서 사고하여 진실을 밝혀낸다는 것은 지금까지는 우리끼리의 농담이었소. 하지만 이제는 그것을 실천으로 옮겨야 할 때가 온 것 같소. 여기 당신이 지켜보는 앞에서 말이오. 두 분도 함께 해주셔야 합니다. 우리 눈을 감고 생각해 봅시다……. 한 사람, 혹은 그 이상의 사람이 래체트를 죽였다. 그렇다면 범인은 과연 누구일까?」

제3장
명백한 증거

15분이 지나도록 아무도 입을 열지 않았다.

부크와 콘스탄틴 의사는 포와로의 지시에 따라 눈을 감고 깊은 생각에 잠겼다. 그들은 복잡 미묘한 미로를 지나 밝고 확실한 해결책을 찾기 위해 애를 쓰고 있었다.

부크는 이렇게 생각했다.

'나는 생각해야만 한다. 그러나 어느 정도는 이미 생각해 봤단 말이야. 포와로는 분명히 그 영국 여자가 사건에 관련되어 있다고 생각할 거야. 하지만 그 여자는 절대로 아니야——영국인들은 정말 냉정하니까 말이야. 그건 아마 그들이 거짓말을 못하기 때문일 거야——하지만 문제는 그것이 아니야. 그 이탈리아 인이 하지 않은 것이 분명해졌단 말이야——제기랄! 혹시 같은 침실에 있는 매스터맨이 그가 침실을 떠나지 않았다고 거짓말을 한 것은 아닐까? 아니야, 그가 거짓말을 할 이유가 없어. 게다가 영국인은 뇌물로 매수하기가 쉽지 않아. 왜냐하면 그들은 좀처럼 접근하기가 힘든 사람들이거든. 이건 정말 복잡하고 어려운 사건이군. 그건 그렇고, 도대체 기차는 언제나 여기를 벗어나게 될까? 빨리 구조 작업이 시작되어야 할 텐데. 이 나라 사람들은 정말 행동이 느려서 탈이야——뭔가 행동에 옮기기 전에 몇 시간씩이나 소비한다니까. 게다가 이 나라의 경찰들은 상대하기가 몹시 까다로워——잘난 체하며, 툭하면 화를 내고, 또 점잖을 빼고 다닌다니까. 그들이 이 사건을 알면 온통 야단법석을 떨겠지! 하긴, 이런 사건이 그리 흔한 것은 아니니까. 또, 신문이란 신문에서도 온통 떠들어댈 테지…….'

그리고 거기에서부터 이미 수백 번도 더 생각해 봤던 진부한 생각을 되풀이하고 있었다.

한편, 콘스탄틴 의사는 이렇게 생각하고 있었다.

'저 작은 남자는 정말 괴상한 사람이로군. 천재일까? 아니면 괴짜일까? 과연 저 이상한 사람이 이 사건을 해결할 수 있을까?——아니야, 불가능해. 도대체 무슨 실마리가 보여야 말이지. 이 사건은 온통 혼란투성이야——아마 승객 모두가 거짓말을 하고 있는 것인지도 몰라——하긴 그렇다고 해도 별 도움은 못 돼. 만일 그들이 거짓말을 하고 있다고 할지라도 진실을 말하는 경우와 복잡하기는 마찬가지일걸. 그건 그렇고, 그 상처들은 참 이상하단 말이야. 이해할 수가 없어——만일 그가 총에 맞았다면 문제는 훨씬 쉬워질 텐데——어쨌든 총잡이란 말은 총으로 쏜다는 것을 의미하는 것이 분명하거든. 미국은 참으로 이상한 나라야. 언젠가 한번 가봐야지. 미국은 정말 진보된 나라란 말이야. 고향에 돌아가거든 꼭 드미트리우스 재곤을 만나 봐야겠어——그는 미국에 다녀온 경험도 있고, 생각도 매우 현대적이야——지아가 지금 뭘 하고 있을지 궁금하군. 그녀가 만일 이 일을 안다면…….'

그의 생각은 개인적인 문제로 계속 이어져 나갔다.

에르큘 포와로는 매우 조용히 앉아 있었다. 그가 자고 있는 건 아닌지 오해할 정도였다.

그렇게 15분 정도 꼼짝도 하지 않고 있다가, 드디어 그의 눈썹이 천천히 이마 쪽으로 움직이기 시작했다. 그의 입에서 작은 한숨 소리가 새어 나왔다. 그는 매우 나지막한 목소리로 중얼거렸다.

「하지만 결국 안 될 게 뭐야! 그리고, 그렇다면——그래, 그렇다면 모든 것이 해결될 수 있어.」

그는 눈을 떴다. 그의 초록색 눈은 마치 고양이 눈처럼 빛났다. 그는 부드럽게 말했다.

「자, 나는 생각해 냈소. 여러분은 어떻습니까?」

각자의 생각에 깊이 취해 있던 두 사람은 깜짝 놀랐다.

「나도 역시 생각을 해 보았소. 그러나 어떤 결론에 도달하지는 못했소. 어차피 범죄를 규명하는 것은 당신의 일이지 나의 일은 아니잖소?」

부크는 쑥스러운 듯이 말했다.

「나도 역시 열심히 생각해 보았습니다.」

의사는 방금 외설적인 생각을 하고 있다가 낯도 붉히지 않고 담담하게 말했다.

「여러 가지 추리를 해 보았습니다만, 어느 것도 만족스러운 것은 없었습니다.」

포와로는 상냥하게 고개를 끄덕였다. 그가 고개를 끄덕이는 것이 마치 이렇게 말하는 것처럼 보였다. '좋습니다. 그렇게 말씀하시는 게 정상입니다. 하지만 두 분께서는 내가 기대했던 실마리를 주었답니다.'라고 말이다.

그는 가슴을 펴고 똑바로 앉아서 콧수염을 매만지더니 마치 웅변하는 사람처럼 말하기 시작했다.

「여러분, 나는 마음속으로 여러 사실들을 검토하고, 승객들의 증언을 다시 생각해 본 결과, 다음과 같은 결론에 도달했소. 아직까지 확실한 것은 아니지만, 우리들이 알고 있는 사실들을 포함하게 될 하나의 명쾌한 설명을 찾아냈습니다. 그것은 너무도 이상야릇한 설명이라서, 그것이 맞는 것이라고 확신할 수는 없소. 그래서 그것을 명백히 밝혀내기 위해서는 우선 몇 가지 실험을 해 보아야만 하오.

뭔가 사건의 진상에 암시가 되는 것들을 먼저 말하겠소. 나는 이 기차에서 처음 함께 점심식사를 할 때 바로 이 장소에서 부크 씨가 나한테 했던 말을 생각해 보았소. 부크 씨는 그때 우리들이 계층과 나이, 국적이 서로 다른 사람들에 의해 둘러싸여 있다는 사실을 언급했죠. 이러한 경우는 요즘 같은 계절에는 매우 드문 현상입니다. 예를 들어서, 아테네──파리행 열차는 거의 텅빈 실정이니까요. 또한, 예약을 하고도 승차하지 않은 승객에 대해서도 생각해 볼 필요가 있소. 내가 생각하기로는 그도 중요한 인물이라고 봅니다. 그리고 또 뭔가 암시가 되는 듯한 일들이 몇 가지 있는데, 예를 들자면 허바드 부인의 세면 가방의 위치, 암스트롱 부인의 어머니 이름, 하드맨의 추리 방법들, 그리고 우리가 발견했던 타다 남은 종이를 태운 사람이 바로 래체트였다고 한 매퀸의 말, 드라고미로프 공작 부인의 세례명, 그리고 헝가리 부인의 여권에 묻은 기름 얼룩 등입니다.」

두 사람은 포와로를 멍청히 바라만 보고 있었다.
「이런 것들에 대해서 뭔가 이상하다고 생각해 보지 않았습니까?」
포와로가 물었다.
「전혀 한 가지도 그렇게 생각해 보지 않았는데······.」
부크가 솔직하게 시인하며 말했다.
「의사 선생께서는요?」
「솔직히 말해서, 나는 당신의 말을 전혀 이해하지 못하겠습니다.」

한편, 부크는 포와로가 이야기한 기름 얼룩에 마음이 쓰이는지 여권을 뒤적거리고 있었다. 그는 투덜거리면서 안드레니 백작 부부의 여권을 꺼내 펼쳐 보았다.

「이 기름 얼룩을 말하는 거요?」

「그렇소. 그건 최근에 묻은 기름 얼룩입니다. 그것이 여권의 어디에 묻어 있지요?」

「백작 부인의 기록 첫부분에 묻어 있군——정확히 말해서, 그녀의 세례명에 묻었소. 하지만 나는 도무지 이게 무엇을 암시하는지 알 수가 없군요.」

「그럼, 다른 각도에서 그 문제를 생각해 봅시다. 사건 현장에서 발견된 손수건 이야기로 되돌아가겠소. 방금 전에 말했듯이, H와 관련이 있는 사람은——허바드 부인, 데베남 양, 그리고 힐데가르데 슈미트 양입니다. 자, 이제는 다른 각도에서 손수건을 살펴봅시다. 부크 씨, 그것은 매우 값비싼 손수건이오——수공품으로 파리에서 유행하는 사치품이란 말입니다. 그래서 이번에는 H라는 글자와는 별도로 승객들 중 누가 그런 손수건을 가질 수 있을까 생각해 봅시다. 허바드 부인은 아닙니다. 그녀는 무모하게 옷치장에 돈을 쓰며 뽐낼 그런 여자가 아니니까요. 데베남 양도 아닙니다——그런 계층의 영국 여자는 얌전한 린네르 손수건을 가지고 있지, 이렇게 200프랑이나 되는 값비싼 모시 손수건은 갖지 않는 법이오. 그리고 물론 하녀도 아니겠지요. 그러나 이 기차의 승객들 중에는 그런 고급 손수건을 가질 만한 여자가 둘이 있소. 그들과 H라는 글자와 연결시켜 생각해 봅시다. 내가 말하는 두 여자 중의 하나는 드라고미로프 공작 부인——.」

「그 부인의 세례명은 나탈리아입니다.」

부크가 당치도 않다는 듯이 끼여들며 말했다.

「맞습니다. 그러나 방금 말한 대로 그녀의 세례명이 결정적으로 암시를 주고 있습니다. 또 다른 여자는 안드레니 백작 부인입니다. 그러면 우리에게 생각나는 것이———.」
「포와로 씨!」
「그렇소. 그녀 여권의 세례명에 기름이 묻어서 흐려져 있습니다. 이건 단순히 우연한 일이라고 누구나 말할 겁니다. 그러나 엘레나라는 그녀의 세례명을 생각해 봅시다. 만일 그것이 원래 엘레나가 아니라 헬레나였다면, 머리글자 H를 E로 바꾸기만 하면 됩니다. 그러면 소문자 e는 자연스럽게 덮어씌울 수 있습니다. 그리고는 고쳐 적은 것을 감추기 위해서 기름을 한 방울 떨어뜨렸다고 상상해 볼 수 있지 않겠소?」
「헬레나! 그거 정말 훌륭한 생각이오.」
부크가 소리쳤다.
「물론 대단한 생각이지요. 나는 아무리 하찮은 것일지라도 나의 설명을 뒷받침해 줄 수 있는 것을 찾아보았소———그리고는 발견한 거지요. 백작 부인의 짐 중에서 수하물표가 물에 젖어 있던 것을 생각해 냈단 말입니다. 가방의 윗부분에 붙은 그 수하물표는 우연하게도 이름의 머리글자에 물이 묻었습니다. 다시 말해서, 수하물표는 물에 담갔다가 꺼내서 다른 위치에 붙여 놓은 거란 말이오.」
「이제 뭔가 알 수 있을 것 같군. 그러나 안드레니 백작 부인이———분명히———.」
부크가 말했다.
「잠깐, 이번에는 방향을 바꾸어서 다른 각도에서 접근해 보기로 합시다. 범인은 이 살인이 다른 사람들에게 어떻게 보이도록 의도했을까요? 눈이 와서 범인의 원래 계획이 모두 틀어져 버렸다는 사실을 잊지 마시오. 그러면 눈이 오지 않고 기차가 정상 궤도를 계속 달리고 있을 경우를 상상해 봅시다. 그렇다면 어떤 일이 발생했을까요? 아마

시체는 오늘 아침 일찍 이탈리아의 국경선 초소에서 발견되었을 거요. 그러면 똑같은 증언들이 이탈리아 경찰들에게 주어졌겠지요. 매퀸은 협박 편지를 제출했을 거고, 하드맨은 그의 이야기를 되풀이했겠지요. 허바드 부인은 범인이 그녀의 침실을 지나갔다는 것에 대하여 열심히 설명했을 테고요. 또한 단추가 발견된 것도 말입니다. 다만, 두 가지가 달랐을 거라고 생각합니다. 하나는, 그 남자가 허바드 부인의 침실을 지나간 것은 1시 조금 전이었다고 했을 것이며, 다른 하나는 차장 제복은 아마도 화장실 속에 버려진 채 발견되었을 거요.」

「그게 도대체 무슨 뜻입니까?」

「이 살인은 외부 사람의 소행으로 보이도록 계획된 것이라는 말입니다. 즉, 범인은 12시 58분에 기차가 브로드 역에 도착했을 때 도망간 것처럼 꾸미려고 했던 거요. 누군가가 아마도 통로에서 이상한 차장을 목격했다고 맹세하겠지요. 또, 제복은 이 범죄가 어떤 식으로 행해졌는지 명확하게 보여 주기 위하여 눈에 잘 띄는 곳에 버려져 있을 수도 있습니다. 그렇게 되면 승객들에게는 전혀 혐의가 없게 되는 거지요. 이것이 바로 이 일이 외부 사람의 소행으로 보이게 하려고 계획된 단서들이오. 하지만 우연한 사고가 발생하는 바람에 모든 일이 변경되고 말았소. 바로 그것이 살인자가 래체트의 침실에서 그렇게 오랫동안 머물러 있었던 것에 대한 이유입니다. 그는 기차가 움직이기를 기다리고 있었던 거지요. 그러나 그는 기차가 움직일 수 없다는 것을 깨달았습니다. 그래서 범인은 다른 계획을 짜내야 했소. 왜냐하면 범인이 기차에 숨어 있다는 것이 알려지게 될 테니까 말입니다.」

「맞아, 맞습니다. 이제 모두 알겠소. 그럼 손수건은 어떻게 되는 거죠?」

부크가 성급하게 물었다.

「그것보다 다른 것들에 대해서 먼저 설명하겠소. 먼저 그 협박 편지는 순전히 속임수였다는 것을 알아야 합니다. 그것은 미국 3류 범죄소설에서 그대로 본따온 것처럼 보이지 않소? 아무튼 그건 진짜가 아닙니다. 그것은 단순히 경찰에게 보여 주기 위해서 쓰여진 것이란 말이오. 여기서 우리가 다시 생각해 보아야 할 것이 있소. '그것으로 과연 래체트를 속일 수 있었을까?' 하는 점 말입니다. 여러 가지 상황으로 보아, 대답은 역시 '노' 같습니다. 래체트가 하드맨에게 부탁한 것으로 보아, 범인은 개인적인 적이 분명하며, 래체트는 그자가 누구인지 잘 알고 있었던 것으로 보입니다. 우리가 하드맨의 이야기를 진실로 받아들인다면 말이오. 그러나 래체트는 분명히 성격이 전혀 다른 편지를 한 통 받았소. 우리가 그의 침실에서 발견한 타다 남은 종이 조각 말입니다. 그 편지에는 암스트롱 집안의 어린애에 대하여 쓰여 있었습니다. 래체트가 사정을 모르고 있었을 때, 그의 생명을 위협하는 이유를 이 편지가 명백히 알려 준 셈이지요. 내가 몇 번 이야기했듯이 그 편지는 다른 사람에게 발견되면 안되는 것이었소. 그래서 범인은 먼저 그것을 없애버리려고 했던 거요. 그런데 이것이 범인의 계획의 두 번째 장애물이 되었지요. 첫번째는 눈이었고, 두 번째는 우리가 타다 남은 종이 조각을 조사해서 그 내용을 알아차린 겁니다.

　범인이 그 편지를 그렇게 힘들여 없애버리려 했던 데에는 커다란 이유가 있었소. 그것은 이 기차에 암스트롱 집안과 밀접한 친분 관계가 있는 사람이 타고 있었기 때문이죠. 만일 그 편지가 발견되기만 하면, 즉시 그 사람이 의심받게 될 것은 너무도 당연한 일이 아니겠소?

　자, 이제 우리가 발견한 두 가지 단서에 대하여 생각해 봅시다. 파이프 소제기에 대해서는 신중히 검토해 봤고, 또 많은 이야기를 나누었으니, 손수건 문제로 넘어갑시다. 단순하게 생각해 보면, 그건 이름의 첫글자가 H인 사람이 범인임을 나타내 주는 단서가 되며, 범인의 부주의로 떨어뜨린 것이 됩니다.」

「맞습니다. 그녀는 손수건을 떨어뜨렸다는 사실을 알아차리고는 곧 세례명을 지울 조치를 취한 겁니다.」

콘스탄틴 의사가 말했다.

「너무 성급하시군요! 어떻게 그런 결론을 내리셨지요?」

「그럼, 다른 묘안이라도 있습니까?」

「물론 있습니다. 가령 당신이 범죄를 저지르고, 그 죄를 다른 사람에게 뒤집어씌우려고 한다고 생각해 보십시오. 그런데 이 기차에는 암스트롱 집안과 친밀한 관계가 있는 사람——어떤 여자가 타고 있소. 당신이 그 여자의 손수건을 범행 현장에 떨어뜨렸다고 가정해 봅시다. 그녀는 심문을 받게 될 것이고, 그녀가 암스트롱 집안과 관련이 있다는 것이 밝혀질 겁니다——자, 어떻소? 범죄의 동기도 있고, 불리한 증거물도 있는데요.」

「그러나 그런 경우에는—— 그 여자는 자기가 결백하기 때문에 굳이 정체를 숨기려고는 하지 않을 겁니다.」

의사는 반박하며 말했다.

「오, 정말 그럴까요? 당신은 그렇게 생각합니까? 그것은 내가 보기에는 즉결재판소의 판단 같습니다. 그러나 선생, 나는 인간성에 대해서 잘 알고 있습니다. 아무리 이 세상에서 가장 결백한 사람일지라도 살인 혐의로 심문을 받게 된다면 누구라도 이성을 잃고 어리석은 일을 저지르게 됩니다. 아니지요, 아니에요. 기름 얼룩과 위치가 바뀌어 붙어 있는 수하물표는 죄가 있음을 증명하는 것이 아닙니다——그것들은 안드레니 백작 부인이 어떤 이유에서인지 자기의 정체를 숨기려고 애쓰고 있다는 사실을 보여 주는 것에 지나지 않습니다.」

「무슨 이유로 그녀가 암스트롱 집안과 관련이 있다고 생각하는 거지요? 그녀 자신은 결코 미국에 가 본 적도 없다고 했는데요.」

「맞습니다. 그녀는 외국 억양이 섞인 영어를 말하고, 또 매우 이국적인 외모를 갖고 있으니까요. 그러나 그녀가 어떤 사람인지 추측해 보는 것은 과히 어렵지 않은 일입니다. 방금 전에 암스트롱 부인의 어머니 이름에 대해서 말씀드렸지요. 그녀의 이름은 린다 아덴으로서 매우 유명한 여배우였죠——그녀는 특히 셰익스피어 작품 속의 여주인공 역할을 많이 했소. '당신 뜻대로'라는 작품을 생각해 보십시오. 거기에는 아덴의 숲과 로잘린드라는 여주인공이 등장한답니다. 그 여자는 바로 거기에서 가명에 대한 영감을 얻은 것입니다. '린다 아덴'이라는 이름으로 그녀는 세계적인 여배우가 되었지만, 그것은 그녀의 본명이 아니었소. 본명은 아마 골든버그였을 겁니다. 어쩌면 그녀의 몸 속엔 중앙 유럽인의 피가 흐르고 있을지도 모릅니다——그리고 유대인의 피가 섞여 있을지도 모르죠. 수많은 민족들이 미국으로 건너갔으니까요. 의사 선생, 암스트롱 부인의 여동생, 즉 린다 아덴의 둘째 딸은 그 비극이 일어났을 때 소녀였으며, 이름은 헬레나 골든버그였습니다. 그리고 그녀는 안드레니 백작이 워싱턴에 근무할 때 그와 결혼했던 겁니다.」

「그러나 드라고미로프 공작 부인은 그녀가 영국인하고 결혼했다고 하지 않았습니까?」

「그녀는 그 이름도 기억하지 못한다고 했습니다! 과연 그런 일이 가능할까요? 현명한 여자들이 위대한 예술가를 사랑하듯이 드라고미로프 공작 부인은 린다 아덴을 사랑했소. 그리고 그녀는 린다 아덴의 큰 딸의 대모였습니다. 그런 그녀가 둘째 딸의 이름을 그렇게 빨리 잊어버릴 수가 있을까요? 아니, 그렇지 않을 겁니다. 아니에요. 드라고미로프 공작 부인이 거짓말을 한 것이 분명합니다. 그녀는 헬레나가 이 기차에 타고 있다는 것을 알고 있었습니다. 그녀는 래체트의 정체를 알게 되자, 곧 헬레나가 의심받을 것이라고 확신했습니다. 그래서 우리가 그녀에게 암스트롱 부인의 여동생에 대해서 질문했을 때, 그녀는 거짓말을 한 겁니다──'잘 모르겠는데요.' '기억이 나지 않아요.' '어떤 영국인하고 결혼했어요.' 등으로 말입니다──일부러 사실에서 벗어나는 엉뚱한 말들을 한 거란 말이오.」

그때 식당 웨이터가 그들에게로 다가와서 부크에게 말했다.
「선생님, 식사를 드릴까요? 준비가 다 되었습니다.」
부크는 포와로를 바라보았다. 포와로는 고개를 끄덕이며 말했다.
「어쨌든 식사는 해야겠지.」
웨이터는 반대편 문으로 나갔다. 이내 벨소리가 울리더니 그의 목소리가 들려왔다.
「1등실 승객 여러분, 저녁식사가 준비되었으니 식당차로 오시기 바랍니다.」

제 4장
여권의 기름 얼룩

포와로는 부크와 콘스탄틴 의사와 같은 식탁에 앉았다.

식당차에 모인 승객들은 한결같이 침울한 표정이었다. 그들은 이야기도 거의 나누지 않았다. 수다스러운 허바드 부인조차도 어색한 침묵을 지켰다. 그녀는 자리에 앉으면서 이렇게 중얼거렸다.

「먹고 싶은 생각이 전혀 없어.」

그러나 그녀를 돌봐야 할 의무감이라도 가지고 있는 듯이 보이는 스웨덴 여자가 격려를 해주자 그녀는 식탁에 나온 음식을 모두 먹어 치웠다.

식사가 시작되기 전에 포와로는 웨이터의 옷소매를 붙잡고 그에게 뭐라고 속삭였다. 콘스탄틴 의사는 안드레니 백작 부부에게 제일 늦게 식사가 운반되고, 식사가 끝날 때쯤에는 청구서를 만들면서 시간을 끄는 것을 눈치채고는 포와로가 웨이터에게 무엇을 지시했는지 알아차렸다. 이렇게 해서, 안드레니 백작 부부가 식당차에 제일 마지막까지 남게 되었다.

마침내, 그들이 식사를 마치고 자리에서 일어나 문 쪽으로 걸어갈 때, 포와로는 자리에서 벌떡 일어나 그들을 뒤따라갔다.

「죄송합니다, 부인. 부인께서 손수건을 떨어뜨렸군요.」

그는 그녀에게 조그만 글자가 새겨져 있는 손수건을 내밀었다.

그녀는 그것을 받아서 흘끗 쳐다보더니 다시 포와로에게 되돌려주었다.

「잘못 아셨습니다, 선생님. 이것은 제 손수건이 아니에요.」

「부인의 손수건이 아니라고요? 확실합니까?」

「물론이에요.」

「그렇지만, 부인, 이 손수건에는 부인 이름의 머리글자인 H가 새겨져 있는데요.」

백작이 갑자기 몸을 움직였다. 포와로는 그를 쳐다보지 않았다. 그는 백작 부인의 얼굴을 뚫어지게 쳐다보고 있었다.

그녀는 조용히 포와로를 바라보면서 이렇게 대답했다.

「무슨 말씀을 하는 건지 모르겠군요. 제 이름 머리글자는 E.A.예요.」

「그렇지 않을 텐데요. 부인의 이름은 엘레나가 아니라 헬레나라는 것을 알고 있습니다. 헬레나 골든버그, 린다 아덴의 둘째 딸이며 암스트롱 부인의 여동생이지요.」

잠시 동안 쥐죽은 듯한 정적이 감돌았다. 백작 부부의 얼굴이 몹시 창백해져 갔다.

포와로는 부드러운 목소리로 말했다.

「이제는 부인하셔도 소용없습니다. 내 말이 맞지요, 그렇지 않나요?」

백작이 버럭 화를 내며 소리쳤다.

「원 세상에, 이것 봐요, 포와로 씨, 당신이 무슨 권리로———.」

백작 부인이 그의 입에 작은 손을 갖다 대면서 그를 가로막았다.
 「아니에요, 루돌프. 말하겠어요. 이분이 말씀하신 건 사실이에요. 부인해 봐야 소용없어요. 저는 모든 것을 이야기하겠어요.」
 그녀의 목소리가 변했다. 그녀의 목소리는 여전히 남국적인 풍부한 성량이었으나, 갑자기 발음이 분명하고 또렷하게 바뀐 것이다. 그것은 미국인이 말하는 정확한 영어였다.
 백작은 아무 말 없이 멍청히 있었다. 그는 부인의 손짓에 따라서 포와로 맞은편에 부인과 나란히 앉았다.
 「선생님 말이 모두 옳아요. 저는 헬레나 골든버그이며, 암스트롱 부인의 여동생이에요.」
 「그러나 부인께서는 오늘 아침에 내게 그 사실을 말하지 않았습니다.」
 「맞습니다.」
 「사실, 백작과 부인이 말한 것은 모두 거짓말이었습니다.」
 「선생!」
 백작이 화를 내며 소리쳤다.
 「화내지 말아요, 루돌프. 포와로 씨는 좀 잔혹하게 말씀하시지만, 그분의 말은 모두 사실이잖아요.」
 「그렇게 인정해 주셔서 감사합니다, 부인. 그럼, 거짓말을 한 것과 여권에 적혀 있는 세례명을 바꾼 이유를 말해 주겠습니까?」
 「그건 모두 내가 한 것이오.」
 백작이 끼여들었다.
 헬레나는 조용히 말했다.
 「물론, 포와로 씨, 선생님은 저의 이유——아니 우리의 이유를 짐작하리라 믿어요. 살해당한 사람은 제 어린 조카와 언니를 죽이고, 형부의 가슴을 산산이 부숴 놓은 인간이에요. 그들은 제가 가장 사랑했고, 제 가정을——제 세계를 이루었던 사람들이었어요!」
 그녀의 목소리는 열정적으로 울려 퍼졌다. 그녀는 풍부한 감정으로 수많은 관중을 감동시켰던 그 어머니의 그 딸이었다.
 그녀는 아주 조용하게 말을 이었다.
「이 기차의 승객들 중에서 오직 저만이 그를 죽여야 할 유력한 동기를 가졌을 겁니다.」
「그렇다면 부인이 그를 죽이지 않았다는 말입니까?」
「포와로 씨, 맹세코——또한 남편도 맹세할 거예요——저는 그를 죽이지 않았어요. 다만, 여러 번 그렇게 했으면 하는 마음의 유혹을 받긴 했지만……」
「여러분—— 내 명예를 걸고 말하는데, 어젯밤 헬레나는 절대로 침실을 떠나지 않았습니다. 아까 말한 대로 아내는 수면제를 먹고 죽 잠들어 있었으니까요. 아내는 정말 완전히 결백합니다.」
 백작이 말했다.
 포와로는 백작 부부를 번갈아 쳐다보았다.
「내 명예를 걸고 말하는 겁니다.」
 백작이 되풀이 말했다.
 포와로는 머리를 가볍게 저었다.
「그렇다면, 왜 당신은 부인 여권의 세례명을 고쳐 놓았습니까?」
 백작은 열심히, 그리고 열정적으로 설명했다.
「포와로 씨—— 내 입장을 생각해 보십시오. 나는 아내가 흉악한 살인사건에 휘말려드는 것을 도저히 견딜 수 없었습니다. 내 아내는 결백합니다. 나는 그것을 알고 있었습니다. 하지만 아내가 방금 말한 것도 사실입니다. 아내가 암스트롱 집안과 관련이 있다는 이유로 아내는 심문을 받게 될 것이고——또 어쩌면 체포될지도 모릅니다. 운이 나쁘게도 래체트라는 사람과 같은 기차에 탄 이유로 말이지요. 그래서 나는 내가 할 일은 오직 하나밖에 없다고 판단했습니다. 포와로 씨, 당신에게 거짓말을 했다는 사실을 인정합니다——하지만 이것 한 가지만은 사실입니다. 믿어 주십시오. 내 아내는 어젯밤에 침실 밖으로 나간 적이 절대로 없습니다.」

그가 너무도 열심히 이야기했기 때문에 그 말에 반박하여 묻기조차 어려웠다.

포와로가 천천히 말했다.

「나는 당신을 믿지 않는다고 말하지는 않았습니다, 안드레니 백작 나는 당신 집안의 명성이 높고 역사가 깊다고 알고 있습니다. 그러니 아내가 불유쾌한 형사사건에 휘말려든다는 것은 당신으로서는 몹시 고통스러운 일이겠지요. 그것에 대해서는 나도 공감을 합니다. 그러나 피살자의 침실에서 부인의 손수건이 발견된 것을 어떻게 설명해 주겠습니까?」

「그 손수건은 제 것이 아니에요.」

백작 부인이 말했다.

「H가 새겨져 있는데도요?」

「그렇다고 해도 그건 제 것이 아니에요. 물론 그것과 비슷한 손수건을 가지고는 있지만 무늬가 달라요. 이런 상황에서 제 말을 믿어 달라고 하기는 어렵겠지만, 이건 분명한 사실이에요. 그 손수건은 정말 제 것이 아니에요.」

「그렇다면 누군가가 부인을 범인으로 몰기 위해서 일부러 떨어뜨린 모양이군요?」

그녀는 약간 웃었다.

「선생님은 어떻게 해서든지 그것이 제 것이라고 인정하기를 바라고 계신 것 같군요. 그러나, 포와로 씨, 그것은 정말 제 것이 아닙니다.」

그녀는 정말로 진지하게 이야기했다.

「그 손수건이 부인 것이 아니라면, 왜 부인은 여권의 이름을 고쳤습니까?」

백작이 대답했다.

「왜냐하면 머리글자 H가 새겨져 있는 손수건이 발견되었다는 소리를 들었으니까요. 우리는 당신들의 조사를 받기 전에 그 문제에 대하여 깊이 생각해 보았습니다. 나는 헬레나에게 이렇게 말했습니다. '만일 당신의 세례명이 H로 시작된다는 것이 알려지게 되면, 당신은 몹시 혹독한 조사를 받게 될 거요.' 하고 말입니다. 게다가 그 일은 매우 간단한 것이었습니다——헬레나를 엘레나로 고치는 일 말입니다.」

그러자 포와로가 냉담하게 대답했다.

「당신은 아주 뛰어난 범죄자 기질을 가지고 있군요. 아주 훌륭하게 타고난 독창력, 그리고 정의를 기만할 수 있는 의연한 결단력 등을 갖춘 것 같습니다.」

백작 부인이 몸을 앞으로 내밀며 말했다.

「오, 아니에요, 아네요. 포와로 씨, 이분은 단지 그때 상황이 어떠했는지를 설명한 것뿐이에요.」

그녀는 프랑스 어로 말하다가 다시 영어로 말하기 시작했다.

「저는 무서웠어요——정말 죽을 정도로 무서웠어요. 선생님도 이해하시겠지요? 정말 모든 것이 두려웠습니다——게다가 제가 의심을 받을지도 모른다는 생각과, 또 감옥에 들어갈지도 모른다는 생각 때문에 저는 두려움으로 몸이 굳는 것만 같았어요. 포와로 씨, 그래도 전혀 이해를 못 하시겠습니까?」

포와로는 엄숙하게 그녀를 바라보았다.

「내가 당신을 믿겠다면, 부인——나는 당신을 믿지 않는다고 말하지는 않았지요?——부인도 나를 도와주셔야 합니다.」
「도와 달라고요?」
「그렇습니다. 살인에 대한 동기는 과거에 있습니다——부인의 가정을 파괴하고 부인의 어린 시절을 슬픔으로 멍들게 했던 그 비극에 있단 말입니다. 내가 그 과거에서 이 사건의 실마리를 찾아낼 수 있도록 과거로 나를 안내해 주십시오.」
「그것에 대해서는 말씀드릴 게 아무것도 없어요. 그들은 모두 죽었는걸요.」그녀는 비탄해 하며 중얼거렸다.
「모두가 죽었어요——모두——로버트, 소니아——사랑스러운, 그 사랑스러운 데이지마저도. 그 애는 너무너무 귀엽고——너무도 행복했어요——아름다운 고수머리를 갖고 있었지요. 그 애는 정말 깨물어 주고 싶을 정도로 귀여웠답니다.」
「또 한 사람의 희생자가 있었습니다, 부인. 간접적인 희생자라고 말해야 옳겠군요.」
「그 가엾은 수잔 말씀인가요? 그래요, 그 여자에 대해서 깜빡 잊고 있었군요. 경찰이 그녀를 심문했었답니다. 그들은 수잔이 사건에 관련되었으리라고 확신하고 있었어요. 사실 그랬을지도 모르지요. 하지만 설사 그렇다고 해도 그건 그 여자가 너무 순진해서 그랬을 거예요. 수잔은 제가 알기로는 누군가와 아무런 생각 없이 잡담을 나눴는데, 그때 데이지의 외출 시간에 대해 그만 알려 주게 되었던 모양이에요. 그래서 가엾은 그 여자는 무척 당황했지요——그녀는 자기한테 큰 책임이 있다고 생각한 모양이에요.」
백작 부인이 몸을 움찔했다.
「그녀는 창문 밖으로 몸을 내던졌답니다. 아! 정말로 끔찍한 일이었어요.」
백작 부인은 얼굴을 손으로 감쌌다.

「그 여자는 어느 나라 사람이었습니까, 부인?」
「프랑스 사람이었어요.」
「성은 무엇이었지요?」
「좀 이상한 이름이었는데, 기억이 나질 않아요——우리는 그냥 수잔이라고만 불렀거든요. 매우 예쁘고 항상 생글생글 웃는 여자였지요. 그녀는 데이지를 아주 잘 돌보아 주었어요.」
「그녀는 아이 보는 사람이었나요?」
「그래요.」
「그럼 보모는 누구였습니까?」
「간호사였는데, 이름은 스텐겔버그라고 했어요. 그녀도 데이지한테 무척 헌신적이었습니다——또 언니한테도요.」
「자, 부인, 이 질문에 대답하기 전에 주의 깊게 생각해 보십시오. 이 기차에 타고 나서, 부인은 그 당시 안면이 있었던 사람을 보셨습니까?」

그녀는 포와로를 가만히 쳐다보았다.
「예? 아뇨. 한 사람도 만나지 못했어요.」
「드라고미로프 공작 부인은 어떻습니까?」
「오! 그 여자 말이로군요. 물론 알고말고요. 저는 선생님이 그 당시의 사람들에 관해서 묻는 줄 알았어요.」
「그래요. 나는 그 당시의 사람들을 물어보는 겁니다, 부인. 자, 잘 생각해 보십시오. 몇 년이란 세월이 지나갔다는 걸 기억하십시오. 따라서 그 사람들의 모습이 많이 바뀌었다는 것도 생각해야 합니다.」

헬레나는 깊이 생각해 보는 듯하더니 곧 이렇게 말했다.
「아녜요——확실해요——이 기차의 승객들 중에는 그런 사람이 없어요.」
「부인은——그 당시에 소녀였겠지요——그때 부인의 공부를 지도해 주거나 돌봐 주던 사람은 없었습니까?」

「있었어요. 매우 엄격한 여자분이 있었어요. 저한테는 가정교사였으며, 소니아한테는 비서 역할을 했답니다. 그 여자는 영국인이었던가, 스코틀랜드 인이었던가 했을 거예요. 매우 몸집이 크고 빨간 머리카락을 가진 여자였어요.」

「그 여자의 이름은?」

「프리보디 양이었어요.」

「젊었습니까?」

「저한테는 무척이나 늙어 보였어요. 하지만 마흔 살을 넘진 않았을 거라고 생각해요. 물론 수잔도 제 옷을 챙겨 주거나 시중을 들어주곤 했지만요.」

「그리고 그 밖에 다른 식구들은 없었습니까?」

「하인들이 있었어요.」

「그렇다면, 부인, 부인은 정말 이 기차에서 아무도 알아보지 못했다는 말입니까?」

그녀는 진지하게 대답했다.

「전혀 아무도 없었어요.」

제 5 장
드라고미로프 공작 부인의 세례명

백작 부부가 밖으로 나가자, 포와로는 두 사람을 돌아다보았다.
「잘 알겠지만, 우리는 앞으로 한 발자국 전진했습니다.」
부크가 진심으로 감탄해 하면서 말했다.
「아주 훌륭한 솜씨였소. 나는 안드레니 백작 부부가 의심스럽다고는 꿈에도 생각해 보지 않았소. 내가 보기에 그들은 완전히 포기한 것 같았습니다. 나는 그녀가 분명히 범죄를 저질렀다고 생각합니다. 하지만 무척 슬픈 일이군요. 그녀를 사형시키지는 않겠지요? 정상을 참작할 만한 배경이 있으니까요. 한 몇 년 감옥 생활을 하고 나올 거요.」
「그녀에게 죄가 있다고 확신하는 거요, 부크 씨?」
「포와로 씨! 이제 그 사실에는 의심의 여지가 없지 않소? 솔직하게 말해서, 나는 당신이 기차가 눈 속에서 벗어나 경찰이 사건을 인수할 때까지만 모든 형편을 원만하게 처리해 주기를 바랐을 뿐이오.」
「당신은 백작이 그의 아내는 결백하다고 ──명예를 걸고── 강력하게 주장했던 것을 믿지 않는단 말입니까?」
「그야 당연하지——그 상황에서 그 말밖에 그들이 무슨 말을 할 수 있었겠소? 백작은 아내를 사랑하고 있소. 그는 어떻게 해서든지 아내를 구해 주려고 애쓰고 있단 말이오! 백작은 거짓말을 썩 잘합니다 —— 그것도 아주 귀족다운 태도로 말입니다. 그러나 거짓말 이상의 그 무엇이 될 수는 없는 거요.」
「터무니없다고 여길지 몰라도, 나는 백작의 말이 진실일지도 모른다는 생각을 했소.」
「그건 그렇지 않아요. 손수건을 기억해 보십시오. 손수건은 이 사건에 매듭을 짓는 아주 중요한 증거가 아니오?」
「오, 나는 손수건에 대하여 그렇게까지 확신하진 않소. 기억하겠지만, 나는 손수건에 대해서는 두 가지 가능성이 있다고 말했소.」
「아무튼 ——.」
부크는 입을 다물었다. 식당문이 열리고 드라고미로프 공작 부인이 들어왔기 때문이다. 그녀는 그들 쪽으로 똑바로 걸어왔다. 세 명의 남자는 모두 자리에서 벌떡 일어났다.
그녀는 다른 두 남자는 쳐다보지도 않고 포와로에게 말했다.
「당신이 내 손수건을 갖고 있다고 하던데요.」
포와로는 의기양양하게 다른 두 사람을 힐끗 바라보았다.
「이것 말입니까, 부인?」
그는 작은 모시 손수건을 그녀에게 내밀었다.
「맞아요. 구석에 내 이름의 머리글자가 새겨져 있습니다.」
「그러나 부인, 그것은 H자입니다. 죄송합니다만, 부인의 세례명은 나탈리아가 아닙니까?」
부크가 말했다.
그녀는 부크를 차갑게 노려보았다.

「그건 그렇습니다. 하지만 나는 손수건에만은 항상 러시아 문자로 머리글자를 새겨 넣는답니다. 러시아 글자로 N은 영어의 H에 해당되지요.」

부크는 약간 현기증을 느꼈다. 이 노부인에게는 그들을 좌절시키고 불편하게 만드는 보이지 않는 힘이 감돌고 있었다.

「그런데 오늘 아침에는 왜 이것이 부인 것이라고 말씀하지 않았습니까?」

「이것에 관해서는 묻지 않았잖습니까?」

공작 부인이 쌀쌀하게 대답했다.

「자, 자리에 좀 앉으십시오.」

포와로가 말했다.

그녀는 한숨을 내쉬었다.

「그러는 게 좋을 것 같군요.」

그녀는 자리에 앉았다.

「이것 때문에 골치 아파하실 필요는 없어요. 당신들의 다음 질문은——어떻게 해서 이 손수건이 범행 현장에 떨어져 있었는가겠죠? 그것에 대해서는 나도 모르겠어요.」

「정말로 모르겠습니까?」

「정말이에요.」

「실례지만 부인, 우리가 부인의 대답을 어느 정도 믿어야 할지 모르겠군요.」

포와로는 매우 부드럽게 말했다.

드라고미로프 공작 부인은 경멸하는 투로 대답했다.

「헬레나 안드레니가 암스트롱 부인의 여동생이라는 사실을 말하지 않았기 때문에 하시는 말 같군요.」

「사실, 부인은 그 문제에 대해서는 우리에게 교묘하게 거짓말을 했습니다.」
「그래요. 하지만 나는 다시 그 질문을 받는다고 해도 똑같은 대답을 할 수밖에 없어요. 그녀의 어머니는 내 친구였지요. 나는 친구나 가족, 그리고 동료에게 충실해야 한다고 믿고 있답니다.」
「그럼 부인께서는 정의의 목적을 달성하기 위해 최선을 다해야 한다고는 생각지 않으십니까?」
「이번 경우에는 정의——엄격한 의미에서의 정의는 실현되었다고 생각해요.」
포와로는 몸을 앞으로 내밀며 말했다.
「부인, 우리는 지금 곤경에 빠져 있습니다. 손수건에 관한 부인의 말도 믿을 수가 없어요. 내가 보기에 부인은 계속 부인 친구의 딸을 감싸고 있는 것 같습니다.」
「오! 당신이 말씀하시는 뜻은 알겠어요.」
그녀의 얼굴에 야릇한 미소가 번져 나갔다.
「하지만 지금 내가 한 말은 쉽게 증명할 수 있어요. 그 손수건을 만든 파리의 가게 주소를 알려 드리죠. 가게 사람들에게 지금 문제가 되고 있는 손수건을 보여 주기만 하면, 그들은 1년 전에 내 주문에 따라서 만든 것이라고 알려 줄 거예요. 이 손수건은 분명히 내 것이에요.」
그녀는 자리에서 일어섰다.
「나한테 뭐 더 묻고 싶은 게 있습니까?」
「부인의 하녀 말인데요. 오늘 아침 그녀에게 손수건을 보여 주었다면, 그녀가 이 손수건을 알아봤을까요?」
「물론이지요. 그런데 하녀가 그것을 보고도 아무 말도 하지 않던가요? 오, 그렇다면 그녀는 정말 성실한 사람이군요.」
공작 부인은 머리를 약간 갸웃거리면서 밖으로 나갔다.
「그래서 그랬었군.」

포와로는 나지막이 중얼거렸다. 그리고는 말했다.

「하녀에게 이 손수건이 누구 것이냐고 물어보자, 그녀는 약간 머뭇거렸거든요. 그녀는 그것이 자기 주인의 물건이라고 말할까 말까 망설였던 겁니다. 그런데 그것이 어떻게 내 추리와 정확하게 들어맞을 수 있을까요? 하긴 뭐 그럴 수도 있지――.」

부크가 그 특유의 몸짓을 하며 말했다.

「아! 저 여자는 정말 무서운 사람이야!」

「저 노부인이 래체트를 죽일 수 있었을까요?」

포와로가 의사에게 물었다.

의사는 머리를 가로저었다.

「그의 상처 몇 개는 근육을 꿰뚫을 정도로 강한 힘으로 가해진 것인데, 저렇게 연약한 노부인으로서는 도저히 불가능한 일입니다.」

「그러나 좀 가벼운 상처들은 어떻습니까?」

「그런 상처라면 가능하겠지요.」

그러자 포와로가 말했다.

「나는 지금――오늘 아침 내가 그녀에게 힘이 팔이 아니라 의지에 있노라고 말한 것을 생각해 보았습니다. 그 말은 아주 중요한 의미가 들어 있는 거였습니다. 나는 공작 부인이 그 말을 듣고 오른팔을 보는지 왼팔을 보는지 알고 싶었소. 그런데 그녀는 어느 한쪽을 보지 않고 양팔을 모두 내려다보더군요. 그리고 참으로 이상한 대답을 했소. 그녀는 이렇게 말했죠. '맞아요. 나는 팔에 힘이 없답니다――전혀 없어요. 그게 다행인지 불행인지는 모르지만요.' 하고 말입니다. 정말 이상한 대답이지요. 하지만 그 대답이 이 사건에 대한 내 추리를 더욱 확고히 해주었소.」

「그것이 범인이 왼손잡이라는 점을 밝혀 준 것은 아니지 않소?」

「그렇지요. 그건 그렇고, 당신은 안드레니 백작이 오른쪽 가슴 주머니에 손수건을 넣고 다니는 걸 눈치채지 못했나요?」

부크는 고개를 흔들었다. 그의 머리는 지난 30분 동안에 밝혀진 놀라운 사실들로 혼란스러워졌다. 그는 혼잣말로 중얼거렸다.

「거짓말——이건 모두 거짓말이야. 하지만 정말 놀라운 일이군. 오늘 아침에 우리가 들은 증언들이 모두 거짓말이라니——.」

「아직도 밝혀질 거짓말이 더 있소.」

포와로가 유쾌하게 말했다.

「그게 정말이오?」

「아마 그렇지 않다면 나는 매우 실망하게 될 겁니다.」

「나는 그렇게 애매한 이야기는 딱 질색이오.」

부크가 말했다.

「하지만 당신은 무척 즐거워 보이는데요?」

부크가 책망하듯이 덧붙여 말했다.

그러자 포와로가 대답했다.

「그것에는 나름대로 장점이 있거든요. 거짓말한 사람에게 진실을 들이대면 대개 거짓말을 인정하게 됩니다——그들은 깜짝 놀라서 얼떨결에 사실대로 말하는 거지요. 그런 효과를 얻으려면 더욱 정확한 추리가 필요하답니다. 그것이 또한 이 사건을 해결할 수 있는 유일한 방법이기도 하지요. 나는 승객들의 증언을 차례대로 생각하며 내 스스로에게 이렇게 물어보았소. '만일 어떤 사람이 거짓말을 하고 있다면, 도대체 그 이유는 무엇일까?' 하고 말입니다. 그리고 나서는 내 스스로 대답도 해 봅니다. '만일 그가——만일이라는 말에 유의하십시오——거짓말을 하고 있다면 그는 이런 이유로 이런 점을 거짓말 하고 있는 게 분명해.' 하고 말이오. 나는 안드레니 백작 부인에게 그 방법을 써서 만족할 만한 성공을 거두었소. 그리고 다른 몇 사람에게도 같은 방법을 사용해 볼 생각이오.」

「그런데, 포와로 씨, 만일 당신의 추리가 틀린 것이라면 어떻게 될까요?」

부크가 물었다.

「그렇다면, 그 사람은 혐의에서 완전히 벗어나게 되는 거지요.」

「아하——일종의 소거법이군요?」

「그렇습니다.」

「다음에는 누구와 승부를 가릴 겁니까?」

「신사 중의 신사인 애버스너트 대령을 만나고 싶군요.」

제 6 장
애버스너트 대령과의 두 번째 대화

애버스너트 대령은 자기가 두 번씩이나 식당차로 불려온 것을 무척 언짢아했다.
 의자에 앉아서 말할 때 그의 얼굴은 정말 험상궂은 표정이었다.
「또 무엇 때문입니까?」
「두 번씩이나 폐를 끼쳐서 정말 죄송합니다. 그러나 나는 당신이 우리에게 알려 줄 것들이 있을 거라고 생각하고 있습니다.」
 포와로가 대답했다.
「그래요? 하지만 나는 그렇게 생각하지 않소.」
「대령, 이 파이프 소제기를 본 적이 있습니까?」
「그렇소.」
「당신의 것 중 하나입니까?」
「모르겠는데요. 나는, 당신도 알겠지만, 내 물건에 어떤 특별한 표시를 해놓지 않으니까요.」
「애버스너트 대령, 이스탄불──칼레행 기차에 타고 있는 승객들 중에서 오직 당신 혼자만이 파이프 담배를 피운다는 사실을 알고 있습니까?」
「그렇다면 그건 내 것이 틀림없겠군요.」
「이것이 어디에서 발견되었는지 알고 있습니까?」
「모르겠소.」
「시체 옆에서 발견되었습니다.」
애버스너트 대령은 눈썹을 치켜 올렸다.
「애버스너트 대령, 어떻게 해서 이게 그런 곳에 있게 되었는지 말해 줄 수 있겠소?」
「당신은 내가 그것을 거기에 떨어뜨렸다고 생각하는 모양인데, 그건 그렇지가 않습니다. 나는 그런 적이 없어요.」
「래체트의 침실에 들어가 보았습니까?」
「나는 그 사람과 이야기도 나눈 적이 없습니다.」
「이야기도 나눈 적이 없으므로 그를 살해하지 않았다는 말입니까?」
애버스너트 대령의 눈썹이 빈정대듯이 다시 한 번 위로 치켜 올라갔다.
「설령 내가 그런 일을 했다고 해도, 당신한테 사실대로 말하지 않을 거요. 그러나 솔직하게 말해서, 나는 그 사람을 살해하지 않았습니다.」
「아, 그렇습니까? 어차피 그건 중요한 것이 아니니까요.」
포와로가 중얼거렸다.
「오!」
애버스너트 대령은 당황한 듯이 보였다. 그는 불안한 눈으로 포와로를 쳐다보았다.
그러자 포와로가 말을 이었다.

「왜냐하면——파이프 소제기는 별로 대단한 것이 아니거든요. 나는 그것이 범행 현장에 있었던 것에 대해서 그럴 듯한 설명을 11가지쯤 생각해 낼 수 있답니다.」

애버스너트 대령이 그를 노려보았다.

포와로가 말을 계속했다.

「사실 내가 당신을 다시 만나고 싶었던 이유는 전혀 다른 문제 때문이오. 코냐 역에서 데베남 양이 당신에게 하는 말을 내가 우연히 들었다는 것을 그녀가 말하던가요?」

애버스너트 대령은 대답하지 않았다.

「그녀는 이렇게 말했지요. '지금은 안 돼요. 안 돼요. 모든 일이 끝나면, 모든 일이 지나가면 그때——.' 하고 말입니다. 이 말이 무슨 뜻인지 설명해 주겠습니까?」

「미안합니다. 그 질문에는 대답할 수가 없습니다.」

「왜요?」

「데베남 양에게 직접 물어보시지요.」

대령은 딱딱하게 대답했다.

「그녀에게 물어보았습니다.」

「그런데 데베남 양이 대답해 주지 않던가요?」

「그렇습니다.」

「그렇다면 나도 대답하지 않으리라는 걸 잘 알 텐데요.」

「숙녀의 비밀을 밝히고 싶지 않다는 말씀입니까?」

「글쎄—— 그렇게 말할 수도 있겠지요.」

「데베남 양은 그 말이 개인적인 문제에 관한 것이었다고 말했소.」

「그런데 왜 그녀의 말을 받아들이지 않는 겁니까?」

「왜냐하면 데베남 양은 요주의인물이기 때문입니다.」

「그건 터무니없는 생각이오.」

대령은 흥분하여 소리쳤다.

「터무니없는 소리가 아닙니다.」

「그녀를 의심할 만한 이유가 없지 않소?」

「어린 데이지 암스트롱의 유괴 당시에 데베남 양이 암스트롱 집안에 가정교사로 있었는데도 의심할 게 없다는 말입니까?」

잠시 동안 죽음 같은 적막이 맴돌았다.

포와로는 가볍게 머리를 끄덕이며 말했다.

「당신이 생각하는 것 이상으로 우리는 많은 것을 알고 있습니다. 만일 데베남 양이 결백하다면, 왜 그 사실을 숨겼을까요? 왜 나한테 미국에는 한 번도 가 본 적이 없다고 거짓말을 했을까요?」

대령은 헛기침을 하고 나서 말했다.

「혹시 당신이 뭔가 잘못 알고 있는 게 아닙니까?」

「나는 지금까지 어떤 실수도 하지 않았습니다. 하지만 지금은 그런 것보다도 데베남 양이 나에게 거짓말을 했다는 것이 중요한 문제입니다.」

애버스너트 대령은 어깨를 으쓱했다.

「그녀에게 직접 물어보는 게 좋겠습니다. 나는 당신이 실수를 하고 있다고 생각하니까요.」

포와로는 목소리를 높여서 웨이터를 불렀다. 웨이터 한 명이 식당차의 맨 끝에서 다가왔다.

「16호실의 영국 손님에게 가서 이리로 오실 수 있는지 여쭤 보게.」

「알겠습니다.」

웨이터가 나간 뒤, 네 명의 남자는 아무 말도 하지 않고 가만히 앉아 있었다.

애버스너트 대령의 얼굴은 마치 조각처럼 굳어 있었다.

잠시 뒤 웨이터가 돌아왔다.

「곧 오시겠답니다, 선생님.」
「고맙네.」
이어서 메리 데베남 양이 식당차에 들어섰다.

제7장
메리 데베남 양의 정체

그녀는 모자를 쓰고 있지 않았으며, 마치 도전이라도 하듯이 머리를 꼿꼿이 쳐들고 있었다. 그녀의 뒤로 빗어 넘긴 머리카락과 코 언저리의 곡선은 거친 바다를 씩씩하게 헤쳐 나가는 배를 생각나게 했다. 그 순간의 그녀의 모습은 정말로 아름다웠다.

그녀의 시선이 잠시 애버스너트 대령에게 쏠렸다.

그녀는 포와로에게 말했다.

「저를 다시 만나고 싶다고 하셨나요?」

「그렇습니다, 데베남 양. 당신은 왜 오늘 아침에 우리에게 거짓말을 했습니까?」

「제가 거짓말을 했다고요? 무슨 말씀인지 모르겠는데요.」

「당신은 암스트롱 집안의 비극이 있었던 당시에 그 집에 있었다는 사실을 숨겼습니다. 더구나 미국에는 한 번도 가 본 적이 없노라고 말했소.」

그는 데베남 양이 잠시 움찔하더니 곧 냉정을 되찾는 것을 알아차렸다.
「그건 사실이에요.」
「아닙니다. 그건 거짓말이었소.」
「잘못 들으셨군요. 저는 제가 거짓말을 했다는 것이 사실이라고 말했어요.」
「오, 그럼 그것을 인정하는 겁니까?」
그녀의 입술이 둥그래지더니 미소를 머금었다.
「물론이에요. 선생님이 제 정체를 알아차렸으니 더 이상 숨겨 보았자 소용없을 테니까요.」
「생각보다 솔직하군요.」
「달리 어떻게 해 볼 도리가 없잖아요.」
「글쎄……물론 그렇겠지요. 그런데, 데베남 양, 왜 그런 거짓말을 했죠?」
「그 이유는 알고 있으리라고 생각하는데요, 포와로 씨?」
그녀는 매우 조용한 목소리로 이야기했으나, 그 속에는 무척 고생한 흔적이 엿보였다.
「저는 스스로 생계를 꾸려 나간답니다.」
「무슨 말이지요——?」
그녀는 얼굴을 들고 포와로를 정면으로 바라보았다.
「포와로 씨, 적당한 보수의 직업을 얻고, 또 그것을 지켜 나가기 위해서 얼마나 많은 노력을 해야 하는지 알고 으세요? 어떤 여자가 살인사건과 관련되어 구속되고, 또 영국 신문에 이름과 사진이 실리게 되었다고 생각해 보세요——선량한 영국 부인들이 그런 여자를 자기 딸의 가정교사로 채용할까요?」
「왜 고용이 안되는지 모르겠군요——만일 당신이 정말로 죄를 저지르지 않았다는 것이 밝혀진다면 말입니다.」

「오, 죄――죄가 아니에요――중요한 건 사람들의 소문이죠. 포와로 씨, 저는 지금까지 아주 잘해 왔어요. 물론 지금도 잘하고 있고요. 저는 하찮은 일 때문에 힘들여 얻은 직업을 포기하는 모험을 하고 싶지 않아요.」

「그 문제에 대해서는 당신보다 내가 더 잘 판단할 수 있다고 생각합니다.」

그녀는 어깨를 으쓱했다.

「예를 들어, 당신은 사람들을 식별하는 일에 나를 도와줄 수도 있었을 텐데도 그러지 않았소.」

「무슨 말씀인지요?」

「데베남 양, 당신이 안드레니 백작 부인을 보고 암스트롱 부인의 여동생임을 알아채지 못했다는 것이 가능한 일일까요?」

「안드레니 백작 부인이라고요? 아니에요.」

그녀는 머리를 흔들었다.

「당신은 믿지 않겠지만――저는 정말 그녀를 알아보지 못했어요. 제가 그녀를 가르쳤을 때는 그녀는 아직 어렸었고, 또 그런 모습이 아니었어요. 3년도 더 되는 세월이 지났답니다. 백작 부인을 보고서 어디서 많이 본 듯하다는 생각은 했지만, 누군지는 확실히 떠오르질 않았어요. 그 여자는 너무 이국적으로 보여서, 미국 사람이라고는 생각해 보지도 못했어요. 저는 그 여자가 식당차에 들어올 때 몇 번 흘끗 쳐다보았을 뿐이에요. 그때도 얼굴보다는 옷차림새를 더 유심히 보았답니다.」

그녀는 아주 희미하게 웃었다.

「여자들이란 다 그렇답니다. 그리고 그때는 제 자신의 문제 때문에 신경을 쓸 겨를이 없었어요.」

「데베남 양, 여전히 내 물음에는 대답할 수 없다는 말인가요?」

제7장 메리 데베남 양의 정체

포와로의 목소리는 매우 부드럽고 설득력이 있었다.

그녀는 낮은 목소리로 말했다.

「할 수 없어요――저는 할 수가…….」

그리고는 갑자기 말을 멈추더니 죽 뻗은 두 팔에 머리를 파묻고는 마치 발작을 일으키는 것처럼 울음을 터뜨렸다.

대령은 벌떡 일어나 그녀의 옆으로 가서 어색하게 서더니 말했다.

「자――여기 좀 봐요――.」

그는 말을 멈추고서 험악한 얼굴로 날카롭게 포와로를 노려보았다.

「이 더럽고 건방진 애송이 같으니라고. 당신의 뼈다귀를 모조리 부러뜨리고 말겠소!」

「애버스너트 대령!」

부크가 말리며 말했다.

애버스너트 대령은 몸을 돌려 데베남 양을 바라보았다.

「메리――제발――.」

그녀는 자리에서 벌떡 일어서며 말했다.

「아무것도 아니에요. 괜찮아요. 더 이상 제게 물어 볼 것이 없지요, 포와로 씨? 만일 제게 일이 있으면, 저에게 찾아와 주세요. 오, 참 바보같이――자신을 이렇게 바보로 만들다니!」

그녀는 말을 마치더니 서둘러서 식당차로 빠져 나갔다.

애버스너트 대령은 그녀를 뒤따라가다 말고 다시 한 번 포와로를 노려보며 말했다.

「데베남 양은 이 사건과 아무런 관계도 없소. 아무런――듣고 있는 거요? 만일 계속해서 그녀에게 부담을 주거나 귀찮게 군다면 나는 정식으로 당신과 대결하겠소.」

그는 말을 마치자마자 밖으로 걸어나갔다.

「영국인이 화를 내니 정말 볼 만하군.」

포와로가 말했다.

「영국 사람들은 참 재미있단 말입니다. 감정이 격해질수록 말에 대한 자제력도 잃어버리거든요.」

그러나 부크는 영국인의 감정적인 반응 따위에는 흥미가 없었다. 그는 포와로에 대한 존경심으로 가득차 있었던 것이다.

「포와로 씨, 정말 놀랍소!」그는 감탄하며 소리쳤다.「정말 기적과도 같은 추리입니다.」

「당신이 어떻게 그런 것들을 생각해 냈는지 믿어지지가 않습니다.」하고 콘스탄틴 의사도 감탄하면서 말했다.

「오, 아닙니다. 이것은 별로 대단한 일이 아닙니다. 이것은 추리가 아니라, 안드레니 백작 부인이 실제로 나에게 이야기해 준 것이지요.」

「뭐라고요? 그럴 리가 없는데……?」

「내가 그녀에게 가정교사나 말동무에 대하여 물었던 것을 기억하겠지요? 나는 메리 데베남 양이 이 사건과 관련이 있다면, 그녀는 그 집에서 그런 역할을 했을 거라고 짐작하고 있었소.」

「하지만 안드레니 백작 부인은 전혀 다른 사람을 말하지 않았소?」

「그렇지요, 빨간 머리카락을 가진 몸집이 큰 중년 부인이라고 했지요——사실, 데베남 양과는 모든 면에서 정반대의 모습이지요. 바로 그 점이 주목할 만한 겁니다. 그런데 안드레니 백작 부인은 내 물음에 재빨리 어떤 가명을 만들어 내야 했소. 그 순간에 그녀에게 무의식적인 연상작용이 나타난 것이지요. 기억하겠지만, 백작 부인은 프리보디 양이라고 했소.」

「그런데요?」

「아실지 모르겠습니다만, 얼마 전까지만 해도 런던에는 데베남과 프리보디라는 가게가 있었소. 데베남이라는 이름이 그녀의 머리를 스치고 지나갔기 때문에 백작 부인은 재빨리 다른 이름 하나를 생각해 내야 했겠지요. 그런데 가장 먼저 떠오른 이름이 프리보디였지요. 그때, 나는 그것을 알아차렸답니다.」

「그것도 역시 거짓말이었군요. 왜 백작 부인은 거짓말을 했을까요?」

「아마도 그녀의 충실성 때문이겠지요. 그래야만 사건이 조금이라도 더 어렵게 보일 테니까요.」

「세상에 이럴 수가——!」부크는 격분해서 말했다.「그럼, 이 기차의 승객들이 모두 거짓말을 하고 있다는 말이오?」

「바로 그것이——.」포와로가 대답했다.「지금부터 우리가 밝혀내야 하는 문제입니다.」

제8장
더욱 놀라운 사실들

「이젠 어떤 일이 있어도 놀라지 않을 거요. 절대로 놀라지 않을 거요! 설령 이 기차의 모든 승객이 암스트롱 집안 사람이라고 해도 놀라지 않을 것 같습니다.」

부크가 말했다.

「그건 정말 의미 심장한 말이군요. 당신의 단골 용의자인 이탈리아인이 뭐라고 변명하는지 들어 보고 싶지 않소?」

포와로가 물었다.

「또 훌륭한 추리를 만들어 낸 모양이지요?」

「그렇습니다.」

「이것은 정말 이상한 사건입니다.」

콘스탄틴 의사가 말했다.

「아닙니다. 이것은 극히 자연스러운 사건입니다.」

부크는 절망의 표시로서 익살스럽게 두 팔을 흔들어 올렸다.

「이것을 자연스러운 사건이라고 한다면, 당신은———.」

그는 말을 잇지 못했다.

이때 포와로가 식당차 웨이터에게 안토니오 파스카렐리를 데려와 달라고 부탁했다.

덩치 큰 이탈리아 인이 겁먹은 눈을 하고서 식당차로 들어왔다. 그는 마치 덫에 걸린 짐승처럼 불안한 눈으로 주위를 둘러보았다.

「무슨 일입니까? 나는 더 이상 말할 게 없습니다――하나도 없어요. 듣고 있습니까? 신에 맹세코――.」

그는 식탁을 쾅 하고 두드렸다.

「하지만 당신은 뭔가 더 우리에게 말해 줄 것이 있을 텐데요. 진실을 말하시오!」

포와로가 딱 잘라 말했다.

「진실이라고요?」

그는 불안스럽게 포와로를 바라보았다. 그의 태도에는 전에 보였던 확신감과 온화함 따위는 이미 사라져 버렸다.

「그렇습니다. 나는 이미 그것을 알고 있을 수도 있습니다. 그러나 당신이 스스로 털어놓는 게 이로울 겁니다.」

「마치 미국 경찰처럼 말하시는군요. '실토해!'――그들은 이렇게 말하죠――'바른 대로 실토해!'라고 말입니다.」

「오! 그렇다면 당신은 뉴욕 경찰에서도 똑같은 경험을 했었던 모양이군요?」

「아니오, 그렇지는 않습니다. 그들은 나에게서 불리한 점을 밝혀내지 못했습니다――물론 여러 가지 조사도 받긴 했지요.」

포와로는 조용히 말했다.

「그건 암스트롱 사건 때문이었지요. 그렇지요? 그때 당신은 운전사가 아니었던가요?」

그의 눈이 이탈리아 인의 눈과 마주쳤다. 거친 말소리는 이제 덩치 큰 이탈리아 인에게서 완전히 사라져 버렸다. 그는 마치 구멍이 뚫린 고무 풍선 같았다.

「알면서——왜 물어보는 겁니까?」

「오늘 아침에 왜 거짓말을 했지요?」

「일 때문이었어요. 게다가 나는 유고슬라비아 경찰들을 믿지 않거든요. 그들은 이탈리아 인을 싫어하지요. 그들은 보나마나 나를 정당하게 취급해 주지 않을 테니까요.」

「그들은 당신을 정당하게 취급해 주었을 겁니다!」

「천만에요. 어젯밤의 사건과 나는 아무런 관계가 없습니다. 나는 절대로 침실 밖으로 나간 적이 없습니다. 얼굴이 긴 영국인이 증언해 줄 겁니다. 그 돼지 같은 래체트 녀석을 죽인 것은 내가 아니에요. 나에게 불리한 증거는 아무데서도 발견되지 않을 겁니다.」

포와로는 종이 위에 뭔가 열심히 적고 있었다. 그는 고개를 들고서 말했다.

「좋습니다, 그만 가셔도 됩니다.」

파스카렐리는 불안해 하면서 머뭇거렸다.

「내가 범인이 아니라는 것을 아셨지요? 내가 그 사건과 아무런 관계가 없다는 것을 아셨습니까?」

「나가도 좋다고 말했습니다.」

「이건 음모예요. 당신은 나를 함정에 빠뜨리려는 거죠? 이 모두가 진작에 전기 의자에 앉아서 사형되었어야 할 그 돼지 같은 녀석 때문입니다! 그가 사형되지 않은 것은 정말 공정하지 못한 일이었습니다. 그게 나였다면——만일 내가 붙잡혔다면——.」

「그러나 그건 당신이 아니었습니다. 당신은 유괴사건과는 아무런 관계가 없었으니까요.」

「무슨 말씀입니까? 아, 그 애—— 그 애는 암스트롱 집안의 기쁨이었습니다. 그 애는 나를 토니오라고 불렀답니다. 그 애는 자동차에 올라타서는 운전하는 흉내를 내곤 했답니다. 집안 식구 모두가 그 애를 끔찍이도 사랑했었지요. 경찰들도 그 점은 인정해 주었으니까요. 아, 그 사랑스러운 꼬마 아가씨가!」

그의 목소리는 한층 부드러워졌으며, 눈에는 눈물이 글썽거렸다. 그리고는 갑자기 몸을 돌려 식당차 밖으로 성큼성큼 걸어나갔다.

「피에트로!」 포와로가 불렀다.

식당차 웨이터가 헐레벌떡 뛰어왔다.

「10호실의 스웨덴 여자를 데려오게.」

「알겠습니다.」

「다른 사람을 또 부르는 겁니까?」

부크가 소리쳤다. 그리고는 손을 내저으며 말했다.

「오, 아니야——그건 불가능합니다. 절대로 있을 수 없는 일입니다.」

「부크 씨——우린 알아야 합니다. 설령 이 기차에 탄 모든 사람에게 래체트를 죽일 동기가 있다고 밝혀지는 한이 있어도 우리는 알아야 합니다. 일단 알기만 하면, 우린 금방 범인을 찾아낼 수 있을 거요.」

「머리가 빙빙 도는 것 같소.」

부크가 신음소리를 내며 말했다.

그레타 올슨이 매우 동정이 가는 표정으로 웨이터의 안내를 받으며 식당차로 들어왔다. 그녀는 울고 있었다.

그녀는 포와로의 맞은편에 있는 의자에 털썩 주저앉더니 커다란 손수건으로 계속 눈물을 훔쳐 냈다.

「자, 걱정하지 마십시오. 슬퍼하지 마세요.」

포와로는 그녀의 어깨를 두드려 주었다.

「내가 묻는 말에 사실대로 대답하기만 하면 됩니다. 당신이 어린 데이지 암스트롱을 돌봤던 유모였지요?」

「맞습니다——그래요.」

가엾은 여인은 계속 흐느꼈다.

「아, 데이지는 천사였어요. 나를 믿고 따르던 귀여운 천사였답니다. 오직 친절과 사랑밖에 몰랐었는데——어떤 잔인한 사람이 그 애를 유괴했어요——정말 끔찍한 일이었지요——그리고 가엾게도 암스트롱 부인은 돌아가시고——태어나지도 않았던 어린아이마저——당신은 이해하지 못할 거예요——당신은 아무것도 모른답니다. 만일 당신이 거기에서 그 몸서리치는 비극을 모두 보았더라면! 오늘 아침에 당신에게 모든 것을 솔직하게 말해야 했겠지만 나는 두려웠습니다——무서웠어요. 나는 몹시 기뺐답니다. 그 나쁜 사람이 죽었으니 더 이상 어린아이들을 죽이거나 괴롭히지 않을 테니까요. 오! 말할 수가 없어요——아무 것도 생각나질 않아요——.」

그녀는 전보다 훨씬 격렬하게 울었다.

포와로는 계속 그녀의 어깨를 가볍게 두드려 주었다.

「자——자——알겠습니다——당신이 무슨 말을 하려는지 모두 알겠습니다. 더 이상 물어보지 않겠습니다. 당신이 사실대로 말한 것만으로도 충분하니까요. 부인, 이해하겠습니다.」

눈물 때문에 몸을 제대로 가누지 못하는 그레타 올슨은 일어나서 비틀거리며 문 쪽으로 걸어갔다. 그녀가 문 앞까지 갔을 때 막 들어오는 어떤 남자와 마주치게 되었다.

그 사람은 래체트의 하인인 매스터맨이었다.

그는 포와로에게로 곧장 걸어와서는 평상시와 마찬가지로 조용하고 차분한 목소리로 말했다.

「방해가 안 된다면 선생님에게 진실을 말씀드리고 싶습니다. 전쟁

당시에 저는 암스트롱 대령님의 당번병이었으며, 전쟁이 끝난 뒤에는 뉴욕에서 그분의 하인 노릇을 했습니다. 오늘 아침 그 사실을 숨긴 것이 걱정이 되었습니다. 잘못했습니다, 선생님. 그래서 선생님께 사실을 몽땅 털어놓는 것이 좋겠다고 생각했지요. 그러나, 선생님, 토니오만은 절대로 의심하지 마십시오. 그 늙은 토니오는 파리 한 마리도 죽이지 못하는 위인이랍니다. 게다가 그가 어젯밤 내내 침실 밖으로 나가지 않았다는 것을 제가 맹세할 수 있습니다. 선생님, 아시겠지만, 결코 그는 그런 짓을 저지를 사람이 아닙니다. 토니오는 비록 외국인이긴 하지만, 매우 점잖은 사람이랍니다. 책에 나오는 그런 비열한 이탈리아 인하고는 다릅니다.」

그는 말을 멈추었다.

포와로는 그를 잠자코 지켜보았다.

「그것이 하고 싶었던 말입니까?」

「그렇습니다, 선생님.」

그는 말을 멈추었다. 그러나 포와로가 아무 말도 하지 않자 사과하는 듯이 약간 허리를 굽혀 인사했다. 그러더니 잠시 망설이며 서 있다가, 들어올 때와 마찬가지로 조용하게 밖으로 나갔다.

「이건 도무지 —— 지금까지 추리소설에서 본 것보다 더 복잡 미묘하군요.」

콘스탄틴 의사가 말했다.

「나도 마찬가지입니다.」

부크가 말했다.

「기차에 탄 12명의 승객 중에서 9명이 암스트롱 집안 사건과 관계가 있다니 정말 놀랍습니다. 다음엔 무엇을 할 거요? 아니, 다음엔 누굴 만나야 하지요?」

「그 질문에는 이미 대답을 했다고 생각하는데요. 저기 미국인 탐정

하드맨이 오고 있군요.」

「그도 역시 자백하러 오는 걸까요?」

포와로가 대답하기 전에 하드맨이 그들의 식탁 앞에 도착했다. 그는 그들을 날카롭게 쏘아보더니 자리에 앉으면서 조심스럽게 말을 꺼냈다.

「정확히 이 기차의 상황이 어떻게 된 겁니까? 내게는 마치 정신 병원처럼 보이니 말입니다.」

그를 보는 포와로의 눈이 반짝 하고 빛났다.

「하드맨 씨, 당신이 암스트롱 집안의 정원사로 있지 않았다는 것을 확신할 수 있습니까?」

「그 집엔 정원이 없었습니다.」

하드맨이 딱 잘라 대답했다.

「그럼, 집사였습니까?」

「나는 그런 직책을 맡을 만한 사람이 못됩니다. 정말입니다. 난 암스트롱 집안과 아무런 관계가 없습니다——그리고 이 기차에서 그런 사람이 오직 나밖에 없다는 것을 알았답니다! 포와로 씨, 이 사건을 해결할 수 있습니까? 나는 그게 궁금해서 이렇게 찾아온 겁니다——당신은 이 사건을 처리할 자신이 있습니까?」

「이건 확실히 약간 이상한 사건입니다.」

포와로가 부드럽게 말했다.

「맞아요, 정말 이상한 사건입니다.」

부크가 맞장구치며 소리쳤다.

「하드맨 씨, 이 사건에 대하여 어떤 짐작가는 것이라도 있습니까?」

포와로가 물었다.

「전혀 없습니다. 사실 나는 이 일에 완전히 두손들었습니다. 도대체 어림 짐작도 못 하겠으니까요. 승객 모두가 사건에 관여할 수는 없는 거 아닙니까? 누가 범인인지 정말 모르겠습니다. 당신은 어떻게 승객들이 암스트롱 집안과 관련이 있었다는 사실을 밝혀냈습니까? 그것이 몹시 궁금하군요.」

「단지 추리해 봤을 뿐입니다.」

「그렇다면 당신은 정말 훌륭한 추리가이군요. 맞아요, 당신이 훌륭한 추리가라고 사람들에게 말하겠어요.」

하드맨은 의자 뒤로 몸을 기대고는 존경하는 눈으로 포와로를 쳐다보았다.

「그렇지만——당신을 보고서는 아무도 그 사실을 믿지 않으려고 할 겁니다. 당신을 존경합니다. 진심입니다.」

「원 별말씀을 다하십니다.」

「아니에요. 나는 당신의 훌륭한 추리에 감탄했습니다.」

「어쨌거나——문제는 아직 완전히 해결된 것이 아닙니다. 지금 래체트를 죽인 사람이 누구라고 자신 있게 말할 수 없습니다.」

포와로가 말했다.

하드맨이 얼른 포와로의 말을 가로막았다.

「나는 제외시켜 주십시오. 나는 지금 아무 말도 할 수 없습니다. 오직 당신에 대한 존경심으로 머리가 멍멍할 뿐이에요. 그런데 아직 추리해 보시지 않은 두 승객은 어떻게 생각합니까? 그 미국인 부인과 하녀 말입니다. 내 생각에 그들은 이 기차의 승객 중에서 유일하게 결백한 사람들 같습니다만.」

「만일——」 포와로가 웃으면서 말했다. 「그들이 암스트롱 집안에서 요리사와 가정부가 아니었다면 그럴 수 있겠지요.」

「글쎄요, 이젠 어떤 일에도 결코 놀라지 않을 겁니다.」 하드맨은 완전히 단념했다는 듯이 말했다.

「정신 병원 —— 이 사건은 정신 병원에서 일어난 것 같아요 —— 정신 병원이란 말입니다!」

「오! 하드맨 씨, 당신은 너무 지나치게 생각하는 것 같군요.」하고 부크가 말하고는 의심스럽다는 듯이 덧붙였다.

「승객들이 설마 이 사건에 모두 관련되어 있기야 하겠습니까?」

포와로가 부크를 바라보며 말했다.

「당신은 이해하지 못하고 있군요. 전혀 모르고 있어요. 당신은 누가 래체트를 죽였는지 내게 말해 줄 수 있습니까?」

「당신은 말할 수 있습니까?」부크가 반박했다.

포와로는 고개를 끄덕였다.

「오, 물론이지요. 나는 이미 얼마 전부터 알고 있었습니다. 그건 너무도 명백한데 당신이 왜 알아차리지 못하는지 이상하군요.」

그는 하드맨을 보면서 말했다.

「당신은 어떻습니까?」

미국인 탐정은 머리를 가로저었다. 그는 의심스럽다는 듯이 포와로를 쳐다보았다.

「모르겠습니다. 전혀 모르겠어요. 도대체 누가 범인입니까?」

포와로는 잠시 동안 말이 없었다. 조금 있다가 그는 입을 열었다.

「가능하다면, 하드맨 씨, 승객 모두를 이곳으로 불러 주십시오. 이 사건에는 두 가지 해결책이 있습니다. 승객들 앞에서 그것들을 제시해 보겠습니다.」

제 9 장
포와로, 두 가지 해결책을 제시하다

 승객들은 식당차로 들어와서 식탁 주위에 자리를 잡고 앉았다. 그들은 똑같은 표정――기대와 불안이 뒤섞인 표정――을 짓고 있었다. 스웨덴 여자는 여전히 울고 있었으며, 허바드 부인은 그녀를 달래고 있었다.

「자, 정신을 차리세요. 이제 모든 일이 잘 되어갈 겁니다. 자제력을 잃으면 안 돼요. 설령 우리들 중에 그런 끔찍한 살인범이 있다고 해도, 우린 당신이 아니라는 것을 잘 알고 있답니다. 아, 생각만 해도 미쳐 버릴 것 같아요. 자, 여기 앉아요. 내가 옆에 있을게요――아무 걱정 하지 말아요.」

 포와로가 옆으로 다가서자 그녀는 입을 다물었다.

 침대차 차장은 문간에서 서성거리고 있었다.

「제가 여기 있어도 되겠습니까, 선생님?」

「괜찮소, 미셀.」

 포와로는 목청을 가다듬었다.

「신사숙녀 여러분, 여러분들 모두가 조금씩은 영어를 아시리라고 생각하므로 영어로 말씀드리겠습니다. 우리는 새뮤얼 에드워드 래체트——본명 카세티의 죽음을 검토하기 위하여 여러분을 이 자리에 불렀습니다. 이 범죄에는 두 가지 해결책이 있습니다. 나는 두 가지 모두를 여러분에게 말씀드리고, 여기 있는 부크 씨와 콘스탄틴 의사 선생에게 어느 것이 옳은 해결책인지 판단해 주시도록 여쭤 볼 생각입니다.

여러분 모두는 이 사건에 대해서 자세히 알고 있습니다. 래체트는 오늘 아침 칼에 맞아 죽은 채로 발견되었습니다. 그는 어젯밤 12시 37분에 차장에게—— 얼굴을 보지는 못했지만—— 이야기한 것으로 보아, 그때까지는 살아 있던 것으로 여겨집니다. 그의 잠옷 주머니에서 몹시 부서진 시계 하나가 발견되었는데, 시계 바늘은 1시 15분에서 멈춰 있었습니다. 시체를 조사한 콘스탄틴 의사는 사망 시간이 자정에서 새벽 2시 사이라고 했습니다. 모두 아시는 바와 같이, 12시 30분에 기차는 눈더미 속에 파묻혀 버렸습니다. 당연히 그 시간 이후로 누가 이 기차를 빠져 나간다는 것은 도저히 불가능한 일입니다.

뉴욕 탐정 사무소의 탐정인 하드맨 씨의 증언에 따르면——(몇 사람이 하드맨을 보기 위하여 몸을 돌렸다.) 그분 침실(16호실)을 지나간 사람이 아무도 없었다는 겁니다. 따라서 우리는 살인범이 이스탄불——칼레행 열차의 승객들 중에 있다는 결론을 내렸었습니다. 이것이 바로 우리가 추리했었던 겁니다.」

「뭐라고요? 아니, 왜 그것이 과거의 추리입니까?」

부크가 포와로의 말에 놀라서 소리쳤다.

「그러면 이제 여러분에게 두 가지 해결책을 말씀드리겠습니다. 그것은 매우 간단한 겁니다. 래체트는 몹시 두려워하던 적이 한 명 있었습니다. 그는 하드맨 씨에게 그의 인상을 말해 주고, 이스탄불을 떠난

제9장 포와로, 두 가지 해결책을 제시하다

지 이틀째 되는 날에 습격해 올지도 모른다고 말했습니다.
 신사숙녀 여러분, 그러나 래체트는 그에 대해서 자기가 알고 있는 것을 모두 말해 주지는 않았을 겁니다. 그 적은 래체트가 예상했던 대로, 베오그라드나 빈코브치 역에서 애버스너트 대령과 매퀸 씨가 플랫폼에 잠시 내려가기 위해서 열어놓았던 문을 통해서 기차에 올라탔던 겁니다. 그가 침대차 차장 제복을 입고, 잠겨 있는 래체트의 침실에 들어갈 수 있었던 것은 그가 예비용 열쇠를 갖고 있었기 때문입니다. 래체트는 수면제를 먹고 깊은 잠에 **빠져** 있었습니다. 이 남자는 잔인하게 래체트를 칼로 찌른 다음, 허바드 부인의 침실로 통하는 문을 지나서 **빠져** 나갔던 겁니다──.」
「맞아요.」
 허바드 부인이 고개를 끄덕이며 말했다.
「그는 래체트를 찌른 단검을 허바드 부인의 세면 가방 속에 집어넣었습니다. 그리고 그때 자기도 모르는 사이에 제복 단추 하나가 떨어졌던 겁니다. 그는 침실 밖으로 살며시 나와서 통로를 따라 걸어갔습니다. 그러다가 어떤 빈 침실에 들어가서 옷가방에 제복을 쑤셔 넣고는, 기차가 출발하기 바로 전에 침입했을 때와 마찬가지로 식당차에서 가장 가까운 문을 통하여 기차에서 내렸습니다.」
 승객들은 모두 한숨을 내쉬었다.
「그럼 시계는 어떻게 되는 겁니까?」
 하드맨이 물었다.
「아, 그것을 설명하지 않았군요. 래체트는 츠아리브로드에서 시계를 한 시간 늦춰 놔야 한다는 것을 잊었던 겁니다. 따라서 그의 시계는 중앙 유럽의 시간보다 한 시간 **빠른** 동부 유럽 시간을 가리키고 있었습니다. 즉, 래체트가 살해된 것은 1시 15분이 아니라 12시 15분이란 말입니다.」

부크가 믿지 못하겠다는 듯이 소리쳤다.

「그건 당치도 않은 추리입니다! 그럼, 12시 37분에 그 침실에서 들렸던 목소리는 어떻게 설명하겠소? 그 목소리는 래체트의 목소리였든가——아니면 범인의 목소리였을 거요.」

「반드시 그렇다고 할 수도 없소. 그건 제3의 인물이었을 수도 있다는 말입니다. 누군가 래체트를 만나러 그의 침실에 들어갔다가, 그가 죽어 있는 것을 발견했습니다. 그는 차장을 부르기 위하여 벨을 눌렀겠지요. 그러나 당신이 말했듯이 그는 갑자기 불안해졌습니다. 범인으로 몰려 체포될지도 모른다는 생각으로 두려워진 나머지, 그는 래체트의 흉내를 내어 말했다고 볼 수도 있지 않겠소?」

「그럴 수도 있겠군요.」

부크는 마지못해 인정했다.

포와로는 허바드 부인을 쳐다보았다.

「부인, 무슨 하실 말씀이라도 있습니까?」

「글쎄요. 무슨 말을 하고 싶었는데, 금방 잊어버렸어요. 당신은 나도 시간을 늦춰 놓는 걸 잊었다고 생각하세요?」

「아닙니다, 부인. 나는 부인이 무의식적으로 그 남자가 지나가는 소리를 들었을 거라고 생각합니다. 부인은 어떤 남자가 침실 안에 있는 악몽을 꾸었기 때문에 깜짝 놀라 일어나서 차장을 부르려고 벨을 울렸던 겁니다.」

「글쎄요, 그럴 수도 있겠군요.」

허바드 부인이 시인하며 말했다.

드라고미로프 공작 부인은 뚫어질 듯이 포와로를 바라보았다.

「내 하녀의 증언은 어떻게 설명하겠습니까, 포와로 씨?」

「그건 간단합니다, 부인. 부인의 하녀는 내가 손수건을 보여 줬을 때, 그것이 부인 거라는 사실을 알아차렸습니다. 그러나 그녀는 약간 서투른 방법이긴 했지만, 부인을 감싸 주고 싶었던 겁니다. 사실 그녀는 기차가 아직 빈코브치 역에 머물러 있을 때 래체트와 마주쳤습니다. 하지만 그녀는 부인에게 완전한 알리바이를 만들어 주기 위해서 1시간쯤 뒤에 그를 만난 것처럼 주장했던 겁니다.」

공작 부인은 고개를 숙이며 말했다.

「모든 것을 알고 계셨군요. 나는——정말 당신에게 경탄하지 않을 수 없군요.」

한동안 침묵이 흘렀다.

그러다가 콘스탄틴 의사가 갑자기 식탁을 쾅 하고 내리치는 바람에 모두 깜짝 놀랐다.

「아닙니다. 아니에요. 절대로 그렇지가 않습니다! 그 설명은 어딘가 잘못된 겁니다. 빈틈이 있단 말입니다. 살인사건은 그런 식으로 일어나지 않았습니다——포와로 씨가 그것을 모르실 까닭이 없어요.」

포와로가 이상한 눈초리로 그를 바라보았다.

「알겠습니다. 그럼, 당신에게 두 번째 해결책을 이야기해야겠군요. 그러나 첫번째 해결책을 너무 성급하게 버리지는 마십시오. 나중에 그것에 동의하게 될지도 모르니까요.」

그는 다시 몸을 돌려 승객들을 바라보았다.

「이 사건에 대한 또 하나의 해결책이 있습니다. 그건 다음과 같은 경로를 통하여 얻어 냈습니다.

나는 여러분의 증언을 듣고 나서 눈을 감고 조용히 생각해 보았습니다. 그러자 몇 가지 일이 흥미를 끌며 나타나기 시작했습니다. 나는 여기 있는 두 분에게 그 점에 대해서 이미 말씀드렸습니다. 그것들 중 몇 가지——여권 위에 묻은 기름 얼룩 따위——는 벌써 밝혀냈습니다. 지금은 아직 해결되지 않은 점들을 말씀드리겠습니다. 가장 먼저, 그리고 최고로 관심을 끌었던 것은 이스탄불을 떠난 다음날 부크 씨가 식당차에서 내게 한 말이었죠. 부크 씨는 오리엔트 특급 열차의 승객들은 참 흥미롭다고 말했습니다. 왜냐하면 여러 계층과 국적을 가진 사람들이 모였으니까요.

나는 부크 씨의 이야기에 동의했습니다. 그러나 나중에 그 말이 다시 머릿속에 떠올랐을 때, 나는 도대체 어떤 곳에서 이렇게 많은 부류의 사람들이 모일 수 있었는지에 관해서 생각해 보았습니다. 그리고 내 스스로 내린 대답은――오직 미국뿐이라는 사실이었습니다. 미국이라면 한 집안에 그렇듯 다양한 국적을 가진 사람들이 모일 수가 있지요――이탈리아 인 운전사, 영국인 가정교사, 스웨덴 인 유모, 독일인 하녀 등등 말입니다. 이런 생각이 들자, 나는 내 나름대로 추리해 보기로 했습니다――말하자면 연출자가 연극 배역을 분담시키듯이 각 승객들을 암스트롱 사건의 연극에 적당한 배역으로 맞춰 보았던 겁니다. 나는 거기에서 아주 흥미롭고도 만족스러운 결과를 얻을 수 있었습니다.

또한, 나는 승객 여러분 개개인의 증언을 마음속으로 검토해 보고, 약간 이상한 결과를 얻게 되었습니다. 매퀸 씨의 증언을 먼저 알아보겠습니다. 그의 첫번째 증언은 아주 만족스러운 것이었습니다. 그러나 두 번째 증언에서 매퀸 씨는 약간 이상한 이야기를 했습니다. 그때 나는 래체트의 침실에서 암스트롱 집안 사건에 대해 쓰여진 편지 한 통을 발견했다고 말했습니다. 그랬더니, 그는 '그것은 분명히――'라고 말한 다음 잠시 멈추었다가 '그것은――그 늙은이의 실수로군요.'라고 이야기했습니다.

그러나 나는 그 말이 매퀸 씨가 원래 하려고 했던 말이 아니라고 생각하고 있습니다. 매퀸 씨는 '그러나 그것은 분명히 불에 태워 버렸는데!'라고 말하려 했었다고 가정해 봅시다. 그런 경우라면, 매퀸 씨는 그 종이와 그것을 없애버린 것에 대하여 알고 있었다는 말이 되는 겁니다. 바꿔 말하면, 그는 살인자였거나, 아니면 적어도 살인자와 공범이었다는 이야기입니다. 이것은 아주 앞뒤가 잘 들어맞는 생각이지요.

다음엔 래체트 하인의 증언을 살펴보겠습니다. 그는 래체트가 기차 여행을 할 때는 수면제를 복용하는 습관이 있노라고 말했습니다. 그 말은 사실일지도 모릅니다. 하지만 래체트가 과연 어젯밤에도 수면제를 복용했을까요? 그의 베개 밑에 놓여 있었던 자동 권총을 보면 하인의 증언이 거짓말이라는 것을 곧 알 수 있습니다. 래체트는 어젯밤에는 경계를 하며 보낼 생각이었습니다. 그가 복용한 수면제가 어떤 것이었는지는 모르지만, 분명히 그것은 누군가가 래체트 모르게 먹였던 것이 분명합니다. 그게 누구였을까요? 당연히 매퀸 씨가 아니면 하인이었을 겁니다.

다음에는 하드맨 씨의 증언에 대해 알아보기로 하겠습니다. 나는 그가 내게 말한 것을 대부분 믿었습니다. 그러나 그가 래체트를 감싸 주기 위해 채택했던 몇 가지 사실적인 방법들을 생각해 볼 때, 그의 이야기에도 다소간 모순이 있었다는 것을 알아차릴 수 있었습니다. 래체트를 가장 안전하게 보호할 수 있던 유일한 방법은 그의 침실에서 그와 함께 하룻밤을 보내거나, 그의 문이 보이는 장소에서 대기하는 것이 아니겠습니까? 하드맨 씨의 증언으로 확실하게 알 수 있었던 사실은, 다른 열차에 있는 사람이 래체트를 살해할 수 없었을 거라는 사실입니다. 따라서 그는 범인은 분명히 이스탄불——칼레행 열차에 있다고 증언한 셈이지요. 그러나 나는 그 문제를 이해하기가 힘들었습니다. 그래서 일단 보류하고 다음에 생각해 보기로 했습니다.

여러분은 내가 우연히 엿들은 데베남 양과 애버스너트 대령과의 대화에 대해서 이미 알고 있으리라 생각합니다. 내게 흥미로웠던 것은 애버스너트 대령이 데베남 양을 메리라고 불렀으며, 또 상당히 친한 사이로 대했다는 점입니다. 그러나 애버스너트 대령은 이번 여행에서 그녀를 처음 만났다고 말했습니다. 나는 애버스너트 대령과 같은 유형의 영국인을 알고 있어요——그런 사람은 설령 첫눈에 젊은 여자와 사랑에 빠졌다고 할지라도, 천천히 예의바르게 접근하지 절대로 서두르지 않습니다. 그래서 나는 애버스너트 대령과 데베남 양은 원래는 잘 아는 사이였는데, 어떤 이유로 해서 서로 모르는 사람인 것처럼 가장하고 있다는 결론을 내렸습니다. 사소한 것이지만, 데베남 양은 미국에서 잘 사용되는 '롱 디스턴스(장거리 전화)'라는 말을 아주 능숙하게 했다는 사실입니다. 하지만 나에게는 미국에 결코 가 본 적이 없다고 말했습니다.

또 한 명의 목격자였던 허바드 부인의 증언을 살펴보겠습니다. 허바드 부인은 침대에 누워 있었기 때문에 문의 빗장이 잠겨 있는지 볼 수가 없어서 올슨 양에게 봐 달라고 부탁했다고 말했습니다. 자, 생각해 보십시오. 설령 부인의 이야기가 진실이었다고 할지라도, 부인이 2호, 4호, 12호실과 같은 짝수 침실에 계셨다면 물론 빗장이 문의 손잡이 바로 아래에 있어서 보지 못했을 수도 있지만, 3호실과 같은 홀수 침실의 빗장은 손잡이 위에 있기 때문에 세면 가방 따위로 가려지지 않습니다. 따라서 나는 허바드 부인이 거짓말을 꾸며냈다는 결론을 내릴 수밖에 없었습니다.

이제는 범행 시간에 대하여 몇 가지 말하겠습니다. 내게 가장 흥미 있었던 것은 부서진 시계가 발견된 장소였습니다. 그것은 래체트의 잠옷 가슴 주머니에서 발견되었는데, 그곳은 시계를 넣어 두기에는 매우 불편하고 엉뚱한 곳이지요. 더구나 침대 머리맡에 시계 고리가 준비되어 있는 상황에서는 더욱 그렇습니다. 그러므로 나는 누군가가 일부러 시계를 잠옷 주머니에 넣은 것이라고 느꼈습니다. 그렇다면 범행은 1시 15분에 발생한 것이 아니라는 결론이 나오지요.

그럼 그보다 이전에 일어났을까요? 정확히 말해서 12시 36분에 살인사건이 발생했을까요? 부크 씨는 이 추리를 옹호하기 위하여 내 잠을 깨웠던 시끄러운 소리를 증거로 들어 주장했습니다. 그러나 만일 래체트가 심하게 수면제에 취해 있었다면 그는 소리를 지를 수가 없었을 겁니다. 그리고 만일 그가 소리를 지를 수 있었다면, 자신을 보호하기 위하여 저항 같은 것도 할 수 있지 않았겠습니까? 하지만 저항한 흔적이라곤 전혀 없었습니다.

나는 매퀸 씨가 한 번도 아닌 두 번씩이나 (두 번째는 매우 의미 있게) 래체트는 프랑스 어를 하지 못한다고 힘주어 말했던 것을 생각해 보았습니다. 따라서 나는 12시 37분에 있었던 모든 일이 나를 속이기 위해서 꾸며진 연극이라는 결론을 내리게 되었습니다! 어느 누구라도 시계 조작 따위는 간파할 수 있습니다――추리소설에서 흔히 나오는 수법이니까요. 그들은 내가 쉽게 그것을 간파한 다음 계속 머리를 회전시켜서 다음과 같이 추리하리라고 생각했던 거죠――즉, 래체트는 프랑스 어를 하지 못하기 때문에 12시 37분에 들렸던 목소리는 그의 것이 아니며, 따라서 래체트는 그 시간에는 이미 죽어 있었다――라고 말입니다. 그러나 나는 12시 37분에 래체트는 다만 수면제에 취해서 잠이 들었던 것뿐이라고 확신합니다. 그는 그때에는 살아 있었습니다.

그러나 그들의 계획은 일단 성공했습니다! 나는 침실 문을 열고 밖을 내다보았습니다. 그리고 나는 분명히 프랑스 어를 들었지요. 만일 어리석게도 내가 그 말의 의미를 깨닫지 못했다면, 누군가가 나에게 말해 주었을 겁니다. 어쩌면 매퀸 씨가 나서서 이렇게 말했을지도 모르지요. '죄송하지만, 포와로 씨, 그 말은 래체트 씨가 한 말이 아닐 겁니다. 그분은 프랑스 어를 할 줄 모르니까요.'라고 말이죠.

자, 그렇다면 진짜 범행 시간은 언제였을까요? 그리고 누가 래체트를 죽였을까요?

내 의견은――물론 이것은 단순한 의견입니다만――래체트는 의사 선생이 사망 시간이라고 말한 자정에서 새벽 2시 사이에서 제일 끝의 시간, 즉 새벽 2시경에 살해되었다고 봅니다.

범인에 대해서는――.」

그는 말을 멈추고 승객들을 쳐다보았다. 승객들은 모두들 바싹 긴장하고 있었다. 승객들의 눈은 모두 포와로에게 고정되어 있었다. 너무도 조용했기 때문에 바늘이 떨어지는 소리마저 들릴 지경이었다.

포와로는 천천히 말을 계속했다.

「놀랍게도 승객 중 어느 한 사람을 범인으로 밝혀내기가 무척 어려웠습니다. 정말 이상한 일입니다. 또한, 각각의 알리바이를 제공하는 증언이 모두 뜻밖의 사람한테서 주어지는 이상하고도 우연한 일치에 적잖게 놀랐습니다. 예를 들어, 매퀸 씨와 애버스너트 대령은 서로에게 알리바이를 제공해 주었습니다――그런데 이 두 사람은 이전에 친분 관계가 있었다고는 정말 보기 힘들었습니다. 이와 똑같은 일이 영국인 하인과 이탈리아 인에게서, 그리고 스웨덴 여자와 영국 처녀에게도 나타났던 겁니다. 그래서 나는 나 자신에게 이렇게 물어보았습니다. ‘이건 정말 이상한 일이로군. 그렇다고 승객들이 모두 이 사건에 관계되어 있을 수는 없을 텐데――.’라고 말입니다.

그러다가, 여러분, 마침내 나는 모든 상황을 이해하게 되었습니다. 즉, 승객들 모두가 이 범죄에 관련되어 있었던 겁니다. 왜냐하면 암스트롱 집안 사건과 관련이 있는 이렇게 많은 사람들이 같은 열차로 여행하고 있다는 것은 단순히 우연의 일치라고 보기에는 어렵기 때문입니다. 그런 일은 우연이 아니라 치밀한 계획이었던 거지요. 나는 애버스너트 대령이 배심원 재판에 대하여 말했던 것을 기억해 냈습니다. 배심원은 12명으로 구성되며――승객도 12명이었지요――래체트는 12번 칼로 찔렸습니다. 이것으로써, 왜 이런 한산한 때에 이스탄불——칼레행 열차에 많은 승객들이 타고 있었는지에 대한 의문이 해결되었습니다.

　래체트는 법망을 피해 미국에서 도주했습니다. 그에게 죄가 있다는 것에는 의문의 여지가 없습니다. 나는 래체트를 저주한 나머지 그를 죽이기 위해 모여든 12명의 배심원을 마음속에 그려 보았습니다. 그러자 곧 어떤 사건의 전모가 질서 정연하게 나타나는 것이었습니다.

　나는 그것을 각자에게 배당된 역할을 수행하는 하나의 완벽한 모자이크로 생각했습니다. 만일 한 사람에게 혐의가 생기면, 다른 사람이 그 사람의 혐의를 풀어 주어서 사건의 초점을 흐리게 만들도록 짜여졌던 겁니다. 예를 들어, 하드맨 씨의 증언은 다른 열차의 승객이 의심을 받게 되고, 또 그가 알리바이를 증명할 수 없게 되었을 때 필요한 것이지요. 이스탄불 열차에 탄 승객들은 전혀 위험성이 없었습니다. 증언의 세세한 부분까지 미리 짜여져 있었으니까요. 사건은 아주 교묘하게 계획된 조각그림맞추기처럼 되어 있었으며, 새로운 사실이 알려질 때마다 그것은 사건을 더욱 더 어렵게 만들도록 계획되었던 겁니다. 부크 씨가 말한 것처럼 사건은 정말 해결할 수 없는 듯이 보였습니다! 왜냐하면 바로 그렇게 되도록 처음부터 치밀하게 짜여진 사건이었으니까요.

　이러한 해결책으로 사건의 전모를 설명할 수 있을까요? 그렇습니다. 이제 모든 것이 설명되었습니다. 상처에 나타난 특징은——서로 다른 사람들이 한 차례씩 칼로 찔렀기 때문입니다. 가짜 협박 편지들——그것들도 전부 조작된 것이었어요. 그것들은 증거로 제출하기 위해서 쓰여졌던 가짜 편지였으니까요. (분명히 래체트의 운명을 경고하는 진짜 편지도 있었겠지만, 그것은 매퀸 씨가 없애버리고 가짜 편지로 바꿔 놓았을 겁니다.) 그리고 래체트에게 고용되었다던 하드맨 씨의 이야기는 물론 처음부터 끝까지 거짓말이었습니다. 또, '키가 작고 검은 머리카락에 여자 같은 목소리를 가진 사나이'에 대한 것인데——이것 역시 사건의 초점을 흐리게 하기 위해서 꾸민 증언이었습니다. 왜냐하면 그런 사람이라면 진짜 침대차 차장에게 혐의를 두지도 않으며, 남자일 수도 있고 여자일 수도 있어서 더욱 사건을 복잡하게 만들 수 있는 장점이 있으니까요.

칼로 찌른다는 것은 언뜻 생각하면 이상한 방법입니다만, 잘 생각해 보면 그것처럼 상황에 잘 어울리는 것도 없습니다. 단검이라는 것은 누구나——힘이 세든 약하든——사용할 수 있는 무기이며 소리도 나지 않지요. 확실하지는 않지만, 내 생각으로는, 승객들은 허바드 부인의 침실을 통해서 한 사람씩 캄캄한 래체트의 침실로 들어갔습니다. 그리고는 단검으로 찔렀습니다! 그러므로 누가 찌른 상처로 그가 죽었는지 알 수는 없지요.

래체트가 발견했었을지도 모르는 베개 위의 마지막 편지는 누군가가 태워 버렸습니다. 따라서 암스트롱 사건을 암시해 줄 어떤 단서도 없기 때문에 이 기차의 승객들이 의심받을 이유가 완전히 없어져 버린 셈이지요. 사건은 외부 사람의 소행으로 간주되고, '키가 작고 검은 머리카락에 여자 같은 목소리를 가진 사나이'가 브로드 역에서 내리는 것을 보았다고 승객이 증명할 겁니다.

그런데 뜻밖에 기차가 눈 속에 파묻히게 되어 승객들의 계획에 문제가 생겼습니다. 그들은 몹시 당황했겠지요. 하지만 그들은 재빨리 의논을 하고, 계획대로 밀고 나가기로 결정했습니다. 일이 이렇게 되자, 승객들 모두가 의심을 받게 되었습니다. 하지만 승객들은 미리 이것에 대한 대책을 세워 놓았습니다. 한 가지 추가된 일은 사건의 초점을 더욱 흐리게 하는 것이었습니다. 즉, 두 가지 단서를 피살자의 침실에 떨어뜨려 놓은 것이었습니다——하나는 애버스너트 대령(가장

강력한 알리바이를 가지고 있었지만, 암스트롱 집안과의 관계를 밝혀 내기가 가장 힘들었던 사람이었습니다.)에게 죄를 뒤집어씌우려는 파이프 소제기였습니다. 두 번째 단서는 손수건이었는데, 그것은 사회적 위치와 매우 약한 몸, 또 하녀와 차장에 의하여 증명된 확실한 알리바이 때문에 전혀 의심할 수 없는 드라고미로프 공작 부인에게 혐의가 돌아가도록 만든 것이었습니다.

더욱 사건을 혼란시키기 위해서 수수께끼 같은 여자가 주홍색 잠옷을 입고 통로를 지나갔습니다. 여기서도 나는 그 여자를 목격하도록 되어 있었지요. 내 침실 문에 무거운 물체가 큰소리를 내며 부딪쳤습니다. 내가 일어나서 밖을 내다보자, 주홍색 잠옷을 입은 여자가 저쪽으로 사라지더군요. 몇몇 사람이 그녀를 목격했습니다——차장, 데베남 양, 그리고 매퀸 씨가 말입니다. 내가 식당차에서 승객들과 이야기하고 있는 사이에 누군가가 내 옷가방 맨 위에 친절하게도 그 주홍색 잠옷을 넣어 두었습니다. 다분히 유머 감각이 있는 분의 착상이라고 생각했습니다. 그 옷이 누구 것인지 나는 잘 모릅니다. 하지만 안드레니 백작 부인의 것이라고 짐작하고 있습니다. 왜냐하면 그녀가 모슬린 실내복을 한 벌 가지고 있지만, 그것은 너무 화려해서 잠옷이라기보다는 무슨 파티복처럼 보였기 때문이지요.

매퀸 씨가 조심스럽게 태워 버렸던 편지 조각에서 우리가 암스트롱이라는 글자를 발견했다는 것을 알았을 때, 그는 곧 다른 사람들에게 그 사실을 알려 주었을 겁니다. 이때 가장 불안해 했던 사람은 안드레니 백작 부인이었습니다. 그래서 그녀의 남편은 재빨리 여권의 세례명을 고쳤던 거지요. 그것이 두 번째로 운이 나빴던 겁니다.

승객들 모두는 암스트롱 집안과의 관계를 전적으로 부인하기로 동의했습니다. 승객들은 내가 진실을 발견할 수 없으리라고 생각했으며, 또 특별한 사람에게 혐의를 둘 수 없는 한, 내가 이 사건의 핵심에

도달할 수 있으리라고 믿지 않았습니다.

그런데 주의해야 할 점이 하나 있었습니다. 만일 이 사건에 관한 내 추리가 옳은 것이라면——물론 나는 틀림없이 옳은 추리라고 믿고 있습니다——분명히 침대차 차장이 사건에 관여했을 것으로 보입니다. 그렇다면 범행에 가담한 사람은 12명이 아니라 13명이 되는 거지요. 보통 사용되는 공식인 '많은 사람 중에서 한 명이 범인이다.' 라는 것 대신에 나는 13명 중의 한 사람, 그 한 사람만이 결백하다는 문제에 직면하게 되었습니다. 그럼 도대체 결백한 그 사람은 누구일까요?

나는 아주 묘한 결론에 이르게 되었습니다. 이 사건과 전혀 무관하게 보였던 사람이 반대로 가장 가능성이 클지도 모른다는 결론이었습니다. 나는 지금 안드레니 백작 부인에 대해서 말하고 있는 겁니다. 백작은 어젯밤에 백작 부인이 절대로 침실 밖으로 나간 적이 없노라고 엄숙하게 명예를 걸고 맹세했습니다. 그때 나는 그분의 성실성에 감동을 받았습니다. 그래서 안드레니 백작이 부인을 대신하여 사건에 가담했을 거라고 생각했습니다.

그렇다면 피에르 미셸이 12명 중의 하나가 될 수 있겠지요. 그러나 어떻게 그의 공모 사실을 증명할 수가 있겠습니까? 그는 오랫동안 이 회사에서 근무한 건실한 사람이죠—— 뇌물을 받고 범죄를 도와줄 그런 사람이 절대로 아니란 말입니다. 그렇다면 피에르 미셸도 암스트롱 집안 사건과 관련되어 있었음이 분명했습니다. 그때 나는 죽은 어린아이를 돌보던 하녀 수잔이 프랑스 인이었다는 사실을 기억해 냈습니다. 그 가엾은 처녀가 피에르 미셸의 딸이었다고 가정해 보십시오. 이것으로 모든 것이 설명되는 겁니다. 그것은 또한 범죄의 무대로 선택된 장소에 대해서도 설명해 주는 거지요.

그런데 이 범죄극에 역할이 분명하지 않은 사람이 있었습니다. 나는 오랫동안의 생각 끝에 애버스너트 대령은 암스트롱 부부의 친구라고 단정지었습니다. 함께 전쟁을 치른 전우 말입니다. 다음은 하녀인 힐데가르데 슈미트인데──난 암스트롱 집안에서의 그녀의 역할을 추측해 볼 수 있었습니다. 나는 매우 식성이 좋은 사람이기 때문에, 본능적으로 훌륭한 요리사를 알아볼 수 있답니다. 그래서 나는 슬쩍 그녀에게 암시를 던져 보았지요. 그랬더니 그녀는 곧 거기에 걸려 들더군요. 나는 넌지시 그녀에게 '당신은 정말 훌륭한 요리사지요?' 하고 물어보았습니다. 그랬더니 그녀는 '그래요, 그건 사실이에요. 제가 모신 마님들은 모두 그렇게 말씀하셨답니다.' 하고 대답하더군요. 그러나 한낱 하녀로 고용되었다면 주인들은 결코 그 하녀가 좋은 요리사인지 아닌지 알 기회가 없었을 겁니다.

다음엔 하드맨 씨였습니다. 그는 분명히 암스트롱 집안과 관계가 없는 것처럼 보였습니다. 나는 단지 그가 그 프랑스 처녀와 좋아했던 사이가 아니었나 추측해 볼 수밖에 없었습니다. 나는 그에게 넌지시 외국 여성의 매력에 대해 물어보았어요──그랬더니 내가 바라던 반응이 나타나더군요. 그는 갑자기 눈물을 글썽거리면서 마치 눈 때문에 눈이 부신 것처럼 행동했던 것입니다.

이제 허바드 부인만 남았군요. 자, 말씀드리겠습니다. 허바드 부인은 이 연극에서 가장 중요한 배역을 맡았습니다. 래체트의 침실과 연결된 침실에 있었기 때문에, 부인은 다른 누구보다도 의심받을 가능성이 컸습니다. 게다가 그녀는 확실한 알리바이를 가질 수가 없었습니다. 그녀는 자기가 맡은 역할을 수행하기 위하여 아주 자연스럽고, 조금은 우스꽝스럽지만 다정한 미국 어머니──즉, 한 예술가가 필요했습니다. 그런데 암스트롱 집안과 관련이 있는 예술가가 한 명 있었습니다. 암스트롱 부인의 어머니──즉 여배우였던 린다 아덴이 있죠──.」

그는 말을 멈췄다.

그때 지금까지 줄곧 말하던 목소리와는 완전히 다른 부드럽고 기름진 목소리로 허바드 부인이 말했다.

「나는 항상 희극적인 역할을 해 보고 싶었어요.」

그녀는 여전히 꿈꾸는 듯한 목소리로 말을 이었다.

「세면 가방의 실수는 정말 어처구니없는 거였어요. 예행 연습을 해야 하는 것인데 말이에요. 우리는 미리 전부 연습해 보았습니다——그때 아마 나는 짝수 침실에 있었나 봅니다. 나는 짝수와 홀수 침실의 빗장이 다른 위치에 있으리라고는 전혀 생각지 못했어요.」

그녀는 몸을 좀 뒤척이다가 포와로를 똑바로 쳐다보았다. 그리고는 침착한 어조로 계속 말했다.

「당신은 모든 것을 알아내셨어요, 포와로 씨. 당신은 정말 놀라우신 분이에요. 그러나 뉴욕에서의 그 끔찍한 날이 어땠는지 당신은 도저히 상상도 못 할 거예요. 나는 슬픔으로 거의 미칠 지경이었어요. 우리 집의 하인들도 그때의 상황을 잘 알 거예요. 그때 애버스너트 대령도 거기에 있었어요. 애버스너트 대령은 존 암스트롱과 아주 절친한 친구였지요.」

「암스트롱 대령이 전쟁에서 내 생명을 구해 주었습니다.」

애버스너트 대령이 말했다.

허바드 부인이 계속 말했다.

「우리는 그때 그 자리에서 결정했어요. (어쩌면 우리가 미쳤었는지도 모르지요.) 카세티가 비열하게 도망갔지만, 사형 선고는 반드시 수행되어야 한다고 말이죠. 그때 우리는 모두 12명이었어요——아니 11명이로군요. 수잔의 아버지는 프랑스에 있었으니까요. 처음에는 누가 사형을 집행할까에 대해서 제비를 뽑으려고 했습니다만, 마침내 우리 모두가 하기로 결정했지요. 그것을 제안했던 것은 운전사인 안토니오였어요. 메리는 헥터 매퀸과 함께 세부적인 사항을 계획했지요. 매퀸은 소니아를 무척 좋아했답니다——그리고 그는 어떻게 카세티가 돈을 써서 외국으로 도망쳤는가에 대해서 우리에게 상세히 설명해 주었어요.

우리의 계획을 완성시키는 데는 꽤 긴 시간이 걸렸어요. 먼저, 래체트를 철저하게 조사해야만 했지요. 결국엔, 하드맨 씨가 그 일을 하게 되었어요. 그리고 나서 매스터맨과 헥터를 그에게 고용시켜야 했어요. 최소한 두 명 중에서 한 명만이라도 말이죠. 아무튼 우리는 그럭저럭 그 일을 해냈지요. 다음에 수잔의 아버지와 의논을 했어요. 애버스너트 대령은 12명이 가장 좋다고 주장했죠. 그분은 그것이 좀더 질서 정연하다고 생각하는 것 같았어요. 대령은 단검으로 찌르자는 의견에 과히 찬성하지는 않았지만, 달리 더 좋은 방법이 없었으므로 나중에 동의했어요. 그리고 수잔의 아버지도 기꺼이 동의했어요. 수잔은 그의 외동딸이었거든요. 우리는 헥터에게서 래체트가 곧 오리엔트 특급열차를 타고 동양에서 돌아온다는 소식을 듣게 되었답니다. 게다가 피에르 미셸이 그 열차에 근무하고 있기 때문에 너무도 좋은 기회였지요. 또 그 방법은 다른 사람들에게 공연한 혐의를 주지 않기 때문에 더욱 좋은 방법이었어요.

물론 사위에게도 알렸습니다. 그랬더니, 그는 딸애와 함께 오리엔트 특급열차에 타겠다고 고집을 부렸어요. 헥터는 미셸이 근무중일 때 래체트가 여행을 하도록 일을 교묘히 꾸몄습니다. 우리는 이스탄불——칼레행 열차의 모든 침실을 예약하려고 했지만, 불행하게도 침실 하나는 놓치고 말았어요. 그 침실은 이 회사의 중역을 위하여 오래 전에 예약되어 있다고 하더군요. 물론 '해리스'라는 사람은 꾸며낸 인물이었지요. 헥터의 침실에 낯선 사람이 들어와서 함께 사용한다는 것은 아무래도 불편할 것 같았기 때문이지요. 그런데 그 마지막 순간에 바로 당신이 오셨던 거예요……」

그녀는 말을 멈췄다.

이내 그녀는 이야기를 계속했다.

「자, 이제 당신은 모든 것을 아셨어요, 포와로 씨. 이 일을 어떻게 처리하시겠습니까? 나는 12번이라도 기꺼이 그자를 칼로 찔렀을 거예요. 단지, 그자가 내 딸과 손녀의 죽음, 그리고 지금쯤 행복하게 살아 있어야 할 또 다른 한 아이의 죽음에 대하여 책임이 있기 때문만은 아니에요. 내 분노에 대한 이유는 그것 이상의 것입니다. 데이지 이전에도 그자에 의하여 유괴된 아이들이 있었으며, 앞으로도 몇 명이나 더 유괴하여 살해할지 모르는 지독한 악당입니다. 사회는 이미 그에게 사형을 선고했습니다——우리는 다만 그 선고를 집행했던 것뿐이에요. 따라서 이 모든 사람들에게 벌을 준다는 것은 정말 불필요한 일이라고 생각해요. 이렇게 착하고 성실한 사람들을——그리고 가엾은 미셸과——메리와 애버스너트 대령——그들은 서로 사랑하고 있답니다.」

그녀의 아름다운 목소리는 사람들이 들어찬 공간을 울리며 메아리쳤다——한때 뉴욕의 관객들을 매료시켰던, 깊고 열정적이며 가슴을 뭉클하게 하는 바로 그 목소리였다.

포와로는 부크를 바라보았다.

「당신은 이 회사의 중역이오, 부크 씨. 이 사건에 대한 당신 생각은 어떻소?」

「내 생각으로는, 포와로 씨, 첫번째 추리가 옳은 것 같소——아니, 틀림없이 그것이 옳아요. 유고슬라비아 경찰이 도착하면 그 해결책을 제시할 생각이오. 콘스탄틴 선생도 찬성합니까?」

「물론 찬성하고말고요. 의학적인 증거에 대해서는——음——음 몇 가지 잘못 생각한 것 같습니다.」

콘스탄틴 의사가 서슴없이 말했다.
「그렇다면 —— 나는 그만 이 사건에서 물러나겠습니다…….」
포와로가 말했다.

〈끝〉

■ **작품해설** ■

　추리 문학 중에서도 백미로 꼽힐 만큼 세계적인 걸작인 『오리엔트 특급살인』(Murder on the Orient Express, 1934)은, 66편이나 되는 애거서 크리스티(Agatha Christie, 영국, 1891~1976)의 장편 중에서 가장 유명한 작품으로서, 영화로 만들어져 국내에서도 여러 번 방영되어 독자들에게 친숙함을 더해줬다.
　이 작품은 크리스티의 옴니버스(저명한 작가의 작품을 모아 놓은 책) 「명탐정 에르퀼 포와로」에 『애크로이드 살인사건』, 『13인의 만찬』과 함께 수록되어 있으며, 애거서 크리스티가 창조한 명탐정 에르퀼 포와로가 활약하고 있다.
　명탐정 에르퀼 포와로가 처음 등장하는 것은 애거서 크리스티의 데뷔 작품인 『스타일즈 저택의 죽음』(The Mysterious Affair at Styles, 1920)에서이다. 이 소설에서 에르퀼 포와로는 다음과 같이 소개되어 있다.
　'포와로는 특이한 용모의 체구가 작은 남자였다. 키는 5피트 4인치(약 163cm) 정도였지만, 태도에는 위엄이 있었다. 머리는 달걀 모양이며, 언제나 고개를 한쪽으로 기울이고 있었다. 코밑수염은 몹시 빳빳하고 군대식으로 길렀다. 옷차림은 단정했으며, 먼지 하나가 총상(銃傷)보다 더 큰 고통을 줄 정도였다. 하지만 이 기묘한 멋쟁이는 지금은 보기에도 딱할 정도로 다리를 절고 있다. 그러나 그는 한때는 벨기에에서 가장 유명한 경관이었다. 탐정으로서 그의 육감은 비상했으며, 당시의 어려운 사건들을 여러 차례 해결한 공적이 있었다. (제2장 7월16일과 17일에서)'
　에르퀼 포와로가 까다로운 독살 사건을 명쾌하게 해결한 『스타일즈 저택의 죽음』은 크리스티의 처녀작인 동시에 걸작으로 손꼽힌다.

두 번째 포와로가 등장하는 크리스티의 6번째 장편 『애크로이드 살인사건』(The Murder of Roger Ackroyd, 1926)역시 걸작으로 인정받고 있다. 대체로 포와로가 등장하는 작품에 걸작이 많다.

크리스티 8번째 작품 『푸른 열차의 죽음』(1928), 12번째 장편 『엔드하우스의 비극』(1932), 13번째 작품 『13인의 만찬』(1933)에도 포와로가 등장하며 14번째 장편인 『오리엔트 특급살인』은 포와로가 등장하는 6번째 작품이다.

『오리엔트 특급살인』에서 에르퀼 포와로는 피살자가 잔인한 악당이어서, 범인은 악당에게 복수심을 품은 사람이 아닐까 하는 추측 아래에 수사를 시작한다.

에르퀼 포와로가 범인을 법에 따라 처분하느냐의 문제는 독자의 상상에 맡길 수밖에 없다.

명탐정 포와로는 그 뒤에도 많은 작품에 등장하지만, 맨 마지막에 나오는 『커튼』에서도 피살자는 잔인한 살인마이다. (이 작품에서 작가의 예고대로 포와로는 죽는다.)

『오리엔트 특급살인』과 『커튼』을 비교해 보면 왜 포와로가 세계에서 가장 인기 있는 위대한 탐정이 되었으며, 또 애거서 크리스티가 세계에서 가장 위대한 추리작가가 되었는지 그 비밀을 알아낼 수 있을 것이다.

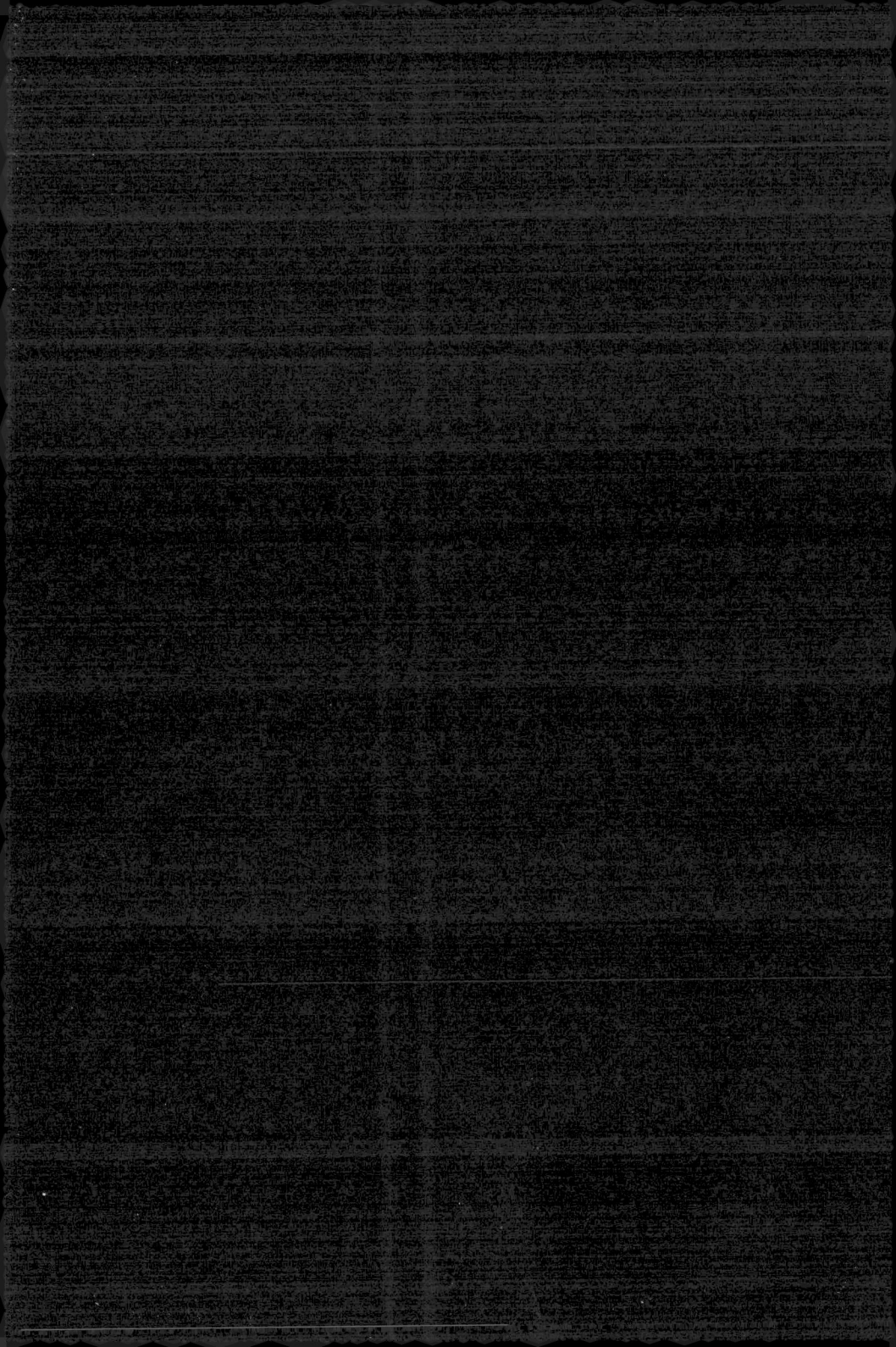